岁月如霜

匪我思存 著

九州出版社
JIUZHOUPRESS

她没有想过会遇上这样一个人，她年纪甚幼，她没有想过，会早遇上这样一个人。终其一生，原来可以遇上这样一个人。

世事如棋，翻云覆雨，
谁知晓冥冥中竟注定如此。

目录

冷月如霜

楔子

前来传旨的内官声音并不大，尖细的喉咙仿佛含着极利的一根尖刺，把每一个字都凿到人耳膜上去："十四岁以上男丁处斩，十四岁以下男丁流徙三千里；十六岁以上女眷赐自缢，十六岁以下女眷官卖为奴……"

狱中只是死一般的寂静，乌压压跪满了人。左侧监中关押的是男丁，右侧监中则关押的是女眷，大都活不了了。狭窄阴暗的过道里不知为何竟有"嗖嗖"的冷风回旋，女眷中终于有人哭起来，压抑着低声地抽泣，这声音如同水面冰层的破裂，带着一种冷彻心腑的寒意。

而慕大钧瞪着一双血红的眼睛，隔着铁栅怒喝："哭什么？我慕家的女儿，难道怕死么？"

如霜紧紧抓住那粗疏的铁栅，仿佛用尽了力气才可以抑制住那眼泪。她终究是等不到了，从前的一切都轰然倒塌，十六年锦衣玉食的人生，十六年掌上明珠般的呵爱，她一度以为，往后的岁月会像十六年来一般，甚至比过去更美更好，可是没有了，再没有了。一切都在帝王的权力下灰飞烟灭。

她死死咬住下唇，一直咬出血来，和着那血，她几乎是咬着牙吐出那句话："爹爹，我不怕死。"

她并不怕死，她只是惧怕活着，她只是害怕独自活下去。她是父亲最小的一个女儿，除了她，满门的女眷只怕没有几个可以活下来。

她只是害怕那样活着。

可是她要活着，她一定要活着，活着杀了他，活着用血来偿还血!

她一定会为慕氏满门报仇雪恨，她会活下去，一定!

春阴

【一】

四更时分，如霜冻得醒来，外头簌簌的一片轻响，窗棂泛起白光，原来是下雪了。如霜脚上原本就生了冻疮，又痛又痒，忍不住轻轻地在被子里摩挲。

这下小环也醒了，迷迷糊糊叫了声"小姐"，抱住了她的脚，搁在自己胸口，"我替您暖暖"。

她的心一酸，小时候奶娘也常常这样替自己暖脚，如今奶娘的白骨早就化为西林山下一抔黄土，只余了一个小环和自己相依为命。

窗外的雪越下越大，北风呜咽着一丝丝从破裂的窗纸隙里钻进来，这是今年的第一场大雪，她想，西林山下那几堆孤坟被这雪一盖，孤零零的，像几只白馒头，撒在旷野里。

想到馒头，她不由得越发饿了，昨天整日只吃了一个冷饭团子，省下一个窝窝给了小环，她还是小孩子，挨不得饿。现在天尚未亮，就腹饥难耐，一想到馒头，胃里就像被人掏空了似的难受。

没想到饿的时候，一个馒头也可以将自己馋成这样子。

以前的好日子，真像梦一样。昔年遇上这样下雪，母亲定然会命上房里几个手脚伶俐的丫头收了梅花上的雪烹茶。满京城的女眷，谁不知道慕府的好茶？

茶是极品的银山雪芽，跟了贡鲜的漕船送进西长京，千里的水路，寻常的三桅帆船吃足了风，也得十天半月。贡鲜的漕船一路都是严限着时辰，遇风则用帆，无风则用纤，每日须行两百里水路，不过六七日即赶至西长京。所以那举世无双的银山雪芽，送至京师时仍可新鲜如初。

锡制茶箱精巧锃亮，上头镂花细密，点着翠蓝，一打开茶箱，清新的茶香似水银一般，无孔不入，直浸到人的每一个毛孔里去。开过茶的屋子，好几日不散那种幽幽的香气。

窗纸有一处破裂开了，北风吹得那糊窗的棉纸瑟瑟有声。太冷了，实在睡不着，脚上的冻疮又痒起来，她叹了口气：想起过去又有什么用，还不如不想，不如想想明天如何熬过。

原先见书上写"度日如年"，原来一日比一年竟还难熬，不过三四个月，她几乎已经觉得有三四十年，偶尔在洗脸盆中照见自己的面容，几乎连自己都不认得了——更苍凉的是心境，只怕再过三四个月，自己也会生了满头华发。

每次苦到几乎再也熬不下去的时候，她想过死，想过不如一死了

之，可是转瞬就会想起娘亲最后的嘱咐："霜儿，好生照应允儿……"

允儿是她最小的一个弟弟，今年虚岁才十三，而上谕是十四岁以上男丁处斩，十四岁以下男丁流徙三千里。慕允幼习弓马，八岁即随父出征，在军营中长大，虽然年少，可是性情刚毅，无论如何不愿苟且偷生，决意同父兄共死。

最后还是慕大钧扇了他一掌："不孝！"

慕允挨了老父这重重一记耳刮子，顿时明白过来，家中十四岁以下男丁只自己一人，自己若一意赴死，慕家从此便是绝后。老父这句"不孝"如同三九冰雪从脊背上一浇而下。他瞪大了血红的眼睛，一言不发，跪下来给父亲"咚咚咚"磕了三个响头，站起来只说了三个字："儿遵命。"

曾经出将入相，率领过数十万大军踏平定兰山缺的慕大将军，见到幼子如此，终于禁不住老泪纵横。

那是她第一次看见父亲掉眼泪……也是最后一次。父亲一哭，母亲自然哭了……她哭得更伤心……再后来，家中全部的女人，死的死，官卖的官卖，她和小环被发卖到这里来为奴……

有一颗极大的眼泪挂在腮边，冰冷冰冷的……一直冷到心里去……那样的冷……就像永远不能够再重新获得一丝暖意……她将身子蜷成一团，迷迷糊糊终于睡着了。

第二天雪停了，天也放晴了。亭台楼榭宛若装在水晶盆里，玲珑剔透。这是入冬以来的第一场雪，如霜却丝毫没有赏雪的兴致，喝过一碗薄粥就得干活了。

小环穿了一件旧袄，越发显得缩头拱背。她实在太冷，鞋踏在雪里，叫雪水浸透了，双脚已经冻得麻木。

如霜执着扫帚的手也冻得红肿青紫，只是木木地扫着，雪面上结了一层薄冰，小环拿木锹在前面铲了，她仍旧扫得无比吃力，可是只能埋头苦干。因为辰时之前必须打扫完，做不完活，连累她们这一班十二个人都要挨饿。

因为使力扫雪，她身上渐渐暖和起来，但露在外头的手脚依旧麻木得没有半分知觉。紧赶慢赶，眼看着辰时之前应该可以扫完，如霜在心里微微松了口气。她身子最弱，兼之从前没做过粗活，做起事来总是不够利索，每每连累大家被罚，她心里实在过意不去。

极远处传来隐约的蹄声，领着她们扫雪的带管听见了，连忙打了个招呼。她们这十余人忙收拾了扫帚木锹，由带管牵头，恭敬地顺着墙根儿一溜儿跪下，将头深深低下。

也不知过了多久，才听到清脆的马蹄声由远及近，"嗒嗒"直如踏在人心上一样。如霜将头埋得低低的，只觉得"嗯"一声，一阵疾风从面前刮过，马蹄踏起雪水飞溅，有几滴溅到了她额上，已经冷得麻木了，更不能伸手去拭。她正待将头垂得更深些，忽听"吁"一声长嘶。

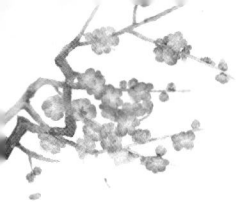

因低着头，她只能看到四蹄兜转，那马不知何故被生生勒住，可以看清紫金镫子上踏着的鹿皮靴，杏黄绫里的紫貂斗篷一直垂到靴下，斗篷温软绒密的风毛在风中微微颤动，如小儿最温柔的触拂。

马上的男子嗓音低沉，因为近，如霜觉得一震，仿佛就在头顶响起，透着几分慵懒的不耐："是谁叫你们将雪都扫了？"

带管吓得浑身发颤，哆哆嗦嗦地连连磕头，只会说："奴婢该死！奴婢该死！"

马上的人微微挑起眉，用马鞭轻轻打着手心。

不远处响起杂沓的脚步声，大队的侍从都追了上来，领头的总管太监夏进侯一把抓住马缰，喘吁吁地躬身："王……王爷……您可不能……可不能……再要奴婢的老命了。"

睿亲王随手用马鞭一指："往后这园里的雪都不许扫。"

夏进侯连连应"是"。所有人大气都不敢出，仪仗护卫的内官侍从皆低眉顺目，连跪在墙下的那十余名做粗活的杂役，都木偶似的屏息静气，纹丝不动。

都是毕恭毕敬的脸。睿亲王忽然觉得意兴阑珊，转过脸去，看到跪得离他最近的小环，心里忽然一动，问："本王的弓呢？"

昔年太祖皇帝以弓矢夺得天下，所以天朝祖训，宗室子弟必随身携弓，以示子孙不忘开国之艰辛，连御驾之侧都历来有一名内官专司背着御弓，称为"掌弓"，与皇帝须臾不离。逢有大朝，则置御弓于朝仪门，于是亦称大朝为"置弓"，宗室亲贵，更是弓矢不离左右。

睿亲王这么一问，掌弓的内官连忙上前一步，从背上解下黄绫包裹的长弓。睿亲王随手从箭壶里抽了支白翎箭，指了指跪得离自己最近的小环，漫不经心地说："你，起来。"

小环猝然一惊，吓得连规矩都忘了，仓促抬起脸来，瞪着一双眼睛，直愣愣地看着马上锦衣貂裘的亲王。

睿亲王仿佛带着一缕微笑："起来，起来。"

小环怯怯地站起来，如霜突然想起入府伊始听说过的可怕传闻，只觉得轰然如晴天霹雳，头皮上骤然发麻。她大张着嘴，连舌头都不听使唤，拼尽了全身的力气才喊出一句："小环！快跑！"

小环吓得一哆嗦，突然也明白过来，"唰"的一下脸色煞白。如霜的声音又尖又厉，几乎不像是她自己的声音："快跑！快跑！"

带管已经吓得傻了，只是愣愣地看着如霜。几名内官上前来推搡呵斥："大胆！竟敢在王爷面前大呼小叫！"

小环终于反应过来，拔腿就往月洞门奔去。

睿亲王坐在马上，脸色镇定安详。

如霜拼命挣扎，更多的内官拥上来，想要捺住她。她眼睁睁看着小环像一只受惊的小白兔，已经跑到了月洞门前，只要再有十余步，只要再有十余步，小环就可以穿过院门。只要穿过院门拐过弯，只要拐过弯……

睿亲王缓缓将弓开满，漫不经心地微眯起双眼，如明知猎物已在劫难逃。

如霜大张着嘴，却发不出任何声音，任由眼泪在脸上奔流肆虐。电光石火般，只听"嗖"一声，疾箭去势如风，她眼睁睁看着那支白翎箭没入小环的背心，"哧"地透胸而出。

殷红的血在雪地上溅出老远。小环趔趄了两步，终于向前扑倒。

淋漓的血迹在残雪上如同一幅凄厉的狂草，点点滴滴蘸满惊人的骇痛。如霜泪流满面，全身的气力都仿佛在那一瞬间被抽光，内官们将她牢牢按在地上，她的脸被按在积雪中，滚烫的热泪融入冰冷的积雪。

她想起那个酷热的早晨，自己紧紧拽着母亲的手，死也不肯放开。狱卒拿皮鞭拼命地抽打，火辣辣的鞭子抽在她胳膊上，疼得她身子一跳，死也不肯放，怎么也不肯放，只会歇斯底里地哭叫："娘！娘！"手指一根一根地被掰开，更多的人上来将她拖开去，按在铺满腥湿稻草的石板地上，拿稻草塞住她的嘴……狱中的稻草从来没有更换过，一到夜里许多老鼠钻来钻去，甚至会爬到她的脚上，她尖叫着醒来，而娘总是搂着她……搂着她……

泪光模糊了视线，锥心刺骨的痛楚从胸口迸发……她从来没有这样绝望。他们夺去了她的一切，她的父亲，她的娘亲，她的兄长，她的乳母……她全部曾有的幸福与疼她爱她的家人，现在又是小环！

她的小环！她身边的最后一个亲人，就这样眼睁睁地再次失去。

眼泪滚落下来，她原以为自己再也不会落泪了。她曾以为自己再也没有什么可以失去，天意像是最残忍的玩笑，从无忧无虑的锦衣玉食，转瞬间竟是晴天霹雳一无所有，她失去了一切，于是她以为再也没有可以失去的了。可是小环，他们竟还是夺走了她唯一仅剩的小环。

眼泪变得冰凉，就像她脸侧肮脏的积雪，她的心里也只有冰冷，她的身体剧烈抽搐着，胸中气血翻滚，就像有汹涌的浪头一浪高过一浪拍打着理智的堤岸。她如同负伤的小兽，带着最后的绝望挣扎，哪怕是死，她也不要这样屈辱地死去。

睿亲王看着雪地中被内官们死死按住的羸弱女子，突然起了意兴："放开她。"

按住她身体的内官忙撒开手，她立刻挣扎着站起，他于鞍上俯下腰，用粗粝的马鞭托起她的下巴，在见到她容颜的那一刹那，他不由得微微眯起双眸，仿佛是反射到琉璃瓦上的眩目雪光，令他睁不开眼睛。

她有一双令人眩目的眼睛，就像是两把淬闪寒光的利刃，带着凌厉凄楚的恨意，仿佛想在他身上剜出两个透明窟窿。她的头和脸上全是狼藉肮脏的雪水，发辫已经挣得松散，几缕碎发凌乱地粘在脸颊上，因为极度的仇恨愤怒，脸上洇着不健康的潮红。可是那被迫抬起

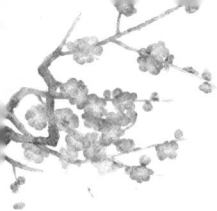

的下颏儿，有着柔美姣好的弧线。

他几乎有一刹那失神。

睿亲王身侧的夏进侯仿佛也吃了一惊。

睿亲王终于抽回马鞭，声音已经平淡如朔风初静："你姓慕？"

她咬破了自己的嘴唇，腥甜的气息氤氲在口腔，胸腔有着更无法抑制的澎湃血气，她不言不语，恍若未闻。

睿亲王的眼锋渐渐凌厉，仿佛是动怒于她无动于衷的面容。夏进侯十分不安，瞪了一眼缩在一旁的带管，那带管战战兢兢地答："启禀王爷，她确实是姓慕。"

果然，夏进侯的心忽然一沉。

睿亲王没有再说话，只是移开了目光，望向远处松针上簌簌落下的残雪。

亲王俸禄最厚，昔年兴宗又最私爱这位皇子，分府之时赏赐有无数的庄园田地。睿亲王雅擅书画，精于冶游，偌大的王府西园处处皆是精心构筑，一步一景，美轮美奂。放眼望去，在皑皑的积雪中，一切楼台亭阁宛若水晶雕琢，焕发出不真实的明亮光泽。

夏进侯一瞬间在心里转了无数个念头，正因为知晓，所以更没有把握。但这句话不得不由他来说，他躬身道："请王爷示下。"

仿佛是问糟了，因为睿亲王瞧了他一眼，夏进侯不敢再吱声，硬着头皮等待着睿亲王的发作。

过了片刻，才听见睿亲王说："赏她个全尸。"

夏进侯松了口气，躬身道"遵命"，吩咐左右："拖到西场子去。"

西场子在西角门外，是府中专门焚烧垃圾之处，场外有七八楹低矮的屋子，原为停置拉垃圾的车的库房，睿亲王素来待下人苛严暴虐，此地渐渐用作处死犯了重罪的使女内侍的刑场。府里当差的人只要一听到"西场子"三个字，就会不由自主地打个寒噤。

两旁的内侍上来拖了如霜就走，她也没有挣扎，从后园门到西角门并不远，她被内侍拖得跟跟跄跄。出了西角门，就可以闻到一股焦煳味，从高高的灰墙深巷中穿出去，便是岑寂空旷的西场子，这里的雪并没有人扫，积年的黑灰尽掩在皑皑的积雪下。

两个内侍拖着她穿过场子，一直走到场边最西处，几楹孤零零的屋子门窗洞开，黑洞洞似噬人的怪兽。内侍在她背上推了一把，她跌跌撞撞地绊进了屋子。

生无可恋，死又何惧？

死，真是温暖的字眼，娘亲在那里等她，还有父亲、兄长、乳母……那样多的家人……还有小环，自幼同她一起长大的小环……她有什么好怕的，如今那是她最渴望的归宿。便如游子渴望归家，婴儿渴望母亲，她如今只渴望着这一死。

只是允儿……她有负娘亲临终所托……允儿徙边做苦役，三千里流放……她还曾一念尚存，希图今生有幸，还能知晓他的平安，没想

到如今再无机缘。但他是堂堂慕家男儿，定不会堕了家声！

内侍将绳索结好死结，扶她站上凳子套好了索子，没等她站稳，就将凳子一抽。

脖子间骤然一紧，全身的重量顿时坠得令人窒息，如霜本能地挣了几挣，徒劳地想要抓住什么，手足在空中乱挥。有轻微的风声在耳畔，极远处响起杂沓急促的步声。

很小很小的时候，小环与她在桃花树下打秋千，高高地荡起，仰面看见灼灼花枝在头顶盛放，仿佛是最绚烂的晚霞，无数的花瓣纷纷跌下，落在她的发间衣上，像是一场最绚烂最绮丽的花雨，小环咯咯笑着，用力将她推向更高更远的天空……

她隐约听见最后的声音，是急促的脚步声由远及近，夹杂着气吁吁的喘息，内官特有的尖细嗓子："快！快！放她下来，王爷有令！放她下来……"

柔软的黑暗包围上来，如同甜美醺醇的梦境，温存地将她包围。

她再也不会觉得寒冷了。

【二】

一场雪后，挹华台的梅花疏疏地开了两三枝，人远远地经过回廊，都可以闻见那幽远清冽的寒香。

辜大娘手里捧着只小小的填漆盘子，盘中一只青花碗，酽酽的浓黑药汁还冒着一缕缕热气。鹂儿见她端着药过来，忙替她掀开帘子。

辜大娘本是鲁州一名医官的女儿，后来选入宫中做宫女，升平二十五年诸皇子分府时，被指派来侍候睿亲王，因为略知些药理，所以一直分在药房里管煎药。她性情随和，为人谨慎，按例二十五岁即可放出府回家，她到年纪时本也该出府去。谁知那一年正遇上鲁州大疫，她家里人全都染了时疫，相继亡故，她无依无靠，求了府中管事的将她留了下来。这一留就是二十余年，如今上了年纪，所以府中仆役都叫她一声"辜大娘"。

鹂儿一面掀开帘子，一面悄悄地说："今天还是没有吃饭，我看这药，大娘你又是白煎了。"

辜大娘走到内间屋子里去，果然看到如霜坐在那里，眼皮微垂，一动不动，就如一尊木像似的。辜大娘知道她这样常常一坐就是一两个时辰，眼神盯着空中某个地方，没有焦点，没有生气，一双眸子空茫无神，也不知在想些什么。

辜大娘放下盘子，端了那碗药，说道："姑娘，吃药了，这药得趁热喝下去才不苦。"

如霜亦恍若未闻，并不理睬。辜大娘这两天来已经见怪不怪，叹了口气，说："姑娘，世上最要紧的是留得青山在，不怕没柴烧。凭它是什么天大的事，活着才有盼头。"

如霜纹丝未动，连眼睫毛都不曾有些微颤动。她曾以为自己必死无疑，谁知半只脚已经踏入鬼门关，又生生被拖了回来。她的颈间已经被勒了深深一道瘀痕，至今未褪，喉间时时发作的灼痛火烧般难耐，仿佛喉管早已经生生碎掉。若不是这样时时发作的焦痛，她总觉得自己已经是个吊死鬼，偶然还魂才回到阳间。

她并不明白，为何他在最后一刻改了主意，留下她这条性命。她苏醒后就是在这里，听说是夏公公让她在此养病。

挹华台地处僻远，向来无人居住，几橧楼台馆阁尽皆锁闭。她住的地方就在后院西厢，原是使役当值的值房，三明两暗，陈设虽然简单，可是有火炕熏笼，比起她原先的住处，那自然是天壤之别。

她不知将来会怎么样，可笑，她还有什么将来？连死都不让她痛快去死，他们还想将她怎么样？

辜大娘见如霜仍如木胎泥塑一般，只得将药先搁下，便如闲话家常般对她说起话来。鹂儿知道辜大娘总要劝上大半个时辰，可是每回如霜都是恍若未闻，无动于衷。起初鹂儿还在一旁搭话帮忙劝解，这两日见百计无施，遂也作罢，只在外头做着针黹，任由辜大娘在里屋开解她。果然大半个时辰后进去一看，辜大娘已经口干舌燥，如霜仍旧一动不动地坐在那里。

辜大娘见鹂儿进来，向她摇了摇头，伸手摸摸药碗已经冰冷，道："我再给姑娘重新煎服药去。"

她出了把华台，回到药房里，正巧夏进侯遣了内官来寻她。她便去见了夏进侯，将如霜的情形一五一十对他讲了，见夏进侯听得若有所思，便道："夏公公，这事您要赶紧拿个主意，这么下去，只怕那位姑娘快不成了。"

夏进侯想了一想，答她："你先回去，回头我自有主意。"

辜大娘便径自去了。

夏进侯回到圭璧堂，此处原是睿亲王的书斋，平日睿亲王起居亦在此处。见他进来，小厮悄悄上来告诉他："王爷赢了孟先生的棋，正高兴呢。"

小厮口中的孟先生，乃是睿亲王待若上宾的清客孟行之。夏进侯听小厮这样一说，念头一转，接过小厮手里的茶盘，亲自奉茶进了堂

中东侧暖阁。

　　果然内官正收拾棋枰上的残局，睿亲王伸手接了茶，见是夏进侯，随口问："你往哪儿去了？"

　　夏进侯躬身答："挹华台来了人，说是慕姑娘这几日来滴水未进，怕是不大好了。"

　　睿亲王眉头微微一皱，仿佛被茶烫到了，随手放下茶盏："你这东西，真是越来越有眼色。"

　　夏进侯吓得忙跪倒在地，连声道："奴婢该死。"

　　孟行之见了这情形，只是微微一哂："这老猴儿，动辄该死该活，我瞧着都腻歪，怨不得王爷烦他。"

　　睿亲王"嘿"地笑出声来，说："咱们再下一局。"

　　依旧是睿亲王执黑先行，本来他们二人的棋力在伯仲之间，数十子后，枰上黑白两势纠缠，睿亲王执棋于手，沉吟良久却不曾落子。

　　孟行之道："王爷明明有奇谋在胸，为何举棋不定？难道王爷不怕坐失良机，就此前功尽弃？"

　　睿亲王道："这几日来，我心中所思所想，先生必已了然。只是这一个劫不见得能打过，如果打草惊蛇，反受其害。"

　　孟行之不动声色："王爷这是谨慎持成之道。老朽妄言，但请王爷不妨以己之心，度人之心。"

　　阁中静到了极处，地上的百合大鼎里焚着瑞脑香，幽幽不绝如缕，散入暖阁深处。过了良久，睿亲王方笑起来："先生说得是。"
伸手拂乱棋局，对夏进侯说，"走吧。"

夏进侯眨了眨眼睛："王爷要去哪里？"

睿亲王冷笑了一声，提腿就重重踹了他一脚。夏进侯疼得龇牙咧
嘴，不敢再装糊涂，只得侍候睿亲王乘了暖轿去挹华台。

甫入挹华台院门，便闻到淡幽的梅香。睿亲王不由得止住脚步，
望着庭中初绽的早梅："这里梅花已经开了。"

夏进侯适才挨了窝心脚，不敢再乱答话，只应个"是"。忽觉颊
上一凉，原来又开始下雪了。他并不敢啰唆，忙命人张开了油纸大
伞，替睿亲王遮蔽着风雪。

雪不一会儿就下大了，如扯絮飞棉，绵绵无声地落着。

鹂儿听说王爷来了，早迎了出来，夏进侯这几日来过挹华台两
次，熟门熟路地引了睿亲王往后走，外头雪光刺眼，睿亲王进了屋
子，只觉得两眼发暗，过了片刻才看清屋中的陈设。

夏进侯道："慕姑娘在里面。"抢先一步打起帘子。

这屋里向南皆是大窗，糊了明纸透进青白的天光，反倒比外屋要
明亮。屋子里静悄悄的，听得见熏笼里的红萝炭偶然"毕剥"一声，
连外头簌簌的雪声几乎都纤微可闻。睿亲王一进去便看见如霜坐在那
里，剪影如纸。乍一看见她的侧影，他仿佛觉得有几分熟悉，可是又
觉得很模糊，就像记忆里并不曾经真切地有过。

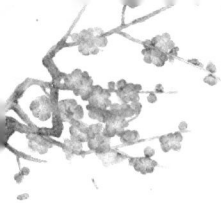

其实，她长得并不甚像慕妃。这么一想，睿亲王猛觉得吃了一惊，思绪顿时有一刹那凝滞，仿佛不能再想下去。

夏进侯见如霜一动不动地坐在那里，轻轻咳嗽了一声，道："慕姑娘，王爷看你来了。"

如霜眼皮低垂，就如未曾听到一样。

夏进侯无可奈何。

睿亲王不以为忤，缓步走上前，声音倒平和安定得无波无澜："慕姑娘，今日刑部接到书报，你的幼弟慕允，已经患伤寒死在了流放途中。如今慕氏满门血脉俱没，唯剩你一个人还活在这个世上了。"

他的话一字一字地钻入如霜耳中，像是无数只有翅的小虫在耳中嗡嗡地响着，响得她恍惚没有听得真切。慕允……活蹦乱跳的允儿……打小就在军中长大，跟着父兄驰骋塞外，定兰山常年寒苦，都没听说他打一个喷嚏，如今……如今却患伤寒……死了？

睿亲王嘴角勾起一抹淡笑，眉目间更见凛冽："斩草须除根，慕允当然活不了，押送他的解官乃是豫亲王的心腹。我这位七弟，心思缜密，办事牢靠，断不会让我的皇兄有半分后顾之忧，慕姑娘，你可明白了？"

如霜终于抬起头来看着他，黑澄静明的眸子，眸光寒冷砭骨，令人见而生畏。睿亲王锵一声从袖底拔出一柄精光湛然的短剑，往如霜脚下一扔，短剑不过长一尺二寸，白光一泓灿入眉目，令人肌肤生寒，显是锋利过人的利器。

如霜的瞳仁里反射着利刃的寒光，仿佛木偶点了睛，有一点粲然的光火从眸底点燃。她沉重地呼吸着，瞳孔急剧收缩，望向这把短剑。他是谁？他怎么会知道？他到底是谁？

夏进侯大气也不敢出，只眼睁睁望着睿亲王。睿亲王的嘴角却含着一抹讥诮的浅笑，仿佛已看透一切生灵的挣扎。

如霜缓缓伸出手去，握住短剑，冰冷的剑柄熨帖着她滚烫的掌心，带来异样的触感。

这柄短剑，如何会在他手里？她终于抬起眼睛，望着面前的人，压蓄已久的仇恨如同熊熊的烈火，从内到外骤然爆发。父亲死了，母亲死了，兄长死了，奶娘死了，小环死了，连允儿也死了！她活着还有什么意义！这一生，她早已经是等不到了，她早已经是死去。杀了他！杀了他！

狂乱的积愤令她几乎是拼尽了全身的力气扑了上去，直刺向他。睿亲王身子微微一侧，她收势不住，整个人向前扑去。她本就数日未饮未食，这一扑已经是油尽灯枯，顿时虚脱得栽倒在地，"叮"一声，短剑落在了地上。

睿亲王冷笑："慕大钧一世英武，竟然生了你这样愚不可及的一个女儿。"

如霜只觉得耳中嗡嗡作响，过了许久，才有力气挣扎着支起胳

臂。适才使力过猛，肘上在金砖地上蹭掉了一大片皮，疼得火烧火燎，这样的疼痛反倒令她觉得好过许多——他提醒了她，她有血海深仇未报，她要报仇，她要报仇。

这样的念头随着澎湃的血脉，在胸口气海中翻滚，如同汹涌的潮头，一波高过一波，狠狠如同惊涛骇浪，再也无法压制。她是慕家的女儿，她的血脉里有慕氏刚猛的贞烈，她不应如此懦弱地等死，她要报仇！她大口大口喘着气，浑身缩成一团。

睿亲王微一示意，夏进侯忙取了只银匣出来，打开倒出颗丸药，塞入她口中。她没有反抗，药并不苦，在舌底渐渐溶化，一颗狂跳的心慢慢平静下来，周身的血脉也慢慢流畅。

她挣扎着抬起头来，一时间虚弱得连话都说不出来，只有眸底依稀有微弱的光芒跳动。她应该用血去清洗慕家的鲜血，用仇恨去报复那位素未谋面的凶手。

睿亲王踱回炕前坐下，他在离她那样近的咫尺，声音却遥远得如同从天际飘来："你最恨的那个人，用一纸诏书就夺去了慕氏百余年来的荣华，夺去了你父兄族人的性命，夺去了你的一切，他却安然端坐在金銮殿中，你难道不想报仇么？"

她嘴角微颤，眼睛一瞬不瞬直直地盯着眼前人。因在府邸，睿亲王只穿了家常的便服，福字如意锦缎袍子，衬得面若冠玉，仿佛寻常富贵人家公子，唯有腰际的明黄织锦白玉扣带显出尊贵无匹的近宗亲王身份。举手投足之际，袍袖间隐隐有瑞脑香气，微苦的香味甘冽醇正。

往日……往日家中上房里总是焚着上好的瑞脑香，她的眼神渐渐凄厉无助。而他含着微微一缕笑意，仿佛只是在端详一枝傲雪绽放的梅花，在踌躇从何处下剪，好将这一枝春色插入瓶中。

她终于开口，声音嘶哑得吓人："你待如何？"

睿亲王斜凭几榻，神色闲适："慕姑娘，眼下应是你待如何？"

呼吸间还有椎心的焦痛，每吸一口气都艰难得像是最后一缕生机，她的指甲深深地陷入掌心，每一个字吐出时，都带着心里最深切的仇恨："杀了他。"

睿亲王似笑非笑，拈起瓶中的一枝梅花："慕姑娘，那是天子，万乘之尊，若想谋逆行刺，谈何容易。"

她的心智渐渐清明，眼中也渐渐有了神采，仿佛炭火将熄未熄前最后一分亮光，爆发出骇人的热力："但请王爷指教。"

睿亲王漫不经心，捻碎瓣瓣寒香，缕缕清幽自他指间辗转破碎，四散飘零："假如本王能给姑娘一个报仇的好机会，不知姑娘愿以何报答本王？"

她慢慢抬起头来，声音依旧嘶哑难听："到了彼时，天下万物王爷尽皆唾手可得，只怕王爷不再稀罕小女子的些微之报。"

睿亲王放声大笑，连声道："好，好，好。"上下打量她，"终

不愧是慕家的女儿。"

如霜喉间剧痛又作，似是再发不出半点声息，脸上却浮起一抹迷离的微笑。

睿亲王说道："一应事宜，自有人替你安排，往后的日子，你好生调养，静候佳音即可。"

她敛衽为礼，艰难吐字："如霜谢过王爷。"

睿亲王微哂："如双——如双如对，倒是个好名字。"

他听得错了，应是如霜，冷月如霜。因娘亲生她那晚正是十六，父亲抱起襁褓中粉妆玉琢的婴儿，望见窗外月华清明，满地如霜，于是她便有了这个乳名。

窗纸隐隐透进青灰的白光，并不是月光，而是雪泛起的寒光。雪越下越大，"簌簌"地敲在窗上，案几上放着那只扁银盒子，盒上镂着精巧的花纹，她慢慢伸出手去，盒内皆是碧绿色的药丸，气味芳冽。她紧紧将银盒握住，翠钿的微凉沁入掌心。

她想起适才他讥诮的冷笑，她会好生记得他今天所说的话，她得活着，好好活着，活着等待机会。

她是慕家的女儿，连死都不怕，难道还怕活着？

【三】

仿佛是春风的轻轻一嘘，上苑的桃花就渐次绽放开来。东西双堤十里丹云彤霞似的桃花，夹着嫩黄垂柳，沿着两岸敷水盛开，映得玉清湖中倒影亦是波光流滟，便是上苑四十六景之一的"双堤知春"。

上苑旧址本是前朝大学士赵密的私邸花园，占地极广，后毁于兵燹，成了一片瓦砾断垣。到了本朝永庆年间，天下靖平，国力富强，景宗皇帝便选中此地修建行苑，陆续营建亭台馆阁，历三代五十余载，直到天佑初年，终成四十六景，成为规模最盛的皇家御苑。

上苑行宫距西长京不过六十余里，车驾一日可至，所以自景宗皇帝始，每年的春祭与秋狩皆在此举行。今年皇帝亦循例率了后妃百官，浩浩荡荡的大驾出了西长京，驻跸上苑行宫。

立春日行了春祭大典之后，一连数日，赐宴春觐的异姓藩王，射柳击鞠，君臣日日尽欢，极是热闹。

"玉宸连波"是如霜眼下当差的地方。这一处馆院是上苑四十六

景之一，乃是一处避暑佳地，背山面湖，松林环抱，地处幽静。

因皇帝素来喜寒畏热，每年六月便移跸东华京避暑，所以上苑几处避暑佳境形同虚设，只由直殿监安排数名宫女内监负责洒扫。如霜来了月余，每日不过抹灰拭尘，到了下午便已无事，十分清闲。

这日做完了差事，相伴的宫女皆折花斗草，聚拢来玩耍。如霜因素日不爱说话，所以独个儿坐在一旁，看她们斗草。时值春盛，上苑遍植奇花异草，这个寻了紫珠草，那个折了白玉兰，七嘴八舌。

正讲得热闹，直殿监的小太监小余送新扫帚来了，宫女们玩乐兴头上，无人理会。如霜便起身接了领牌，在上头画了押，又领小余去开库房。待锁了库房出来，小余见四下里无人，忽然低声如同蝇语："听说皇上要赐十二名宫女给达尔汗王，请姑娘早做打算。"

如霜轻轻点一点头，轻得几乎连耳上米珠坠子也并未摇动半分。小余自去了。

过不得几日，果然司礼监颁诏，从后宫中挑选十二名宫女，赐予即将回藩的达尔汗王。如霜听到自己名字赫然在册，正是意料中的事，自然无动于衷。

她们这十二个人一经选出，便被送往一处别苑，由司礼监调教礼仪，只待过得大半个月，达尔汗王起身回藩，便携她们同往。

达尔汗王年过六旬，年老体衰，又是异姓藩王，循例非奉诏不得入京。关外黄沙漫漫，极为寒苦，她们这一去只怕今生再无机会重踏关内，所以虽然每日好饮好食，又有专人侍候，被选中的这十余宫女仍旧黯然神伤，背地弹泪。

这天晚上，如霜一觉醒来，隐约又听到啜泣声。她们本来两人住一间屋子，便知又是同屋的宫女在哭。夜里安静，如霜本来睡眠极轻，这一醒再也睡不着了，只得睁大了眼睛躺在那里，听她嘤嘤咛咛哭得伤心，一颗心却木然没有半分哀恸。

还哭得出来，多好，她是连哭都哭不出来了，两眼早已干涸如枯潭。自从小环死后，她最后一次号啕大哭，便将此生的泪都流尽了。她从此再没有泪可流，要流唯有流血。心底如同有阴柔的小火苗，燎得五脏六腑都刺痛如焚。

她不能想到小环，不能想到过往，十六岁前的那些日子，只要稍稍想起半分，心底就会有翻滚的气血，汹涌得仿佛再也压制不住。她的手心滚烫，从枕下摸索出一只小小的扁银盒，打开来里头皆是蚕豆大的丸药，散发着一缕幽冷香气，触鼻即生奇异的镇定之感。她吞了一丸下去，仿佛一口气终于缓了过来。

她因上次被缢窒息过久，心脉常常不胜负荷，睿亲王所延名医开出了这个秘方丸药。自她入宫之后，睿亲王的人想方设法才将这匣药送到她手上，发作之时必要吃上一粒，方才能够平复。

如果哪天一口气喘不上来，就此死去，不知是幸抑或是不幸。丸药渐渐生了效力，全身的寒苦与心悸终于渐渐平复。

她忆起睿亲王散漫慵懒的眼神，有时他的目光从她脸上掠过，会给她一种错觉，仿佛他不是在看她，而是在看一柄锋利无双的利刃，即将无声地穿透骨血，插入对手最紧要的心脉。那眸中闪烁的神光，便突然掠过一缕根本无法捉摸的轻傲与得意，他嘴角轻抿，浮起天高云淡的些微笑意，重又是翩然如玉的贵胄亲王。

昔年深闺重重，除了父兄，她根本未曾多见过别的男子。如霜偶然会忆起几位兄长，但他们常年随着父亲征战在外，即便回到家来卸下铠甲换了便装，黝黑的脸庞上总有着风霜的痕迹，一双眸子常常散发着鹰隼般锐利的光芒，令人不敢逼视。而睿亲王的眼睛总是散漫无神，仿佛这世上任何东西，都不能引起他的兴致。

但她知道他要什么，她知道了他的貌似颓靡底下其实暗藏着汹涌的野心。他是兴宗最心爱的皇子，骨子里流淌着虞氏皇家的残酷嗜势。他想利用她得到什么，而她借此也将得到自己所想要的，这一场交易，她没有吃亏。

她蜷在床上一动不动，自从家破人亡之后，她一直都是这样的睡姿，仿佛一只惶然于密林的小兽，再也无法安睡。她就那样静静蜷伏在枕上，听着窗外点滴的微声，滴落在新展的蕉叶上。

那一日是雨天，雨从夜里就点点滴滴、疏疏落落直到天明，众人晨起梳妆时，司礼监已经派人来催促："莫误了时辰。"

为示礼遇藩王，成例本应是皇后赐宴此十二名宫女，慰勉数句，作饯行之礼。但当今皇帝还是皇四子毅亲王之际，元妃周氏已病卒，皇帝即位后不过一年，视作副后的皇贵妃又难产而殁，所以中宫一直虚悬。因此这日由宫中位分最尊的华妃主持赐宴。

如霜打叠起精神，同众人一同梳洗过了，换了新衣，皆是针工局精制的时新春衫，一色的鹅黄衫子葱绿百合裙。十二人亭亭玉立，更显姿态袅娜，容貌美丽，当下由司礼监太监率了去领受赐宴。

赐宴之处在明月洲。明月洲其实是湖中一座小岛，凌跨湖面有一座垂虹桥，红栏弓洞，如长虹卧波。众人方从桥上迤逦而下，忽然听见遥遥的击掌声。司礼监太监忙低喝一声，她们皆是受过礼教的，立时顺着石阶恭敬跪下。

如霜眼角余光微瞥，只见湖中荡漾着一艘极大的画舫，四周还有十余小舟簇拥相随，舫中隐约飘出丝竹之声。如霜见到船首作龙纹，船头簇拥着辂伞冠盖，在蒙蒙细雨中隐约可见，已知是御舟，一颗心不由得狂跳起来，仿佛有什么东西硬生生要从胸口迸发开来，全身的血都涌入脑中。她狠命咬住自己的嘴唇，才能压抑住心底那种狂乱的冲动。

因天朝地势，西高东低，境内倒有大半州郡濒海，皆多河泽湖泊，国人擅长治舟，制舟之技良闻诸国。舟上构建数层，玲珑如楼，号称"楼船"。这御舟自然极为宽敞明亮，宝顶华檐，飞牙斗拱，如同一座水上楼台。飘荡湖中，丝弦歌舞借着水音更显缥缈悠扬，眺望两岸杨柳垂碧，夹杂无数的灼灼桃花，不远处层叠楼台轻笼在烟雨

里，便如一卷最完美的画轴。

真是一片大好的湖山。

睿亲王轻抿一口杯中略温的酒，漫不经心的目光似是无意，掠向御座之上的帝王。九龙盘金朱漆御座，每一片金色的龙鳞都宛若鲜活，皇帝端坐其上，像是在倾听像亲王与达尔汗王说笑，嘴角恍惚是微微扬起，虽有笑意，总觉得隔了一层，虚浮得如同并不真切。

皇帝素来寡笑少欢，大约因为兴宗皇帝在世的时候，并不甚喜这位皇子，而他的母妃钟氏又偏爱小儿子皇十一子敬亲王定泳，所以自幼在双亲的漠视中长大，养成皇帝这种淡然凉薄的天性。

这皇位本不该是他的。

兴宗皇帝冲龄即位，在位四十余载，所育皇子成人的共有十二人。睿亲王定湛是兴宗的皇六子，乃是贵妃冒氏所出。冒贵妃出身寒微，却深得兴宗宠幸，生下定湛不久，便册封皇贵妃。子凭母贵，定湛又生得极为聪颖，兴宗不免有意想立他为太子。

内阁丞辅们却秉承祖制，力主立皇后所出的嫡长子定沂为太子。定沂才资平庸，兴宗素来不甚看重这个儿子，于是帝相僵持，内阁群臣以辞职要挟，罢朝达数日之久，兴宗终于被迫让步，立定沂为太子，将爱子定湛封敕睿亲王。彼时睿亲王才不过九岁，是本朝四百余年来破天荒的未成年分府即封王的皇子。

兴宗崩后，太子定沂柩前即位，是为穆宗皇帝。定沂十八岁方被册立为太子，兴宗调教极为严厉，定沂平常在皇父面前连路都不敢走错半步，十数年来实在被拘得紧了，即位后顿时如飞鸟脱樊笼，肆意妄为。他宠信内官，沉湎荒淫，在国丧热孝中即广选美女充陈后宫，信了道士的话吃"回春丸"，结果登基四个月之后，还未及等到第二年改元，便在天佑四十二年十月的丙子日，半夜暴薨在正清殿。

一岁之内连崩二帝，穆宗无子，如遵照祖训"兄终弟及"，该当兴宗的一位皇子继位。号称"内相"的司礼监秉笔太监李锦堂勾结穆宗的同母胞弟、兴宗第二子礼亲王定溏，封锁穆宗薨逝的消息，连夜指使京营入城。礼亲王定溏自恃为兴宗仅存的嫡子，意图夺取禁宫卫戍，谋得大位。

结果京营指挥使慕元假意应允，临阵倒戈，兵分两路，一路去围了礼亲王府，将定溏软禁，另一路将禁城重重围住，诳开宫门。李锦堂懵然无知，犹按原计开门相迎，不想慕元领着数万雄兵，拱卫而入的竟是毅亲王定淳。

李锦堂见大势已去，立刻跪地改口高呼毅亲王为"万岁"。定淳不过冷笑一声，亲手挥剑斩杀了李锦堂，然后以袍襟拭血，命慕元"除奸佞、驱阉竖"，慕元躬身领命。是夜，京营闭城大索礼亲王定溏与李锦堂的余党，此即是后世史书上所载的"丙子之变"。

就在毅亲王剑诛李锦堂之后，被重重围住的礼亲王府突然走水，熊熊大火映得京城半边天空都是稠红的焰光。此时通城的百姓方知起了变故，而入城的京营已经派出重兵维持宵禁，由素日与毅亲王来往最密的

豫亲王亲自率令，所有闲杂人等一律不得上街走动，更遑论救火。

后来人皆道礼亲王定溥谋逆事败后自愧难当，最后纵火自焚。礼亲王府上下三百余口人，皆在这场大火中尸骨无存，连一个活口都未能逃出来。礼亲王府连绵数里的雕梁画栋、锦绣亭台，全都在这场滔天大火中化为乌有。

一连三日，大火燃起的滚滚浓烟几乎连日头都遮蔽得黯淡无光。一直到第四日黄昏时分，才由京畿道领着兵卒渐渐扑灭余火。此时礼亲王府早烧成了一片白地，而宫里宫外已经肃杀一清，不仅李锦堂的余党，连同礼亲王的心腹属臣，都诛杀得干干净净。

毅亲王定淳在朝仪门称帝，第二年改元永泰，便是当今的皇帝。

丙子之变前数日，睿亲王正巧被穆宗遣去裕陵祭祀兴宗，待得归来，大局已定。皇帝遣使迎出郊外，睿亲王俯首称臣，皇帝亦待这位手足极是客气，赏赐了大量的财帛庄田，又赐他亲王双俸。

因兴宗宠爱太过，睿亲王自幼骄奢无比，此时无人管束，更是花天酒地，不思进取，每日只在自己府中以各种稀奇古怪的花样取乐。睿亲王素好丹青书法，手下人诸般奉承，强占豪夺士绅家藏的珍品字画。他又喜杀戮家奴，强夺良家女为姬妾。

一时清流民意如沸，御史连谏数本，却都被当今皇帝一一留中不发。于是举朝皆知，皇帝对这位手足另眼相待。睿亲王每在御前，也稍稍收敛一二，私底下却依旧寻欢作乐，荒唐难言。

【四】

　　歌伎舞罢，重又添酒。达尔汗王微微有些头晕，怕是有几分薄醺了。杯中之酒称为"梨花白"，色如梨花，初饮如蜜，后劲浓醇，不知不觉就会上头。达尔汗王喝惯了关外干脆爽辣的青稞酒，不想这样淡甜的蜜水也会醉人。此时微眯着双眼望去，舞伎的薄绡纱裙如同流光的绮艳湖水，四处轻漾起华美的波　。

　　上苑华丽精美的无数楼台，点缀在青山碧水之间，歌吹管弦之声飘荡在迷离的春雨绵绵里，仿佛能抽走人全部的力气。

　　这样的山水，怨不得会使人萎靡不振，达尔汗王想道。

　　那位坐在西首席上的睿亲王，一副懒漫疏散的样子，仿佛于世间万物皆没有半分兴致。天朝上国的亲王，起居富贵，没有半分豪强男儿之气，不由得令一生飞沙走石、长于马背的达尔汗王大起轻慢之意。倒是那位豫亲王年纪虽轻，待人接物气度高华，令人不敢小觑。

　　御舟渐近桥洞，垂虹桥下跪着数名内官，并十数名女子，一色袅

袅婷婷的鹅黄粉绿，十分醒目。

皇帝见着，随口问了身后侍立的司礼监太监赵有智，才知道原是选出来赐给达尔汗王的那十二名宫女，前去明月洲领受赐宴，不想遇上御舟。皇帝并未在意，御舟已经缓缓划出桥洞，向玉清湖深处驶去。

桥畔的司礼监低声招呼众人起身。如霜轻轻咬一咬牙，便是这一刻了，此生的成败皆在此一举。

如果不愿卑微地死去，那么，就让她轰轰烈烈地活着。

众人还未直起身来，她已经霍然起立，越过桥栏，未待众人惊呼出口，已经飞身投入湖中。只听"扑通"一声，冰冷的碧绿湖水从四面八方涌上来，就像一匹硕大的绿绸子迅速地裹上来，裹得她紧紧不能透气。

众人的尖叫哗然，都成了隐约可闻的遥迢声响。暗绿的水光在头顶极远处，水直往口中鼻中灌进，窒息的感觉再次涌入四肢百骸。头顶的光亮渐渐深重，绿的光越来越少，黑暗压上来，她的意识渐渐模糊。

就像是那天，冰冷的素绢已经勒住她的喉头，无法呼吸，意识渐渐离去，却能听见最后渐渐远去的纷杂脚步声。

她一定能够得偿所愿。

仿佛过了许久许久，胸口突如其来一阵压痛，痛得入骨，她本能地想要张口呼痛，却呛出第一口水来。她剧烈地咳嗽，呛出更多的水，有人低声道："好了，没事了。"

她咳得连眼睛都睁不开，全身剧烈地颤抖着，一口口将水吐出来，有人拿衣袖胡乱地替她拭着脸，她这才睁开双眼，原来已经身处在御舟甲板之上，身侧围着数人，全身皆是湿淋淋的，瞧那装束都是侍卫。

为首的侍卫见她神志渐渐清醒，松了口气，使个眼色，数人皆躬身垂手退开，明黄的一角锦袍终于从侍卫身后显露出来，慢慢近前，最后离她不过咫尺。巨大的辂伞随他移至，遮住了头顶绵绵的雨丝。

她看得清他明黄靴尖上的细密米珠，攒成万寿无疆的花样，离她这样近，她衣上淌下的湖水渐渐浸润他的靴底。她止不住地咳着，全身颤抖得几乎无法呼吸，冰冷的湿发黏腻在她的脸上，薄薄的衣裳滴滴答答往下淌着水，她几乎已经再无半分力气，只蜷伏在那里一径喘息。

有手伸来，那是明黄缂金九龙纹，袖口繁丽的金线堆刺，手指却几乎没有什么温度，抬起了她的下颏儿。她缓缓抬起头来，终于望见一双似曾相识的深邃眼眸。

几乎在看清她容颜的那一刹那，那眸中突然闪过一丝异样的光芒，仿佛是错愕，又仿佛是惊诧。那目光像利刃一样刺痛了她，她几乎可以听到自己脉搏的跳动，突突如同泉源，将更多的热血涌入

胸际。

他！

怎么会是他？怎么可能是他？竟然就是他！

电光石火间，突如其来的天崩地裂。她几乎无法睁着双眸，而耳畔隐约只有母亲凄厉的尖叫："霜儿！"

满门的血仇，那样多的血，漫天漫地地涌来，视线中只有一片血海似的殷红。父亲、母亲、兄长、姊妹……那样多的人，那样多的血……慕氏满门百余条性命，漫天漫地的血，一直涌过来，涌上来……

她猝然拔下发间银簪，拼尽了全身的力气向他扑去。

豫亲王大喝一声："护驾！"一个箭步已经抢上来挡在皇帝面前。

更多的侍卫纷纷抢上前来，无数人涌上来，将她拖开去。她拼命挣扎，手中的银簪乱挥乱刺，有侍卫劈手将她的银簪夺了去，磨得极尖利的簪尖划伤了她自己，她也不觉得痛。一滴滴地往下滴落的，不知是雨水还是湖水，她如同最绝望的小兽，撕毁着触手能及的一切。

"唔"地疾风扑面，有人重重地给了她一掌，她站立不稳，整个人向后跌去。无数双手按住她，更有人用脚踹过来，她觉得自己成了一块腐烂变脆的陈绢，几乎可以听见每根经纬断裂的声音。

就在电光石火的瞬间，忽听到一声暴喝："放开她！"

侍卫们如碰到烧红的烙铁，立刻全都撒开了手。

她头上挨了重重一击，半边脸全是火辣辣的，左眼也肿得睁不开，模糊的视线里看见自己衣上全是斑斑点点的血迹，才知道手背让簪尖划了一道深长的伤口，血正滴滴答答往下淌着。一颗心却狂躁得无法安宁。杀了他！怎么才能杀了他！哪怕粉身碎骨，如何才能杀了他！

他竟向她张开双臂，像是想将她拥入怀中，豫亲王抢上来想要阻拦，他反手竟将豫亲王推了个趔趄。他另一只手执意伸向她，她抓住他的手臂，用尽了全部的力气深深咬了下去。他身形微顿，却依旧强行将她揽入怀中。

隔着数层衣裳，她口腔中终于漫起血味的腥甜，而他纹丝不动，只是用另一只手紧紧搂住她。她几乎要咬下他的一块肉来，强烈的恨意使全身的力气几乎都在这一咬中使尽，她胡乱撕扯着他胸口的衣襟，更深更狠地咬下去。

豫亲王又叫了声"皇上"。他依旧纹丝不动，孤寂冷冽的面容终于令豫亲王欲语又止，过了良久，垂手慢慢退后。

内官与侍卫簇拥在远处，不敢再上前半步。雨丝银亮，渐渐濡湿他的衣裳，明黄金线的龙纹无声浸润成灰褚的颜色，湿衣贴在身上渐渐发冷，可是一颗心在胸腔里怦怦直跳，牵起肋下隐隐作痛。

他长长吁了口气，用另一只手轻轻拍了拍她的背。

忽然有泪，极大的一颗，从眼角慢慢地沁出来，"嗒"地砸落，

血水混着湖水和雨水，一点一滴地往下淌着。她终于崩溃，筋疲力尽地松开牙关，明黄龙纹的衣袖上迅速浸出新月形的血痕。

他却紧紧地抱住了她，语气温存得如同耳语："我在这里。"

她的头被他紧紧地贴在胸口，她听得到他心跳的声音，他的气息陌生又熟悉，夹杂着清新的雨水与瑞脑香甘苦的气息。她突然觉得心中一松，整个人前所未有地松懈下来，他的臂弯温暖而坚固，仿佛能抵挡住一切。

他只是紧紧地搂住她，他整个人本来如铁如石，目光却渐渐转柔，如同锋利的冰刃，渐渐为雪水所蚀。

没想到竟有这一日。豫亲王在心底暗暗喟叹，这就是冤孽。他心中愁虑顿生，退至舱前的卷檐之下，隔着半开的舱窗，只见睿亲王伏在案上，半杯残酒淋漓，濡湿大半衣袖，已经醉倒了。

如霜病了许久，也许是七八日，也许是十余日，每日昏昏沉沉，发着高烧，偶然醒来总是惊悚呓语。三四个御医轮换着诊脉，大碗大碗的苦药喝下去，总不见效。后来皇帝命人飞马回京，召来太医院的院正济春荣，让如霜慢慢调养，才算渐渐有了起色。

等她能下床的时候，已经是四月里了，春光渐老，连窗外的杏树也已绿叶成荫。

后宫主事的华妃特遣来服侍她的宫女殊儿慢慢搀了她在妆台前坐

下，含笑道："我替姑娘梳一梳头吧。"

她并不答话。

殊儿拿了犀角梳子，慢慢替她梳着一头青丝。因病中吃药，她头发每日都掉落不少，此时一梳，更是掉得厉害。殊儿不动声色，一只手慢慢梳着，另一只手轻轻按着头发，动作极快，已经将落发轻巧揉入袖中，不让她看见。

镜中的人瘦得掉了形，仿佛一朵风干的花，脆弱得轻轻碰触就会粉身碎骨。皮肤显出隐隐的青玉色，面孔上透出的病态潮红，倒像是盛装胭脂的红晕。映在铜镜里的一双眼睛，本应是黑漆点就，时日久了漆光尽黯，仅余了一点灰淡的光泽。在层层叠叠的锦衣裹簇下，仿佛只是个毫无生气的偶人。

殊儿替她松松绾了个髻，从首饰盒里挑了支翡翠步摇，长长的细密璎珞在指尖总琮作响。方在鬓前比了一比，她已经摇一摇头，殊儿只得放下。

如霜自顾自起身，长长的裙裾无声曳过平滑如镜的地面，许久没有走路，脚步有些虚浮，但她走得极稳。

此后的路途艰险，她虽走得慢，可是一定要走得稳。

阳光从窗棂透进来，细密的一束一束，每束尽是无数细小的金尘，打着旋，转着圈。窗扇上镂雕着梅花鹿与仙鹤，团团祥云瑞草绕缠，细密的雕边上涂着金泥，富贵华丽，正是"六和同春"。

她微微抿一抿嘴角，终于开口："我不在这里住。"

她声音嘶哑粗嘎。这么多天来，殊儿第一次听到她开口说话，猛吃了一惊，心道这样一位冰雪之姿的美人为何嗓音如此难听，但脸上却依旧笑盈盈的："姑娘住得好好的，怎么突然又不想在这里住了？这里地方宽敞，最要紧是离皇上住的'方内晏安'近，何必再挪地方？"

她面无表情，并不再言语，侧身将高几上一只石榴红的美人耸肩瓶取下来轻轻一掼，"咣啷"一声便是满地狼藉的瓷片。

她漠然地踏过去，步子依旧很轻，软缎的鞋底顿时被锋利的瓷片划透，每一步足底都绽开嫣红的莲花，细细蹀步发出轻而微的声音，轻薄瓷片被踏裂成很小的碎礴。她漠然向前，锃亮如镜的金砖地上漫出的血色更显殷浓，缓缓地无声蔓延，像小儿的手，迟疑地伸向四面八方。而她恍若无知无觉，只是步履轻慢。

殊儿吓白了脸，拿手掩着嘴，半晌才尖声叫唤，召进更多的宫女，强制将她扶回床上，急传御医，再不敢劝一句。

这样的事情自然瞒不住，向晚时分传蜡烛，轻烟散入寂寂深殿。皇帝总是这个时分来看她，得知今日之事后顿然发作。

如霜并不言语，她本来就不爱说话，在睿亲王府中那次被缢，虽然最终获救，但声带已然受创，嗓音尽毁，于是更加寡言少语，如同哑巴。

她足上缠了纱布，斜凭榻上，榻前的灯盏亦被点燃了，赤铜鎏金的凤凰衔着一盏纱灯。灯光朦胧暗红，仿佛一颗衰弱的心，微微跳动。朦胧的灯光映在她脸上，稍稍有了几分血色，但那颜色也是虚的，像是层单薄轻纱，随时可以揭了去，依旧露出底下的苍白。

一袭浅樱色的窄窄春衫，穿在她身上犹嫌虚大，领口绣着一小朵一小朵浅绯的花瓣，堆堆簇簇精绣繁巧，仿佛呵口气便会是落英缤纷。原本如花的容颜，眉目之间唯有惯常的漠然疏冷。皇帝雷霆万钧的发作，她皆恍若不闻，亦不同。

她在心里漠然地想，他这样子对她，难道真的是因为六姐？

这么久以来，她竟没有一次想起过六姐。六姐是另一位狄夫人所出，家里姊妹多，各人都有乳母丫头侍候，虽然年纪相仿，昔年六姐未嫁之前，在家中与她也并不亲近。仔细想一想，甚至连六姐的眉目都模糊成一团柔软的光晕。

六姐的死讯传到狱中的时候，父亲的脸色微变，然而一句话也没有说。

皇帝发落完宫女，又转过脸来狠狠地望住她，还没有说话，她忽然将脸微微一低，整个人已经倾入他怀中。

虽然这二十余日来经常相见，但总是病榻之上，并未尝交一言。偶尔离得近些时，她身上清凉恬淡的气息总令他有些怔怔，下意识便想躲开去，可是又不忍躲开去。她身子单薄温软，孱弱无助，皇帝的

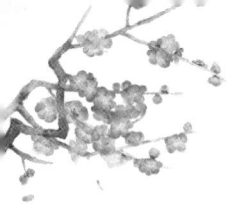

心忽然一软，就像是坚冰遇上炽热的利刃，无声无息就被切化出一道深痕。

皇帝手臂慢慢抬起，终于揽住了她的腰。明知这是蛊，是毒，哪怕穿肠蚀骨，亦无法抵挡，就那样饮鸩止渴地吞下去。过了良久方轻轻叹了口气，对她道："既然不愿在这里住，命人另挑个地方就是了，何苦如此。"

语气出奇温和，带着一点点怅然无奈。

如霜道："我要你在这里。"

我要你在这里……

有风掠过耳畔，许久以前那个风雨交加的深夜，他独自徘徊在承平门楼之上。无星无月，夜色浓稠如汁，雨哗哗地激在城楼屋瓦之上，湿而重的寒气浸透衣裳。身后是皇宫连绵沉寂的殿宇琉璃，脚下则是西长京的万家灯火，就像天上倾下百斛明珠，在风雨摇曳中朦胧成一片珠海。

宫中的柝声响了三更，有一盏微黄的灯渐渐近前。提灯的人穿着黑色油衣，无数条水痕顺着油衣淌下，赵有智全身湿淋淋的，就像刚从水中捞出来一般，行礼见驾，他默然无声。

"是位小皇子……"淡白的暖气从赵有智嘴中呵出，瞬间便被寒风冷雨夺去了最后一丝温度，"生下来就没了气息……皇贵妃去得极安静，只是在神志渐渐模糊时，方才叫了几声皇上的名讳，最后一句话说得是：'我要你在这里。'"

他攥着冰冷的城堞，生硬的边角深深地陷入掌心，无数雨水顺着手腕流向肘底，不是痛，而是迟钝的麻木，极细的一线线，绕上来，绕上来，麻痹地缠绕着，连心都像是裹上一层厚厚的茧。

可是那貌似厚重的茧内，一切其实都在瞬间碎为齑粉，放肆的冷风掀起他的明黄大氅，寒气穿透了他整个身躯，大氅扑扑地翻飞在夜色里，整个人都被风雨浇得冷透，冷得像是浸在严冬深潭的寒冰里，再也期望不到融化的那一日——她从未向他要求过什么，直到此生的最后一刻，她才说了这样一句话。

他却不在那里。

脚下万顷的繁华灯火渐渐模糊为无数的流星，每一颗都在眼中划出迷离的弧迹，终于凝成淡薄的水汽，风雨冷漠，水汽瞬间已经吹得尽了。

眼前的容颜渐渐清晰，仿佛有盏小小的灯，隔着无数重风雨之夜，终于照在了人脸上。苍白羸弱的脸庞上有双亮得惊人的眸子，眸光如凝着冰凌，似乎可以直直地刺进人心底去。而往昔的一切，终究是分崩离析。

他转开脸去，淡淡地说："你歇着吧，朕明日再来看你。"

【五】

下雨了。

暮春四月，疏疏几阵雨过，满目的绿肥红瘦，眼见着春光渐逝。

如冰似玉的盖碗里碧绿的一泓新茶，茶香袅袅，正是今年新贡的丰山碧玉尖。太烫，华妃轻轻吹了吹，又重新放下，漫不经心地说道："怕不是妖孽吧。"

涵妃生得娇小甜美，一笑更是靥生双颊，话语里却有闲闲的讥诮："姐姐说得是，保不齐真是个妖孽呢，不然怎么就落到湖里也死不了，捞上来之后，皇上只看了一眼，脸色都变了。"

华妃道："说到底就是个罪臣之女，操贱役的奴婢，成不了什么气候。皇上大约是因着皇贵妃的缘故，才另眼相看罢了。"

涵妃道："我倒不怕别的，只是慕家刚坏了事，就怕她万一存着异心，做出什么大逆不道的事情来。眼下竟容她在方内晏安住着，放这样一个人在皇上身边，想想就叫人心里发毛。不如请七爷劝劝皇上，如今也只有七爷说话，皇上才听得进去。"

豫亲王定溧在兴宗诸皇子中行七，是皇帝自幼最相与的一位手足，宫中家常都称呼他一声"七爷"。

华妃摇了摇头，说："怎么劝？如今皇上连个名分都没有给她，甚至不曾记档召幸，七爷虽不是外人，总不能请他去劝皇上，说不能留一个宫人在身边。"

涵妃脱口道："原本是挑了赏给达尔汗王的啊，不如请七爷劝劝皇上，依旧将她赏给汗王得了。"

华妃笑了一声，道："既留下了，怎么还会再放出去。"接着悠悠叹了口气，"我劝妹妹一句，还是少安毋躁，息事宁人吧。"

涵妃本还有一肚子的话，被华妃这样不冷不热地挡了回来，只得赔笑了一声，随口又说了几句闲话便告辞了。她住的地方离华妃所居不远，所以并未乘轿辇，内官撑了油纸大伞，她扶了宫女的肩，一路穿花度柳缓缓而行。

待上了双镜桥，才瞧见廊桥里有人，想是几名避雨的宫女，心下也未在意。待走得近了，几名宫人都慌忙拜礼，却有一人独坐在美人靠上，望着碧绿的湖水出神，连头也未尝转过来。

涵妃身侧的内官出声呵斥："大胆的奴婢，见了娘娘还大模大样地坐着，可是活腻了？"

那人这才转过头来，涵妃心头一震——并不是出奇美艳，可是姿

容似雪，眸光如冰，令人无法逼视，却又教人移不开目光去。她在心里想，这样一双眸子，倒真的好似已故的慕妃。

跪在下头的宫女殊儿已经赔笑道："请娘娘恕罪，慕姑娘有病在身，不便行礼。"

涵妃听到"慕姑娘"三个字，不觉冷笑。她是皇长子的生母，素日在宫中连华妃都礼让她三分，不由得又冷笑了一声，道："既然有病，下着雨还出来逛，我看这病也没什么大不了。我入宫这么多年，也没听说病了就可以不守规矩，连尊卑上下都不必讲究了不成？"

殊儿赔笑道："娘娘且息怒，今日皇上特旨，让慕姑娘出来散散心，原说走走就回去，谁知遇上雨，便耽在了这里，并非有意冲撞娘娘。慕姑娘素来是这种性子，入宫又不久，对宫规不甚了了，连皇上平日都并不怪罪。"

最后一句话听似云淡风轻，涵妃却觉得格外刺耳，不由得大怒："少口口声声拿皇上来压我。见了本宫，她还坐在那里纹丝不动，这是什么规矩？一个乱臣贼子的余孽，容她活到今日就是格外的恩典，再不安守本分，拉下去一顿打杀，叫她去陪慕家那群孤鬼。"

听她辱及慕氏，如霜眸中寒光一闪，旋即懒懒回过头去，望向湖上十里烟波翠寒。她声音本来嘶哑粗嘎，音调声量也不大，吐字却清清楚楚，正好让桥上的上下人等全都听见。她漫不经心般道："你不敢。"

涵妃勃然大怒，如霜恍若无事，自拣了拂过桥栏的碧绿长柳垂枝，折手把玩，随手揉搓了嫩叶落入水中，引得红鱼喁食。

涵妃气得浑身发颤："我不敢？竟敢说我不敢？难道我还治不了你这妖孽？"回头命随侍的内官，"去传杖！将这贱婢拖下去用心打，给我打得教她认得尊卑。"

随侍的女官听说要传仗，急急暗中轻拽涵妃的衣袖。涵妃一句话脱口而出，此时方悟过来，怔了一怔。

殊儿却磕了一个头，神色恭谨如故："请涵妃娘娘三思，慕姑娘不同别人。"

这句话不说还好，一说更如火上浇油。涵妃心一横，发狠道："给我传杖！连这个贱婢一块儿打！"

殊儿见涵妃动了真格，连使眼色，命一名宫女悄悄退去报信。偏生被涵妃看见，点名叫住："都给我老老实实待在这里，谁敢迈下这桥一步，我先打折了她的腿，看谁是长腿快嘴的。"喝令内官们上来拖了两人，另有人立时去取刑杖。如霜亦不挣扎反抗，任由人扯拽了自己去。

涵妃转念一想，叫道："慢着。"嘴角噙着一抹冷笑，"就在这里打。"

宫中所用的廷杖和外廷所用并不相同，长不过一丈二，粗亦不过七分，却是枣木所制，着肉不溃，一杖下去极易伤及筋骨。

殊儿跪着道："娘娘素来菩萨样的心肠，求娘娘念在慕姑娘病着，只教训奴婢就是了。"

涵妃笑了一声，说："好个忠心的丫头，你且放心，你们两个，一个也少不了。"她存心想令如霜惊惧求饶，指了指殊儿，说："先打这丫头，给我着实打。"

廷杖分为两种，所谓的"用心打"或者还有活路，所谓的"着实打"就是打死算完。

行刑的内官们动作最是麻利，立刻将殊儿按倒在地，拿麻核桃塞住了嘴，高高举起了廷杖，十成用力"笃"一声闷响重重击下。殊儿痛得满头大汗，呜呜哀哭，如霜被押在一侧，恍若未见。

只听监刑的太监唱着计数："一杖……两杖……三杖……"方数到第五杖，殊儿已经痛得昏厥过去，再无声息。

涵妃见如霜脸上波澜不兴，暗自诧异，犹以为她被吓傻了，将脸一扬。内官们便上前来按倒了如霜，待要将麻核桃塞入她口中，她本能地将脸一侧，满脸厌憎之色。

涵妃心里这才觉得痛快了些，微笑道："原来你也知道怕。"

如霜并不言语，目光轻慢傲然，径直望向她的身后。

涵妃犹不自知，正欲再说话，身侧的宫女内官已经纷纷跪了下去。她心中一沉，蓦然回首。

果然，只见明黄九龙辂伞迎风吹扬，皇帝负手而立，赵有智随侍，金碧辉煌的銮驾仪仗拱卫身后，连绵十数步内，寂静无声。这么些人，竟悄悄的没有声息，不知是何时已经近前来。

事出仓促，涵妃只得行礼见驾："臣妾请皇上万福金安。"

皇帝冷笑："万福？朕的人还没被你生生打死，可真算是万福。"

赵有智连使眼色，早有人抢上去扶了如霜起来。皇帝见她发鬓微松，神色冷漠，虽瞧不出什么伤处来，足旁却有个殊儿已经昏死在杖下，自己如若迟来一步，后果堪虞。心中不由得一凛，眉头微微皱起："叫好生养着，又出来做甚？"

如霜轻轻抿一抿嘴，依旧是那种冷漠神情："不是你叫我出来逛逛？"语气极是轻薄无礼，亦不是御前奏对该有的口气。

皇帝正在气头上，心下大怒，转脸看到涵妃，目光寒冷如冰。

涵妃既惊又惧，万万想不到为了一个宫女，皇帝竟会如此动怒。她心下害怕，语中已带了哭音："皇上，此宫女无礼在先，臣妾才依宫规教训，望皇上明察。臣妾虽然无知，亦不过遵照祖宗家法行事。"

皇帝长眸微睨，俊美的脸庞上忽然微蕴笑意："祖宗家法？你还有胆量抬出祖宗家法来压朕，什么叫祖宗家法，任由你们算计了朕，难道就是祖宗家法？"笑容顿敛，怒意已经骤然发作，语气森冷严厉："立时送涵妃回京。长宁宫她定是不乐意住了，日后就在万佛堂跟着太妃们好生修炼修炼品性。没有朕的旨意，不许她迈出

仪门半步。谁要是前去探望，只准进，不准出，就在里头陪她一辈子才好。"

万佛堂原是宫中太妃们吃斋念佛的地方，孤苦冷寂，青灯古佛。涵妃万万没想到皇帝竟会震怒如斯，顿时花容失色，全身簌簌发抖。

赵有智躬身低语相劝："万岁爷，涵妃娘娘行事纵有不妥，还请皇上瞧在皇长子的份上……"

皇帝冷笑一声："这样阴柔狠毒的女人，哪里配做母亲？没得带坏朕的皇子。趁早关她在万佛堂里，让她好生忏一忏她的罪孽。"气犹未消，补上一句，"皇长子亦不准前去。"

涵妃掩面"哇"的一声哭出来。皇帝素来最厌恶女人哭泣，转开了脸凝望如霜，但见她目光迷离，望着远处烟波浩渺的湖面，不知在想些什么，身畔的这些纷杂话语，仿佛半分也未听见，哪怕是听见了，也丝毫未听到心中去，样子如常冷漠疏离。

皇帝本来在方内晏安歇午觉，被赵有智叫醒，匆忙前来，又发了一顿脾气，午觉自然是睡不成了，依旧起驾回去。

方内晏安为上苑四十六景之一，乃皇帝在上苑所居正寝，规制一如宫中的正清殿。正殿向例用来召见亲近的王公大臣，即俗称为"内朝"之地。皇帝平素居于东侧殿，殿中有景宗手书匾额"静虚"二字，于是又被称为静虚室——此方是正经御寝内殿。

静虚室虽称为室，亦比寻常殿宇更为深广恢宏。皇帝素来喜静，遍室皆铺厚达数寸的地毯，只挥一挥手，宫女内官瞬间悄无声息退得干干净净。

窗下本有软榻，如霜此时仿佛累了，微露疲态，径直走过去伏在榻上，旋即已经合起眼睛，浑然不顾皇帝在侧，似是丝毫不觉自己大违宫规礼制。殿中错金大鼎里焚着苏合香，淡白轻烟如缕，一丝丝散入殿宇深处。

紫檀锦红海棠的软榻，如霜伏在那里，长袖逶迤，层层叠叠依着裙裾直垂到地上的红毹毯之上，如西天灿霞般绚丽流光。正是暮春迟迟，窗外雨声渐渐，窗纱是新换的烟霞色贡纱，朦胧透出阶下萱兰芳草，一点绿意映在她的脸庞上，越发显得面颊如玉。

皇帝眉头渐渐展开来，过了片刻，"嗤"地一笑："下次可不许再这样无礼。"

如霜慢慢睁开眼来，定定地瞧了他一会儿。皇帝道："宫中多是非，后宫各妃嫔都不是好相与的……"如霜转开脸去，恍若未闻。

皇帝渐渐收敛了笑容："那个殊儿只怕已经被打成了废人，朕若是迟了一步，你待如何？"

如霜嘴角微抿，终于开口："她活该。"皇帝目光如炬，直直地望向她。如霜口气却依旧疏离冷漠："她是华妃的人，今日她有意从中挑衅。"

皇帝有几分意外，不由得道："原来你也知道——可朕若是真的

去迟了呢？"

如霜恹恹地不愿再说话，被皇帝目光逼视着，方不得不吐出了三个字："不会迟。"

如何会去得迟了？赵有智虽为司礼监秉笔太监，实际上亦是所谓"宫殿监"的督领侍，总领宫内全部宫人内臣。上苑行宫里一花一木，风吹叶落，如何瞒得过他？他必会叫醒了御驾去给她解围，况且……她懒得再想下去。

因为皇帝伸出手来，他的指尖向来很凉，带着一缕若有若无瑞脑香甘苦的气息，幽幽沁人。他用食指轻轻摩挲她略显苍白的面颊，轻声道："朕不会再让你受半分委屈。"

委屈？她在心中冷笑，血海深仇岂是可以用"委屈"两个字来一笔勾销？但身子微倾，已经依在他的肩头，呼吸间满是他的气息。

她微微有些失神，来得这样容易，反倒令人有种不真实的感觉，仿佛下楼一步踏空，心里无端发虚。脉搏的跳动渐渐急促，怦怦直击着心脏，胸口像是有什么即将要迸发开来，她微微沁出冷汗。

皇帝也觉出她的异样，问："怎么了？"

她几乎压制不住那气血的翻滚，一张口就仿佛会有血箭凄厉地喷出。她几乎用尽了全部的力气才咽下喉中的腥甜，维持住面容上的淡泊，只说了两个字："累了。"

皇帝习惯了她的寡言少语，手指抚过她濡湿冰冷的额角，语气温和地说："看你，出了这些冷汗，下去歇着吧。"

她退了下去。

她本来住静虚室后的廊房，退出殿后穿过长廊即是，就这么几十步路，她出了一身冷汗，几乎是挣扎着回到屋子。一关上门，急急取出枕下的药匣，吞了一丸药下去，整个人已经虚软得挣扎不到床上去，只得坐在脚榻上，半伏在床弦。

半晌药力才发作，她终于缓过一口气来。

窗外的雨已经停了，檐下兀自点点滴滴、稀稀疏疏地落着，远处殿角上挂的铜铃被风吹着叮嘟作响，偶尔一声半声远远地传来，听在耳里，仿佛荒郊古寺般静谧。

她有些虚软地伏在床畔，额头上都是冰冷的虚汗。她还不能死，未来万里遥遥，她连第一步都还未及迈出，她绝对不能死。她想起殊儿惨白的脸孔，如花似玉的一个人，此时只怕已经被拖到积余堂去等死了。这就是行差踏错的下场，在自己身边不过十天半月，就这样急不可待地想要借刀杀人，结果聪明反被聪明误。

她在心中漠然地想，涵妃视自己为妖孽，华妃亦是，可是她们竟然都不能明白根本——只要有皇帝在的一日，她们就奈何不了自己。

今日皇帝重责了皇长子的生母涵妃，将其遣回宫中幽闭，只怕会有更多的人将她视作妖孽了吧。

【六】

妖孽!

华妃抄起案上的茶碗,便欲向地上掼去,手已经高高举起,忽然又慢慢地放了下来。她若无其事地端着茶碗,怔怔了一会儿,终于呷了口茶,放下茶碗,唤自己的贴身宫女:"阿息。"

阿息躬身向前:"娘娘。"

"叫人预备,我去送一送涵妃。"华妃的声调平静如水,"毕竟是这么些年的姐妹。"

阿息悄悄地退下去安排。华妃换过了衣裳,望向窗外,但见暮色四起,雨气苍茫,上苑无数楼台尽融入迷蒙的烟雨间。

涵妃行装已经收拾完毕,其实也没有什么好收拾的,不外衣物箱笼。因为事出仓促,她所居云容水态殿中一片愁云惨雾,宫女脸上皆带了戚容。

华妃见涵妃脸上犹有泪痕,也不禁生了兔死狐悲之心,安慰她道："皇上只是一时震怒，所以才送妹妹回去。待过得两天皇上气消了，看在皇长子的面子上，自会再接妹妹回来。"

涵妃本来十分伤心气恼，见了她来，反倒像是平静了，淡淡地施了一礼："多谢姐姐吉言。"

华妃仿佛十分伤感，道："妹妹此去多多保重。自从皇贵妃薨后，只剩了咱们姐儿三个，晴妃病成那样，前天宫里遣人来，说是十分不好，只怕要到六月里才不妨事。我当时听了，心里就难过得什么似的。原先咱们在府里的时候，那样有说有笑，该是多么热闹。"

涵妃冷笑道："姐姐这话说错了，这宫里哪一日不热闹了？依我看，此时就热闹着呢，有人来看热闹，更有人来凑热闹。"

华妃只装作不懂，笑道："妹妹说话越发有机锋了，此去万佛堂跟着太妃多多参悟，必定大有结果。"

涵妃心中大怒，但转念一想，反倒笑了："我是个俗人，没有慧根，怕是参悟不了了。倒是姐姐素来聪慧，做事更是明白，怕只怕姐姐聪明反被聪明误，这么些年来苦心经营，反倒为他人作嫁衣裳。"

华妃抿嘴一笑，转开话题："妹妹去了万佛堂，若是缺了什么吃的穿的，尽管叫人来问我要，我保管替妹妹安排得妥妥当当的。"

涵妃笑道："姐姐放心，多谢你来看我，我不会跟姐姐客气的。"

华妃为三妃之首，涵妃依礼送出垂花门，华妃十分客气道："不必送了，就要动身了，原应该我送你才是。"

"多谢姐姐素日的照拂。"宫女内官本来都随在远处，不过是阿息扶着华妃的手，涵妃面带微笑，忽而悄声道，"我这一去，也不知几时有福才得重见姐姐金面，也请姐姐千万多加保重。只是那妖孽是皇贵妃的嫡亲妹子，姐姐看着她，难道心里不觉得害怕么？"

华妃心中一跳，脱口道："本宫为什么要怕她？"

涵妃笑道："姐姐说得是，姐姐如今是后宫主事，或许明年皇上就会晋封姐姐为贵妃，皇后之位指日可待。姐姐怕什么，姐姐什么也不必怕。"

回到自己宫中，华妃才觉得手心冰凉，全是冷汗，她心神不宁，坐下之后，捧着一盏茶，沉吟不语。阿息连唤了数声"娘娘"，她才抬起眼来："阿息，涵妃那句话你也听见了，你说，她是什么意思？"

阿息神色恭谨地答："娘娘，不管涵妃娘娘是什么意思，她都是在信口开河。殊儿那妮子沉不住气，坏了娘娘的大事，陷娘娘于危局。涵妃此去，于娘娘有利有弊。所谓利，涵妃不除，他日终究是娘娘的绊脚石；所谓弊，涵妃性情急躁，可以用作卒子，她这一去，娘娘未免失了一步好棋。眼下最要紧的是，娘娘该好生打起精神来，应对那位慕姑娘。"

华妃出了会儿神，才道："不怪殊儿，是我们低估了那妖孽。皇上素来在男女之情上看得极淡，皇贵妃在时，皇上待她虽好，亦不过尔尔。怎么这个妖孽反倒能有今天，我真是想不明白。"

阿息道："娘娘，经此一事，她已经是心腹大患。涵妃乃是皇长子生母，皇上尚且如此不顾情面，娘娘可要早做打算。"

华妃长长叹了口气："我原想借涵妃的手除了她，没想到弄巧成拙，涵妃这一去，晴妃又病得起不来——她不病也不中用，宫中连个可掣肘的人都没有，难道真要由着她去翻天了。"

阿息道："娘娘放心，天翻不了。"声音极轻，"皇上睿智英明，从不耽于美色，以皇贵妃与皇上的情分，皇上尚能下得决断，她一介罪臣孤女，又能翻起什么大浪来？即使皇上眼下为那妖孽所惑，那也不过是一时。"

华妃凝望她片刻，缓缓颔首。

因皇帝的口谕是即刻动身，虽天色已晚，亦不可耽搁。涵妃的鸾轿出了上苑，扈从簇拥行至西门已是酉时，城门已闭。城守不敢擅启，只得一层层禀报上去，待报至豫亲王行辕时，已经是戌时三刻过了。

豫亲王总领跸警事宜，每日必亲自巡看驻防，此时方从行苑驻防大营中回来，听说涵妃奉谕夤夜回京，心下奇怪，不由得问："为什么？"

前来禀报的人自然不知。豫亲王行事最是缜密，想了一想，命人去唤了当值的宫殿监来。因他兼领内务大臣，正是宫殿监的顶头上司，当值的内官不敢隐瞒，原原本本地讲了事情的始末。豫亲王不动

声色地听了，当下并未说什么。

因驻跸行苑，所以并没有所谓"大朝"，但豫亲王所辖事甚多，所以每日必入宫见驾。这日照例递牌子请见，豫亲王便随小太监入丽正门，方转过落花桥，径旁遍植槐树，槐花初放，绿荫如云，花香似蜜。但见十数名青衣小监执了钩镰提篮之物，正扶了梯子采摘槐花。

领头摘花的正是方内晏安的内官吴升，见着豫亲王，忙满脸堆笑打了个千儿："王爷钧安。"

豫亲王便问："这是在做什么？"

吴升赔笑道："皇上忽然想吃槐花饼，嫌御膳房弄得不新鲜，慕姑娘命咱们摘了槐花，自己蒸呢。"

豫亲王见篮中一捧捧雪白槐花，香气馥郁，甜香醉人，不由得道："已经摘了这么些，还不够么？"

吴升道："王爷不晓得，这些哪里够使——这些槐花，只取半开极嫩者，有一些儿黑点黄斑的都不要，一朵朵拣得干净了，方入甑蒸之，滴取其露，用干净雪绡纱滤过，澄成槐露。并不掺半滴水，只用这槐露和了面做成饼，您说说，这得多少槐花才够？只怕行宫里这几千株槐树，禁不住这一蒸。真难为慕姑娘，这样繁巧的法子，可是怎么想出来的。"

豫亲王随口道："这样的食谱方子，只有穷奢极欲的河工上才想得出来。慕中平外放做过多年的河督，她既是慕中平的侄女儿，知道也并不稀奇。"

吴升赔笑道："王爷说得是。"

豫亲王转脸对引路的小太监说："走吧。"

至方内晏安殿外，赵有智已经亲自迎了上来，笑吟吟施礼道："给王爷请安，适才万岁爷还在惦记，说今年新贡的雪山银芽极好，要赏给王爷尝尝。"

豫亲王心中有事，随口答应着，便径直往东走。赵有智却并不像往日那样转身去通报，反倒紧上前一步，躬身又叫了声："王爷。"

豫亲王这才悟过来，望着他问："怎么？华妃娘娘的凤驾在里头？"

皇帝并不好色，中宫虽虚，后宫中亦不过封敕四妃。皇贵妃慕氏已薨，所余华、涵、晴三妃。涵妃昨日被遣，晴妃病重留在宫中，并未随扈来上苑，所以豫亲王以为是华妃在内，有所不便。

赵有智笑嘻嘻地答："今日新贡的雪山银芽呈上来，慕姑娘一时有兴致亲自开了茶，这会儿烹茶给万岁爷尝呢。皇上正高兴，说烹茶是雅事，不许人围着，说是没得熏坏了茶，命奴婢们都退下来了。请王爷到直房里略坐一坐，等万岁爷喝完这盏茶，奴婢马上替王爷去回奏。"

豫亲王想了一想，随他进了直房。

赵有智最是殷勤小意，亲自拂拭了椅子，服侍豫亲王坐下，又亲自捧上茶来，笑着说："王爷素来是品茶的高手，奴婢这里虽没有好

茶，也不敢拿旁的来敷衍王爷。这个虽不是什么名茶，倒是今年谷雨前摘的，请王爷尝个新鲜罢了。"

豫亲王一掀碗盖，只觉得清香扑鼻，其香雅逸，竟不在雪山银芽之下。他心不在焉，随口夸了句好，便问："下月便是万寿节了，皇上的意思，是在上苑过节，还是回宫去？"

赵有智满脸堆笑道："奴婢不敢妄测圣意，不过……"停了片刻，踌躇道，"以奴婢的愚见，或许皇上会留在上苑过万寿节。"

豫亲王拿左手两只手指转着碗盖，若有所思地"哦"了一声。

赵有智笑道："奴婢也是听皇上那日随口对慕姑娘说的，万岁爷说，回了宫规矩多，可没眼下这样自在了。"

豫亲王正等着他这句话，抬起头来，目光炯炯地望着他："罪臣之女，依祖训是不能册妃的。"

赵有智道："王爷说得是，可是在景宗爷手里有过特例的，景宗爷的皇五子康亲王便是罪臣丰逸的女儿所出。景宗爷有过特谕，因诞育皇子册其为福妃。"

豫亲王眉头微微一皱。皇帝年轻，涵妃所出皇长子今年不过三岁；晴妃曾经诞过一子，但未及满月旋又夭折；华妃并无所出。皇长子年幼，看不出资质如何，将来储位大势还很难言定。

赵有智见他神色莫测，亦不多说，提起那和田白玉如意壶，替豫亲王续水，随口道："这虽是祖宗成例，可最要紧的一点是，那福妃娘娘是皇子生母，所以才殊为特例。依奴婢想，只怕旁人不一定有那个福分，能够诞育皇子。"

豫亲王望着赵有智，但见他低眉顺目，神色极是恭谨，心中忽然掠过一丝难以言喻的嫌恶，将茶碗轻轻一推，说道："四哥其实是个至情至性之人，凡人凡事他若真心以待，必会罔顾一切。谁要是敢背着他玩花样，只怕不是掉脑袋那样便宜。"

赵有智神色依旧恭谨，只说："王爷教训的是。"

豫亲王几乎是无声地叹了口气，他永远不能忘记那一个天寒地冻的冬日。

大雪已经绵绵地下了数日，天气冷得几乎连脑子都已经被冻住了。惜薪司的内官们连份例的柴炭亦敢克扣，殿中只生了两只小小的火盆，偌大的永泰宫就像冰窖一样，他穿了那样多的衣服，可是依旧冷得直呵白气。母妃病得一日重过一日，已经起不来床，服侍母妃的宫女内官们都躲了懒，只剩了七岁的他陪在母亲床前。母妃有时昏沉沉睡着，有时清醒一些，窗外的雪花打在窗纸上，发出些微的响声。

母妃喃喃地问："是下雪了么？"

母妃说的是舍鹊语，在这阖宫里，亦不过只有一个七岁的他可以听得懂。他捧住母亲的手，用舍鹊语轻轻地唤了一声："阿娘。"

母妃曾经如月亮般皎洁的脸上只余了一种灰暗的憔悴之色，曾经有珠光流转的眸中亦只是一片黯然，呓语般喃喃道："若是在咱们回

坦的草原上，下雪的时候，你的外婆就会叫奴隶们蒸羊羹酪，那香气我现在做梦都常常闻得到。"

他心中虽然难过到了极点，但还是笑起来："阿娘想吃，滦儿命膳房去做就得了。"

母妃轻轻摇一摇头，说："我并不想吃。"

可是他知道，他知道阿娘为什么这样说。宫中上下皆有一双势利眼睛，御膳房连一日三餐的份例都不过敷衍，哪里还能去添新花样命他们蒸羊羹酪。母妃伸出手，摸了摸他的脸。母妃的手心是滚烫的，仿佛烙铁一样，烙在他的脸上。

母妃的声音就像是雪花一样，轻而无力："好孩子，别难过了，是阿娘连累了你，这都是命啊。"

刹那，有泪汹涌地流出，他并不是难过，而是愤怒，再也无法压抑的愤怒。他霍然立起，大声道："阿娘！这不是命，他们不能这样对待咱们。"不待母妃再说什么，便夺门而出。

无数雪花漫天漫地卷上来，北风呼啸着拍在脸上，像是成千上万柄尖利的刀子戳在脸上。他一路狂奔，两侧高高的宫墙仿佛连绵亘古的山脉，永远也望不到尽头。他听得到雪水在脚下四溅开来的声音，听得到自己一颗心狂乱地跳着，听得到自己粗嘎的呼吸。

他脑中只有一个念头，他要去御膳房，他要给母亲要一碗蒸羊羹酪。他是皇子，是当今天子的儿子，母妃病重如斯，他不能连她想吃一碗酪也办不到。

正和门，经泰门，永福门……一重重的琉璃宫阙被他深一脚浅一脚的奔跑甩在后面，突然他脚下一滑，重重摔在了地上。膝上的疼痛刹那锥心刺骨，他挣扎半晌爬不起来。

杂沓的步声渐行渐近，他忽然听到"哧"的一笑。

他抬起头来，在高高的步辇之上是皇二子定溏。一身锦衣貂裘，风兜上浓密水滑的貂毛将他一张圆圆的脸遮去了大半。定溏看到他全身雪水狼藉的模样，乐得前俯后仰，拍手大笑："舍鹊小杂碎，摔得真是美，四脚朝天去，像只小乌龟。"

他脑中"轰"地一响，满腔的热血似乎顿时涌入脑中，他几乎想都没想，扑上去拼尽全身的力气抓住定溏的胳膊用力一拖。定溏猝不及防，竟然被他从步辇上拖了下来，顿时摔得鼻青脸肿，哇哇大叫。内官们抢上来，可是拉不开他们。

他牢牢抱住定溏，定溏又哭又叫，两个人翻滚在雪泥里，他一拳又一拳，重重地捶下，定溏拼命挣扎，拳打脚踢。定溏本来比他大上好几岁，可是他不知从哪里生出来的蛮力，就是不肯撒手。

定溏着了慌，口中又哭又骂又叫："你这个舍鹊杂碎，快放开我，我叫母后杀了你！杀了你！"

熊熊的怒火燃起，燎过枯谢已久的心原，一路摧枯拉朽，排山倒海般轰然而至。他让这心里的怒火烧得双眼血红，骑在定溏身上，死

死掐住定溏的脖子，定溏顿时喘不过气来。

内官们也慌了手脚，拉不动他的手，只得去掰他的手指。他死命地不肯放手，定溏渐渐双眼翻白，内官们着了慌，手上也使全力。只听"啪"的一声，他的右手食指顿时被剧痛袭去了知觉，他痛得几乎昏厥过去，内官们终于将他拖开了，扶起定溏。

食指绵绵地垂下，他从未那样痛过。手指的疼痛渐渐泛入心间，内官都忙着检视定溏有无受伤，他跌在雪水中，并无人多看一眼。雪白森森的指骨从薄薄的皮肉下戳了出来，血顺着手腕一滴一滴滴落在雪上，绽开一朵朵嫣红。

他不要哭，他绝不要哭，哪怕今日他们打折了他的双手，他亦不要哭。母妃说过，在回坦草原上，舍鹃的儿郎从来都流血不流泪。他拼命地抬起脸，天上无数雪花纷纷向他眼中跌落下来，每一朵洁白晶莹，都像是母妃温柔的眼睛。

【七】

忽然有一股猛力向他袭来，他本能地一偏脸，还是没来得及让过去。定溏一脚重重踹在他脸上，厚重的小牛皮靴尖踢在他眼角，顿时踢出血来。

迸发的血珠并没有让定溏住手，他又叫又骂："你这个小杂碎竟然想杀我？我今天非要你这条狗命不可。"

内官们哄着劝着，却并不出手阻拦。他护着受伤的右手，竭尽全力闪避着定溏的拳打脚踢。他本来年幼力薄，手上的剧痛令他身形也迟缓下来，内官们装作是劝架的样子，却时不时将他推搡一把，踹上两脚。

他渐渐落了下风，当雨点般的拳头落在头上脸上，皮肉的痛楚渐渐变成无法抵受的麻木，心中终于泛起一缕绝望，哪怕是死，他也不愿这样窝囊地死去。

忽然斜刺里伸出只手来，拽住了他的胳膊。

他抬起头来，原来是皇四子定淳。他并没有乘步辇，身后亦只跟

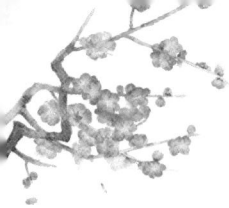

随了两名内官。十二岁的少年生得形容单薄，仿佛只是个静弱斯文的半大孩子，但他的手那样有力，一下子就将他拉了起来，然后躬身对定溏行了半礼："见过二哥。"

定溏嘴角一撇，从鼻中哼了一声，轻蔑地问："你做什么？"

定淳冷峻的眉目间瞧不出什么端倪，径直望向随在定溏身后的内官靳传安："懿钦皇太后曾于乾裕门立铁牌，上镌宫规二十六条，其第十三为何？"

靳传安不防他有此一问，那铁牌上的宫规皆是自幼背得熟溜，猝然间脱口答："挑唆主上不和者，杖六十，逐入积善堂永不再用。"

定淳点一点头："来人，传杖，替二哥好生教训这挑拨主子的奴婢！"

靳传安吓得一激灵。定溏哪里还忍得住，他是皇后嫡子，而定淳的生母夏妃原是皇后的侍女，他素来瞧不起定淳，傲然道："你少管闲事。"

定淳眉峰微扬："二哥，七弟是我们手足兄弟，这不是闲事。"

定溏嘻嘻一笑，说道："我才不认这舍鹘小杂碎是我弟弟。他娘是舍鹘的蛮子，你娘是侍候我母后更衣的奴婢，你们两个倒是天生一对的好手足。"

定淳紧紧抿住双唇，眸中竟有咄人的晶亮光华。

定溏嗤笑一声："怎么？瞧你这模样，难道还敢拦着我不成？"他突然出手，"嗯"地重重一拳挥向定滦。

定淳本能般将定滦一推，举手已经截住他这一拳。定溏大怒，扑上去又撕又打，定淳将定滦护在身后，三人已经在雪水中滚成一团，哪里还拉扯得开来。待得闻讯赶来的众内官七手八脚将他们分开来，三人早已是鼻青脸肿，这下子事情已然闹大，瞒不住了。

皇帝听说此事自然震怒，立时传了三人前去。

许多年后，已经是豫亲王的皇七子定滦依旧能够清晰地记起那日初入清华殿的情形。清华殿历来为皇贵妃所居，形制仅次于皇后的坤元宫。宫人打起厚重的锦帘，定滦顿时觉得热气往脸上一拂，裹挟着上好檀香幽淡的暖意，整个殿中温暖如春。宫人引着他们进入暖阁前，轻拢起帘子，那重帘竟全系珍珠串成，每一颗同样浑圆大小，淡淡的珠辉流转，隐约如有烟霞笼罩。暖阁之中疏疏朗朗，置有数品茶花——这时节原不是花季，这些花皆是在暨南州的火窖中培出，然后以装了暖炉的快船贡入京中。

定滦看着那些花，他并不认得这些花的名目，只觉得红红白白开得十分好看。阁中地炕笼得太暖，叫人微微生了汗意。心里渐渐地泛起酸楚，他想起母妃所居的永泰宫，那冰窖一样的永泰宫，便觉得心底有什么东西"咯"地一下碎了，他知道此生再也无法重新弥合起来。

那名眉目姣好的宫女已经回奏转来，恭声道："传三位皇子。"

随着引路的宫女，三人转过十八扇乌檀描金屏风，连一向骄纵的皇二子定溏也畏畏缩缩起来。

三人行了见驾的大礼，一一磕下头去："给父皇请安。"过了半

响并没有听到回音。

定滦素来胆大，悄悄抬起头来，忽然正对上双明亮浓黑的眸子，不由得微微一怔。书案那头的一双眸中浅蕴着顽皮的笑意，带着几分好奇正望向他们。他心中狠狠一抽。虽然日常素少见面，但他认得这双眼睛，那是比他年长一岁的皇六子定湛。

皇帝此时正亲自教他临帖，握着小小的手，一笔一画，淡然道："习字如习箭，须专心致志，心无旁骛，在乱瞧什么？"

八岁少年的面孔，在严父面前有着一种他们皆没有的从容，嘴角绽开一抹笑容："父皇，儿臣是在瞧两位哥哥和七弟，并没有乱瞧。"

皇帝松开了手，笑道："倒会贫嘴。"

语气是他们从来未尝听过的宠溺，定滦不由得低下头去。

皇帝这才转过脸来对他们说："都起来吧。"稍停一停，又道，"去见过母妃。"

皇贵妃冒氏自生了皇六子定湛，月子里受寒落下头痛的毛病，一年里头倒病着大半年，三位皇子平素都难得见到她，于是三人又行了请安礼。

冒贵妃生得并不出奇美艳，但一笑之间有种难以言喻的柔婉温存，话语亦是温和："快起来。"见定滦眉下有伤，不由得伸出手去，"疼么？"

定滦将脸一偏躲闪了去，冒贵妃的手尴尬地停在半空中。

皇帝本来就在生气，见他如此，脸色不由得一沉："定滦，谁教你对母妃这样无礼？"

定滦将脸一扬："她不是定滦的母妃，定滦只有一位母亲。"

皇帝大怒，气极反倒笑了："好，好，如今你们都出息了，除了学会打架，更学会顶撞朕了。"

冒贵妃见他发怒，连忙扶着榻案站了起来，道："皇上息怒，小孩子说话没分寸，皇上不必和他一般见识。"一边说，一边向定滦使眼色。

谁知定滦并不领情，大声道："我不是小孩子。"回头狠狠瞪了冒贵妃一眼，"用不着你假惺惺！"

皇帝气得连声调都变了："逆子！"转头四顾，见书案上皆是文墨用具，并无称手的东西，盛怒之下未及多想，随手抄起白玉纸镇便要向他头上砸去。

阁中人皆未见过皇帝如此盛怒，一时都惊得呆了。冒贵妃吓得花容失色，她本来距书案甚远，眼见着拦阻不及，皇帝已经一手狠狠地掼下。定淳忽然抢出来，并不敢阻挡，而是一下子扑在定滦身上。皇帝这一下便重重地落在他背上，那纸镇极沉，疼得他浑身一搐。

书案前的定湛失声叫道："父皇。"

定淳半晌才缓过气来，背上火辣辣的疼得钻心，却牢牢将定滦护在身后。定滦脸色煞白。

皇帝本来怒极了，见几个儿子都吓得木头似的了，连定湛都惶然瞧着自己，而冒贵妃早已经含泪跪下去。她这么一跪，暖阁内外的宫

女内官顿时黑压压地跪了一地。

到底是亲生骨肉，皇帝心下一软，但仍旧沉着脸色，只将足一顿："都给朕滚！"

定滦定定地瞧着父亲，如同从来不识得他。皇帝竟觉得七岁孩子的目光有些刺目。

定淳拉着定滦，躬身行礼："儿臣们告退。"硬是将定滦拉扯了出去。定溏也脸色如土跟着退了出去。

那是他此生最后一次号啕大哭吧，在四哥定淳单薄的肩头。

他想起父皇那一刻狰狞的面容，他根本是痛恨着自己，痛恨自己为什么要到这世间来。他恨自己不如死去，死去也胜过这样活着。活在这多余的世间，活在父亲的漠视与母亲的悲悯间。定淳瘦削的肩头似乎化为亘古的石墙，他就那样无助那样绝望地抵触在上头，将全部的滚滚热泪化为撕心裂肺的伤悲。

定淳放任他哭了许久许久。

最后御医替他们检视伤势，他右手食指骨折，虽扶正了指骨用了药，可是再也使不得力。皇子们皆是五岁学箭，他今年本已经可以引开一石的小弓，此后却废了，他的右手连笔都握不稳，拿起筷子时，笨拙无力得叫他生出一身的冷汗。

他再也不会哭了，当看到四哥定淳背上那乌紫的深凹瘀痕——这一记如果砸在他的头上，只怕他已经不再活在这世间。从此他没有了父亲，或者他一直不曾有过父亲，过往的最后一分希冀成了幻象，如今梦境醒来，只余了一个四哥，默然无声地不离不弃。

他慢慢学会用左手握笔，举箸，从每一个清霜满地的早晨，到每一个桥声初起的黄昏，弓弦绞在指上，勒进了皮肉，勒进了骨髓。那种痛楚清晰明了地烙在记忆的深处，慢慢地结了痂，只有他自己知道底下的鲜血淋漓。

他发狂一样练箭，每日胳膊都似灌了千钧重的铁铅，痛沉得连筷子都举不起来，左手的拇指上永远有扳指留下的深深勒痕。他停不下来，如果有稍微的停顿，脑海中总是闪现那一幕，令他无比惊痛的一幕。只有引开弓弦，搭上箭翎，屏息静气瞄准的那一刹那，他的脑海中才会是一片空白，才会有暂时的安宁。他渴求着这种安宁，便如大漠中迷路的人渴望饮水一样，他一箭复一箭，一日复一日，不停地追逐着，永远也不能停歇。

"咄"的一声，羽箭射在鹄上，深深地透过鹄心，尖利的箭镞犹沾有鹄心上的几屑红漆，在日光下闪烁着白锐的寒光。

满场彩声如雷，内官高唱："皇七子大胜魁元！"

少年傲然勒马，眉目间已依稀有几分四哥定淳惯有的那种淡泊。他的武艺已是皇室贵胄子弟中公认的第一，连大将军慕大钧亲自调教的皇六子定湛亦不是他的对手。新科的武状元与他比试骑射，最后也败下阵来。皇帝夸赞他是："吾家千里驹也。"

这一切都来得太迟了，十五岁的少年对滚滚而来的赞誉和名利，懒怠得不愿略有回顾。

"天天跟着定淳，也和定淳一样阴阳怪气。"皇二子定溏没好气地挖苦，"瞧他那副样子，不仅从来没笑过，估计连哭都不会哭。"

他确实不会哭了，许多年后，当母妃终于寂寞地死去，他也并没有哭泣。母亲身体早就垮了，能拖那么多年全然是一种奇迹。彼时他率着大军出征祁驼关北，大漠滚滚的风沙如刀剑般割过他年轻的脸庞，手中的六百里加急是一道敕令，谥赠他刚刚崩逝的母妃为敬贤贵妃。

那也不过因为战势紧急，舍鹊回坦部的腾尔格可汗是他的嫡亲舅舅，朝廷两处用兵，不得不对舍鹊虚与委蛇这最后一次。

当一年后他亲率二十万铁骑踏过茫茫的回坦草原——这个母亲惦记了一生的回坦草原时……金戈铁马，潮水般的大军汹涌席卷，势如破竹。舍鹊的回坦、朝朝、斡尔翰三部俱灭，从此北疆平定，再无边境之忧。

班师之日，皇帝命太子代自己迎出德胜门，太子欢欣万分地执着他的手道："七弟辛苦。"

甲胄铿锵作响，他跪下行礼，语气恭谨地答："此乃父皇洪福，非臣弟之力也。"

太子赐宴犒赏三军，欢呼雷动中太子含笑对他道："七弟英武，王师终定舍鹊，父皇与我皆可安心了。"他只谨声答了个"是"。

他们似乎都忘了，他的血脉里头流着一半舍鹊的血，在祁驼关北茫茫千里的草原上，他被称为"初初咯则"，舍鹘话是"狼崽子"的意思。据说腾尔格可汗兵败之后横刀自刎，曾经仰天长叹："既生此初初咯则，诚天灭回坦也。"

定溏也私下里说："这舍鹘杂碎，迟早有日是头能咬死人的白眼狼。"

那已经是天佑四十三年，皇帝缠绵病榻已经半载有余，皇太子奉旨监国，睿亲王却领着内阁的差事，朝中群臣隐约也分为两派，一派拥嫡，一派拥睿。他虽身在关外，亦隐约听闻一二。

是日定淳在府中设宴替他洗尘，两人大醉同榻而眠。半夜他渴极醒来，咕咚咕咚一口气喝完一盏凉茶，却见四哥定淳在灯下拟着奏折。

见他醒来，定淳淡淡地对他说道："这个折子你缮一缮，明天一早递进去。"

是辞兵权的奏折。

定淳的眼神一如十余年前那般淡定："如今局势将乱，咱们只能先图自保。"

他的神色在朦胧的灯下警醒如初，只说："四哥，我都听你的。"

狡兔死，走狗烹。他虽然是皇子，亦不过只是朝局间一枚棋子。舍鹘已灭，而他武勋功高，从此便是那些人的眼中钉肉中刺。

果然最后还是中了皇太子的圈套，他永远也不能忘记那段日子。被关押在暗无天日的天牢里，饥饿、羞辱，还有一种无法抑制的愤懑。心底

仿佛有一把火灼烤着他，将一切都熊熊地燃起来，这么多年，隔了这么多年，仿佛又重新回到童年那般无助，那般羞辱，而他竟再次失去了一切。

他们用这种方式来折辱他，用这种方式来陷害他，而他竟然丝毫没有办法，就这样被困在了狱中。从每一个清晨，到每一个黄昏，日日夜夜，任由那愤懑啃噬着残存的最后一分尊严。

定淳想尽办法才终于见着他一面，隔着天牢粗糙发黑的木栅，定淳伸手紧紧抓着他的手，而他只是紧闭双唇，不愿多说一字。

"七弟，我必会为你洗清冤屈。"

冤？

天下皆知他冤又如何？难道父皇不知道他是被冤枉的？他是他的父亲，可就是他一道旨意将他关进这种地方来，就是他一句话就抹杀他十余年来的努力，他用了十余年时间才重新站起来，而他轻轻一推，便将一切重新打翻在地。

他是再也没有父亲了，九五之尊宝座上的那个人并没有给他带来过任何生命中的欢愉，有的只是无穷无尽的抛弃，无穷无尽的折辱。

最后是幽禁，闭于王府中漫漫长日，一日复一日，直将万丈的壮志雄心一一消磨殆尽；直将风发的少年意气，熬成两鬓灰白。

他并没有老，只是冷了心，从此后一颗心已如余烬。

夏冷

【八】

"王爷。"

赵有智恭敬的一声低唤将他从悠远的回忆中拉了回来。

豫亲王抬起眼来。

赵有智道："皇上传王爷进去。"

这方内晏安他每日必来，一路锃亮如镜的金砖地走得熟了，廊外白玉栏下刚换上一溜景泰蓝大缸栽的石榴树，绿油油的叶子衬着百千点殷红花骨朵，如泼似溅。花虽还未开，已经让人觉得那颜色明烈如火，艳丽似绸，几乎在视线里一触就要燃起来。

方跨过静虚室的门槛，已经听到皇帝的声音："老七，你来得正好，有好茶喝。"

他规规矩矩行了见驾的礼，方才道："谢皇兄赏赐。"

立刻有宫人捧了一盏茶来，接过去理应还要谢赏，皇帝已经叫住了他："别闹那些虚文了，你也坐。"

和平常一样，内官移过凳子让他坐下来，皇帝素来畏热，才四月里已经换了夹纱衣裳，半倚半坐在胡床上，倒是很闲适的样子："你尝尝这茶，是收了花上的露水烹的，倒是别有一番风雅。"

　　豫亲王只得尝了一口，头微微一低，忽然瞧见皇帝手旁的矮几上随便搁着一把女子用的纨扇。白玉扇柄下垂着数寸长的杏色流苏，极是醒目。

　　还未过端阳节，天气亦未到用扇的时候，但世宦人家的未嫁女子即便是在冬日里，手上总是执着一柄纨扇，以作障面之用。

　　那扇是极好的白纨素，双面刺绣着兰花蝴蝶，绣功精巧细致，那只淡黄粉蝶便似欲振翅飞去般。花样底下空白处却有道突兀的红痕，既非蝶亦非花，颜色亦不对。

　　他瞧那样子不像是绣出来的，忽然悟过来那是一抹胭脂，想是障面的时候不经意蹭落在上头，耳郭忽然一热，那茶在齿间一转就吞下去了，根本辨不出什么滋味。

　　他来自然是有事，先拣要紧的回奏："陈密的折子递上来了，果然话说得不中听，但军饷素来大半还得着力在肆、钧两州。河工的亏空还有一百八十万两，再得一两个月就是汛期，不得不想法子先挪三四十万两银子给他。另外工部请旨，陵工所需石材不敷用，就近亦得从横水采石，这么一来工费运费都得加倍。"

　　皇帝微哂："除了要钱，就没旁的事？"

豫亲王见他心情甚好，于是也笑了："还有一桩事虽不是要钱，倒是要人，贺戬总制王鼎之丁忧出缺了。"

王鼎之是睿亲王的人，贺戬总制督贺、戬两州，富庶天下。皇帝目光闪动，他性子沉着，瞧不出喜怒。豫亲王正待要说话，一抬头忽然哽在了那里，半晌作不得声。

皇帝这才觉得不对，回过头去，因为地上悉铺厚毯，她走路又轻，蜜色透纱银闪福字缎长裙却是波澜不兴，连腰带上垂的一对玉玲珑都寂然无声。这样莲步姗姗，唯有出身富贵巨家的闺秀自幼调教得成。

皇帝不由得问："你出来做甚？"

豫亲王早已经垂下眼去，仓促间只思忖她仍是宫人装束，倒不必起立见礼——事实上亦无亲王见妃嫔的礼仪。

如霜亦并不答话，拿了案几上的扇子转身欲走，皇帝倒有些哭笑不得，只得叫住她："慢着，七弟不是外人，去见过豫亲王。"

如霜黑白冽然的眸子终于移向豫亲王，便敛衽施礼，依旧不发一言，不顾豫亲王正迟疑要不要还礼，亦不顾理应先向皇帝请退，转身就自顾自去了。

为避嫌，豫亲王一直不便正视，待见她迤逦曳地的裙角在屏风后一转，终于不见了，方才微松了口气，抬起头来，却恰好瞧见皇帝唇角一缕笑意："这种性子，朕也奈何不得。"

豫亲王欠了欠身，道："臣弟正有一事要禀奏，宫中还是天佑十年的时候大修过，如今亦有四十多年了，有些殿宇漏得厉害，好比撷安殿、长宁宫，恐怕得好生拾掇一番。如果要修整，只怕要请居于殿中的娘娘们先挪到别处。"

话说得突兀，皇帝却听懂了，这话是豫亲王在给自己找台阶下。他在震怒之下将涵妃逐去万佛堂，豫亲王大约怕他眼下失悔，故而有这么一着。其实亦是一种变相的婉转相劝，虽然没有明诏废妃，但宫闱中出了这种事，总不算佳话。他眼下这样一说，到时便可以名正言顺地说是因为修整长宁宫而将涵妃挪出，待过得十天半月，工程一完，便可依旧将涵妃接回长宁宫去，息事宁人。

皇帝摇了摇头，说道："一动不如一静，况且六月里就要上东华京去，何必再多事。"

豫亲王道："皇兄，涵妃并没有犯大错，旁的不看，皇兄就当心疼皇长子。"

皇帝索性将话挑明了："老七，我知道你想说什么。这事我主意已定，你也不必劝我。当年父皇妃嫔有数十人，每日里明争暗斗，生出多少事来？连累咱们两个小时候受的腌臜气还不够么？朕是不想让朕的儿子们再过那种日子，所以朕后宫中只有那几个人，可就这么几个人，还是一天舒心日子都不让朕过。平日里她们做的那些事，只要不太出格，朕就睁只眼闭只眼算了，朕一忍再忍，忍无可忍，

方才给她个教训，亦是为了她好，由得她张狂下去，还不得带坏了朕的皇子。"

话已经说到这种地步，可见没了挽回的余地。豫亲王心里的隐忧不由得从脸上透出来，这种话只能由他来讲，因为太后已崩，皇帝与同母胞弟敬亲王早就势成水火。亲支近贵中，再没有旁人能置喙皇帝的家事。

他改了称谓："四哥，涵妃是受过金册的，且是皇长子的生母。"

受过册封的妃嫔，为了杖责一个宫女被贬黜，不符礼制。

皇帝明白他的意思，过了许久才叹了口气，语气里有着难以言喻的惆怅："你不明白。"

豫亲王默然无声，并不是不明白，而是太明白了。

那天夜里下着极大的雨，已经是近四更时分，门上突然通报说宫里来了人，立等要见。他与皇帝极为亲近，领的差事又多，夤夜急召亦是有过的，于是一边起身穿衣，一边命宫里差来的人先进来。来人亦不是外人，是总管太监赵有智最得意的一个徒弟程远，虽然不过十六七岁，还没有品秩，但在皇帝的正清殿，亦是非常得用的内官。

外头雨势实在太大，程远脱下了油衣，里头的衣裳亦濡湿了大半，灯下照见脸上冻得青一块白一块，气色十分不好，先行了礼，只说："赵师傅请王爷务必进宫一趟。"

豫亲王原以为他是来传旨的，听得这么一句，方觉得意外。但旋即想到，赵有智如此遣人来，必定是皇帝那里有事情，心下一沉，再不迟疑，立刻换好了衣裳，随程远进宫去。

雨泼天泼地地下着，轿子想快也快不了。他心中焦躁，几回掀起轿帘来看，只见轿前高挑的一对羊角灯，在黑雨夜中发出朦胧的两团光晕，照得那疾雨如箭，白刷刷落着。待在宫门前下了轿子，雨仍没有半分减小的意思，豫亲王是早赏过禁内骑马的，可是下这样大的雨，又是在半夜里，如果一骑直入，只怕会惊扰得六宫不宁。

赵有智却早有安排，两个内官早候在那里，一见面就行礼："委屈王爷先上车。"

车是宫人们日常往来用的大车，豫亲王便坐了进去。天黑辨不出方向，走了许久车子才停下来，帷幕一掀，只觉得眼前一亮，是一盏精巧的鎏金琉璃灯替他照亮了脚下。但见大雨如注，激落在地上，无数水泡泛起，便如铫中水沸一般。豫亲王识得挑灯之人是正清殿的另一名内官，默不作声扶了他下车，早有人张伞相候，他抬头四顾，只见檐角高飞，峻墙宏伟，这才认出是在承平门前。

他走到城楼底下，才见着赵有智。

赵有智先行了礼，因为冷，声音都有几分发僵："王爷，奴婢自作主张请了您来，请王爷恕罪。"

豫亲王道："这样的客套话不必说了，皇上呢？"

赵有智的脸色更加难看了："在城楼上。"

豫亲王怔了一怔，问："出了什么事？"

"皇贵妃薨了。"

四面风灯围着，楼洞中极是明亮，照见豫亲王的脸色微微一动，并不是十分意外。慕家满门被查抄下狱，因为慕妃身怀六甲，所以一直瞒着她慕家的消息。

赵有智苦笑道："王爷，您想想，这种事情怎么瞒得住。一个小宫女说走了嘴，贵妃娘娘当时一口气上不来，人就发昏死过去了。等传了御医和稳婆进来，已经动了大红，从申末拖到亥时，贵妃娘娘和皇子都没能保住。"

风灯明暗，豫亲王脸上神色亦是莫测。

赵有智道："皇上不肯起驾回正清殿，雨下得这么大，王爷，总得想点法子。"

豫亲王略一沉吟，便对他说："有没有油衣，找两件来，再要一盏不怕雨的灯。"

"有，有，都有。"赵有智一迭声地答，早有内官去取了来，服侍豫亲王穿上油衣。豫亲王接了那盏灯在手里，吩咐道："我独自上去，你们都不必跟着。"

赵有智早料定他会如此嘱咐，于是只行了一礼，道："奴婢们遵命。"

一上城楼，狂风挟着雨打在身上微微生疼，无数水顺着油衣风帽的缝隙直灌进来，城楼上栲栲大的数盏灯早就叫雨水浇熄了，四面都是黑漆漆的，只闻风雨一片刷刷声，吹得人摇摇欲坠。豫亲王往前走了数十步，方见着皇帝立在城堞之前，大氅的风帽早吹得脱落在肩头，雨水顺着脸颊一直往下淌。

　　豫亲王见了这情形，只得叫了声"四哥"，抢上去将油衣替他披上。皇帝倒是很顺从，任由他摆布，瞧了他许久，方才问："你怎么来了？"

　　豫亲王道："雨下得这么大，天气又冷，皇上先起驾回正清殿吧。"

　　皇帝神色冷淡，回头望了望城楼外风雨交加的漆黑夜色，忽然说了一句："定滦，你还记不记得，当初我们在这里，我说过什么话？"

　　豫亲王只得道："怎么不记得？从那时起，我就下定决心跟着四哥，无论四哥做什么，我都是要跟着四哥的。"

　　皇帝抬起头来，满脸的雨水纵横，瞧不出眉目间是什么神色："那日我就起过誓，这天下应是我的！我要一样一样地讨还回来，无论他们夺去我什么，我都要一样样地讨还回来。我要谁也不敢轻视，谁也不敢再夺去本该属于我的东西。朕如今已经是皇帝，是天子，富有四海，万民臣服。可是凭什么朕就什么也留不住？"

　　"四哥。"豫亲王搀住他的胳膊，"皇贵妃福薄，你也不要太伤心了。"

皇帝用力一挣，力气极大，将豫亲王几乎摔了个趔趄。他的声音在风雨侵逼中透着无穷无尽的痛楚："不是她福薄，是我。自幼父皇不喜欢我，那也罢了，反正十几个儿子，能在他眼里的也只有一个定湛。可是母妃为什么不喜欢我？她是我的亲生母亲，为什么连她也不待见我？定滦，你虽然苦，可是你的母妃总是尽了全力去照拂你。可是我呢？这么多年来，这二十余年来，父母眼中，我皆是可有可无之人。"

豫亲王默然无声。

皇帝语意凄凉："只有她，从来只有她明白——可是连她我也保不住，我下旨抄没慕家的时候，写朱谕的手都在发抖，可我不能不为。蹚着那么多人的热血，踩着那么多人的尸骨，朕站到这万人上头来，没人知道朕心里的滋味，朕有这天下，却又什么也没有！"

"四哥，"豫亲王低低地唤了一声，"你要是心里难过，大哭一场也好。"

"朕不会哭。"皇帝仰起脸庞，任由大雨浇在脸上，雨水顺着下颏儿淌着，滴落在他早已湿透的明黄氅衣上。他的声音透着森冷的寒意："朕早就说过，朕要一样样讨还，不论他们曾夺去过什么，朕要一样一样全都讨还回来。"

许多时日过去了，豫亲王依旧会想起那一刻皇帝的面容，冷峻如刀刻斧斫，从泛着血丝的双眼里透出一种可怕的神气。一如他当日被定溏按在雪地里踢打，他自己的那种愤懑与暴怒，带着狰狞的绝望，将一切最深重的痛楚都化作仇恨，最终无可抑制地爆发开来。

眼下这位在皇帝身边的慕氏遗孤，倒成了一桩可大可小的心病。依情形看来，皇帝对慕妃的愧疚与怜惜全都移爱在了她的身上。

从上苑回赐邸的路上，豫亲王在鞍上思虑重重，连替他拉着马缰的多顺都瞧出来了，带着缰绳，让马儿走得又稳又快。亲王仪仗极是显赫，一对对的前导、亲卫、扈从蹄声"嗒嗒"，开道的金锣声音洪亮悠远，却不闻一个人说话或是咳嗽半声。偶尔一声马嘶，豫亲王方回过神来，只见已经过了十字路口，再走过一条街就应该到自己的赐邸了。

豫亲王忽然改了主意，说："去迩园。"

先皇时候，诸皇子向来在上苑附近皆有赐邸，睿亲王的迩园便是其中最为宏丽的一座，不仅远超过诸皇子的赐邸，比起赐太子居的明苑亦有过之而无不及。睿亲王性好奢华，多年经营，这一处园林更是精致华美到了极点，虽然比不得上苑的宏伟壮丽，可是亭台楼榭美不胜收，遍植奇花异草无数，几乎园中每一寸土都价等黄金。

此时天气渐热，睿亲王与几位相与的贵胄子弟在园中知月湖畔的云天胜境品评新乐，正对着一湖嫩绿新荷，风凉似玉，美人歌喉如珠，正是说不尽的风光旖旎。听仆从奏报豫亲王来拜访，睿亲王不由

得眉头轻挑，嘴角微蕴笑意："他倒是位稀客，快快请进来。"

"彩袖殷勤捧玉钟，当年拼却醉颜红。舞低杨柳楼心月，歌尽桃花扇底风。从别后，忆相逢，几回魂梦与君同。今宵剩把银照，犹恐相逢是梦中。"

唱到梦字，声音已经极低，如梦似幻，舞姿极柔，便如随风之柳，在漫天花雨间低回而下，随着袅袅余音旋地定了，臂间轻缕缓纱如云，纷扬铺展开去，终于铺成一朵极艳的花朵，盛放在红氍毹上。盈盈一张秀脸，便如花中之蕊，衬得一双明眸善睐，目光流转，顾盼之间，好几人已经喝起彩来。

豫亲王一路进来，只见到这般丝竹歌吹，脂香粉艳。

睿亲王兴致勃勃携了他的手："你难得来一趟，来来，听听锦归的新曲，'锦归之歌，紫府之舞，碧珊之箫，吟绯之琴'并称'长京四绝'，今日本王府中已有双绝，绝不能错过。来人啊，叫他们将梅花树底下埋的那坛好酒取出来，今日咱们哥俩不醉不归。"

豫亲王微微一笑："六哥盛情，却之不恭。"

【九】

　　豫亲王的酒量极好，睿亲王府埋在梅花树底下那坛钧州陈酿喝去了十之五六，依旧看不出半分醉意来。

　　酒宴对着一池新荷，凉风徐徐，醺然欲醉。睿亲王漫口与豫亲王谈些风月之事，议论谁家王公调教的歌伎，谁家的丝弦班子，豫亲王素来在这上头是不留心的，听他漫无边际地讲着，不过偶尔搭话。

　　睿亲王打量了豫亲王两眼，忽然道："老七，不如我来替你做个媒吧。"

　　豫亲王正巧一杯酒入喉，闻言差点被呛住，连声大咳，半晌才缓过气来。

　　睿亲王大笑道："你倒是个正经人，一听到这个就立时乱了方寸。"

　　"六哥说笑了。"豫亲王望着一湖嫩叶如卷的新荷，时值黄昏，半天绮霞如泼，映在碧水绿荷之上，便如飞金点翠，动人心神。他淡然道："我实在没有那种心境。"

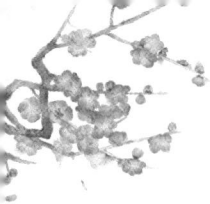

睿亲王点头道："你也是忙——不过家里没个人，总不成个家的样子。唉，可惜了阮家的小姐，竟没了下落。"

一说就说到心里的隐痛上去，豫亲王的脸色不禁有几分郁郁。

睿亲王忽然兴致勃勃起来："京里王公大臣，合适的女儿家并不少，只要你相中了谁，我保管去替你说和。"

"六哥。"豫亲王语气间已经有了萧冷的意味，"我来是有事想说与六哥知晓。"

睿亲王挥一挥手，阁中歌伎诸人瞬时退得干干净净。

豫亲王端起杯来，忽然喟叹："六哥，咱们两个人，总有四五年未在一块儿喝酒了吧。"

睿亲王眉头不觉微向上挑起，一双深邃的眸中几乎看不清稍纵即逝的是何种神情，旋即唇角勾起一抹淡笑："四年。"

上次聚饮，还是豫亲王征舍鹡归来，太子做东邀了几位皇子替他洗尘，如今世事更迭，那种情形却是再也不会有了。

两个人都有一瞬间的沉默，他们虽是手足，但同父异母，在宫中自幼并不亲密，但那些风华正茂的时光总是同时镌刻在记忆中，成为一抹蒙眬的晕彩，仿佛月下卷起风荷的轻盈，带着清凉芬芳的水汽，刹那间浸润无声。

但这温软亦如月华易散，隔着数载光阴，那些过往终于在岁月狰狞中渐渐分崩离析，大浪淘尽，只余了尖利的碎屑，终涸成铜墙铁壁般的坚忍。

湖上初升的下弦月如半块残玦，嵌在墨蓝绸缎似的夜空，辉光清冷，隐隐透出青白的玉色。一湖新荷亦借得了月意，荷叶的影仿佛轻而薄脆的琉璃，倒映在银光粼粼的湖面上，将湖割裂成无数细小的水银，瞬息万变，流淌不定。

睿亲王眼中仿佛映入这万点细碎的银光，愈加变幻莫测，声音已如常般慵懒散漫："你适才说有事说与我听，却是何事？"

豫亲王手指摩挲着酒杯，上好的和田白玉腻如羊脂，触手生温，杯中酒色如蜜，隐约带着芬冽的香气。他的声音如湖上初升的淡淡雾霭，犹带着水意的清润："慕氏有一种家传的酿酒法，称为'蜜酿'，六哥可还记得？"

那酒据说是以寻怨花蜜入酿，入口极醇，一旦入喉却火辣灼人，仿佛有把锋利无比的小刀从喉间一路直剖入肠。慕氏百年富贵，精于馔饮之道，家酿独家秘制，颇有声名，历年常窖百坛，藩王百官平日多得赠飨。

睿亲王浅啜一口酒，道："自然记得，慕氏蜜酿之法据说传子不传女，如今慕氏绝后，这蜜酿日后估计是喝不到了。"

豫亲王淡淡地道："慕允还活着，已经逃入屺尔戊境内。"

天家皇子最讲究修为，睿亲王自幼得先皇调教，更是气质沉着，虽然十分意外，但并未显出惊异之色，只是若有所思地道："定兰关

雄奇高险，号称天下第一，城墙皆逾十丈，除是飞鸟，无法逾越。"

"那慕允有人接应，杀死解差后逃离。接应他的人，一路护卫，在供州被东营的人发觉行踪，拦截交手，六死三伤。此三人受伤虽重，但不待逼问口供，立时啮毒自尽，这些人全是受过精心训练的死士。供州的谍报是初六日传来，初七日又接获一封，东营在竖河与其交手，这次对方死了五个，其中假扮慕允的死士身中三箭，犹伏骑二十余里，引开追兵。初九日、十一日、十二日皆有交手，东营调了伏州的重兵围剿，竟无一次成功。对方死士共二十五人，能随慕允行至定兰关前的，不过三人。此四人一路换骑疾驰至定兰关前，慕允换装假扮谍差，以金牌令箭赚开城门，越关而去。那三人引开追兵，在密罗山乱石阵间与东营对峙了一天两夜，最后连箭都射光了，投石以抗。等东营终于杀上山去，原来那三人早就服了毒，毒入血脉，一剑下去，那血稠得就像这杯中的蜜酒一般，顺着剑锋缓缓腐蚀剑身。"豫亲王不紧不慢地道，"若非对方是谋逆大罪，我倒还真佩服这些死士。"

睿亲王像是被那血淋淋的场面所影响，微皱起眉，抿下一口酒去。

豫亲王无声地叹了口气："以二十五条性命换得慕允逃脱，只不知这主使的人居心如何。慕氏多年统兵，兵法精要尽在一门，屼尔戌为患我朝边界多年，慕允逃入其境内，若与其勾结，终有一日会成我朝社稷心腹大患。"

睿亲王轻描淡写地道："既然连七弟一手调教出的东营精锐都拦

不住此人，此人大约是命不该绝。"

豫亲王淡然一笑，反问："难道六哥居然是信天命之人？"

睿亲王哈哈一笑，道："天命如此，不信奈何？"漫不经心伸手执壶，扬声唤人，"来呀，酒冷了，重新温过，换大杯来，今日我要与七弟痛饮一回。"

豫亲王起身道："谢六哥的好酒，愚弟不胜酒力，已经醉了，唯有改日再领六哥所赐。今日向六哥告罪，愚弟还有些杂事，要先向六哥请退。"睿亲王亦不甚挽留，送了他出去。

睿亲王回转水阁中后，屏退众人，自己提了壶，将那冷酒斟上一杯，慢慢饮尽，过了良久，方才似自言自语："老七这招敲山震虎，所为何意？"

孟行之落足无声地从那架红檀描金绘山水人物的紫纱屏后踱出来，说道："王爷这'敲山震虎'四字说得极妙，依在下浅见，这豫亲王所来就是为了敲山震虎，他明明疑心是王爷派人救脱了慕允，所以原原本本将事情讲与王爷听，意思是他已经知晓了王爷的举止，警告王爷不得轻举妄动。"

睿亲王沉吟不语。孟行之却道："在下要恭喜王爷。"

睿亲王目光闪动。

孟行之道："豫亲王意在震慑王爷，好令王爷有所收敛。他既忽然有此举，便说明王爷那招杀着可算走对了。"

睿亲王道："此人对老四忠心耿耿，他必是有所顾忌，所以才来警告我，看来他应该也知道那招杀着是出于我的布置。"

孟行之微笑道："知道又有何用？杀着之所以为之杀着，便是明知是柄锋利无比的利刃，对方却无可奈何，只得眼睁睁以身相迎。"他声音极轻，却字字入耳："王爷，终不枉慕妃之死。"

夜深露重，月色越发分明，清华如水，沐人衣冠如披霜被雪。睿亲王饮多了，觉得酒意突沉。玉栏杆外是一围芍药，人间四月芳菲尽，栏外的花已经开得半凋，有一瓣被夜风吹拂，正好落在他衣袖间，他伸手拈了起来。

她总是爱簪芍药，有一种芍药花叫"金线银雪"，洁白花瓣上撒着金丝，簪在堆乌砌云般的发间，极是娇艳。

"六哥，"她自幼便是如此称呼他，脸上几乎没了半丝血色，只道，"我去。"

极轻的两个字从她唇中吐出，却似有千钧重，刹那间压得他几乎连气都喘不过来。他本能地侧过脸去，只见她蝉翼鬓侧一朵芍药，怒放似她曾经的笑颜。

那一句那样残忍，却不得不问："你去？你知道将来是什么？"

她脸上恍惚是笑意："我知道，可是为了六哥，我愿意。我知道毅亲王身边，六哥一直没有得力的人，如今他来求亲，正是难逢的机会。"

还是十五岁的时候，她不过十二岁，他带了她溜出慕府，去大明寺看芍药花会。她青衣束发，扮作是自己小厮的模样混出中门来，那一颗心怦怦跳得又急又快，直到上了马，她忽然伏鞍放声大笑。

他又恼又怒，叫了她的乳名，问："临月，你笑什么？"

她策马兜转过来，离得那样近，痒痒的就在耳下，呵气如兰，声音有一种说不出的清亮悦耳："六哥，原来你比我还害怕。"

他哼了一声，转开脸去。其实他并不是害怕，而是担心，慕氏世家巨族，家教最严，自己虽对慕大钧执弟子礼，毕竟是皇子，一旦出了纰漏，慕大钧并不会过分责罚自己，可是只怕她会受父亲严饬。

半大的少年，这种话不愿对人明言，只是板着一张脸，做出一种老成的样子，说："反正我不是害怕。"

慕临月扮个鬼脸，她眉目间犹有稚气未脱，已经隐约可以看出少女甜美的风华，回眸一笑，那眼波盈盈，如能醉人。

他脱口说："你可不能再笑了。"

她一双长睫似蝶翼般忽闪忽闪，问："为什么呀？"

他说："你一笑，人家就会看出你是个女孩子。"

她说："那我不笑了。"一语未了，又禁不住盈盈一笑，左颊上浅浅一个梨窝，无限娇俏。

他无可奈何，只得板着面孔说："人家若是看出你是个女孩子，会连累我的，我可不带你去了。"说着作势欲举手策马扬鞭。

她急急抓住他衣袖，连声道："六哥，六哥，我不笑了便是。"

大明寺香客如涌，人山人海，赶会的、烧香的、卖香表的、卖吃食的、雇轿的、赶驴的……闹哄哄就如同炸锅一样，她一双眸子明若点漆，新奇地顾盼不已。

他怕与她被人潮挤散，再三叮嘱她拉着自己的衣袖，他们挤进寺去，挤出了一身大汗。殿中人更多，金身宝相尊严，无数的人匍匐下去，虔诚下拜。佛前的鼎中香表堆积如山，烈焰熊熊，腾起无数香烟，熏得人几乎连眼睛都睁不开。

隔着缭绕的香火，她好奇地问："六哥，他们都在求什么？"

他其实也不知道，随口答她："求财求福，总是求他们没有的东西吧。"

她的眼睛那样亮，仿佛有星光璀璨："那我不用求了，我什么都有。我有疼我的爹爹，还有哥哥们，还有你。"

听她将自己与她的亲人们并提，他心中涌起一种异样的感触，口中却说："若是我不带你来，你准不会说得这样好听。咱们去看芍药。"

大明寺的芍药久负盛名，历年的芍药花会更是西长京一盛。通城的人不过借看花之名，到寺中游玩，其实是赶庙会的意思。真正去看芍药的，除了秀才文人，便是些读过几卷书、一心附庸风雅的富沽之流。

他们径直往寺后去，一路行去，游人果然渐稀，谁知到了芍药圃外，却被寺中的和尚拦住了，道是城中首富陆家的女眷今日前来赏花，故而摒尽一切闲杂人等。

他九岁即封亲王，自幼皇父宠爱无比，十余年来从来未尝被人称为"闲杂人等"，吃过这等闭门羹，见那几个和尚嘴脸势利，神色无比倨傲，心中顿时大恼。但转念一想，这些和尚蠢头蠢脑，如果动起手来，自己虽不一定吃亏，可是也难护得临月周全。何况自己与她是偷偷溜出来的，如果一旦真闹起来，被人识破身份，总不是好事。

慕临月亦怕他生气，轻轻扯扯他的衣袖，道："六哥，咱们还是别硬闯了。"

隔着花墙上的槟榔眼，可见圃中花盛似海，如锦如绣，就此回去可真让人不甘心。他心念一转，当下便有了计较，顺从地答应了一声，同她转身就走。

走出了许远，他环顾左右，见无人注意，便道："跟我来！"

两个人顺着那墙七拐八弯，一直走到山房之后僻静处。这里已经是花圃尽头，甚少人来，墙外有一株极大的老榆树，足有合抱粗，枝丫横斜，绿叶如茵。

他转头问慕临月："你会不会爬树？要不然我背你上去。"

慕临月已经明白他的意思，只觉得此事十分有趣，早就跃跃欲试："可别小瞧了人，慕大将军的女儿，别说爬树，一样可以上战场杀敌。"说着便卷起衣袖来，露出一截凝霜皓腕。那腕上笼着一只白玉钏，肤色与玉色皆白莹无比，几乎辨不出哪是腕，哪是玉钏。

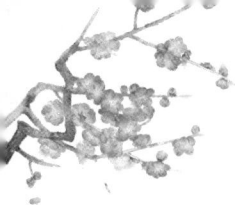

她改了男装，可忘了取这只钏子下来，此时捋起袖子才发觉，"哎呀"了一声，说："这还是外祖母给的，可别碰碎了它。"将钏子捋下来，掖入了腰带中。

她体态轻盈灵巧，果然三下五除二便爬上了槐树，坐在横枝上，招手叫他："六哥！"

他动作更是利落，左足在槐树上轻轻一蹬，右手已经拉住一根树枝，借力弹起，轻轻巧巧落在横枝之上。

慕临月不由得拍手叫好："六哥这招'小起手'比大哥使得还要漂亮。"

他竖起食指在唇边嘘了一声，她方觉自己忘情，幸得并无人听见。他先跃下墙头，站稳了便回身向她张开双臂。

慕临月笑道："可要接住了，不许摔到我。"便如一只燕子般，从墙头上翩然落下。谁知树枝挂住了她的帽子，她一跃之下，在风中散开长发如瀑。她虽胆大，从那样高的墙头上跃下，最后还是有丝害怕，不由得一下子闭上了眼睛。

他只觉大力冲撞，却紧紧抱住了不放手，往后连退数步，最后还是"咕咚"一声抱着她坐倒在芍药丛中，只觉柔香满怀。四周红的、粉的、紫的、黄的芍药花，绚丽得像堆锦刺绣，团团簇簇，无数的花与叶轰然涌上，将他们深陷在柔软的花海中。

在一片绚烂夺目的颜色里，他眼中只能看见她近在咫尺的容颜，就像一朵怒放的白芍药，那样清丽姣美，发流如云。

她的呼吸香而甜，他几乎可以听见自己心跳的声音，扑通扑通。她眸子那样晶莹透亮，就像最饱满的两丸黑水银。极远极高处是湛蓝的天，一朵云缓缓流过，她的眼中也仿佛有了云意，泛着难以描述的朦胧。

他竟然不知道应该放手，她的头发扫在脸上痒痒的，忍不住打了两个极响的喷嚏。

这两个喷嚏却打坏了。立时便有人喝问："什么人在那里？"

两个人本来就心虚，养尊处优的孩子，从来没有经历过这样的情形。慕临月慌道："快走！快走！"

他亦怕被人捉住，忙道："我顶你上墙，你先走。"蹲身让她踩在自己膝上，再上到自己肩头，将她顶上墙头。

慕临月在墙头上远远看见三四个僧人往这边来，心下大急，连嚷："六哥快走！"

定湛万忙中还俯身折了两大朵芍药花，衔在口中，冲上前去，借势在墙上连蹬两步，跃上墙头。

两个人顺着那株大树一溜而下，他牵了她的手，一路疾奔。两个人一口气跑出寺门，但见寺前人山人海，推搡不动，方才住脚。慕临月被他拉着一路狂奔，到了此时只是大口大口喘气，连腰都已经直不起来。

他又累又气又好笑，将两朵芍药交到她手中，说："就为这两朵花，可真不值得。"见她长发散乱，回头见那几名追赶出来的僧人仍在

不断四处张望，心中一动，抽出袖中锦帕，道："你快将头发束好。"

慕临月接过锦帕去，将长发重新束好，拈着那两朵花，嗅了嗅花蕊，怅然叹了口气："这样好看的花，竟然一点也不香，可见世上事不如意十居八九。"

他道："真是小孩子，有的花香，有的花不香，这又和世事如意不如意扯得上什么干系？"

慕临月嫣然一笑，笑颜竟比她指间的花更美。定湛不敢再看，说："走吧。"与她出来寻着了马，上马回慕府去。

归去已是黄昏时分。她悄悄溜进二门，接应她的丫头近香早急得团团转，见她进来，忙换住了她，说："夫人问了几遍，都要瞒不住了。"

慕临月正欲随她走，忽想起一事来，伸手摸了摸腰带，失声道："我的钏子不见了。"

他本来已经走出好几步开外了，听见她这样说，转身见她脸色煞白，猜想只怕是落在大明寺了，忙安慰她："不要紧，我替你去寻。"

过了几日，他终于有机会见着她，趁人不备告诉她："我亲自去花圃寻了两遍都没找见，说不定是落在路上，被人拾去了也不一定。"

她低声答："没找到——也就罢了。"可是眼里有种小女孩罕见的神色，让人觉得无限惆怅。

【十】

是什么时候，扯住他衣袖的小女孩就长大了？

那一日他与慕元在后园里比试射圃，远远望见她由近香陪着从桥上过，一袭鹅黄单衫，像二月柔柳上那最温柔的一抹春色，撞进眼帘时，娇嫩得令人微微心疼。

她及笄之后，与他相见的机会就几乎已经没有了，这样偶然撞见，亦是规规矩矩行礼："见过六哥。"

她手里照例执着一柄水墨绘山水的白纨扇，遮去了大半面容，露出鬓侧斜簪的一朵芍药。花瓣娇艳，在春风中微微颤抖，衬得一双明眸依旧如记忆中灵动剔透，眼波盈盈一绕，仿佛春风乍起吹起无限涟漪。

他只觉得心中"怦"地一跳，天地间涌起无尽心潮，尽融在她这一双眸中。

睿亲王再替自己斟上一杯酒，慢慢地饮尽了，满天月华如水，照见阁中自己身影映在红毹毵上，孤零零无限凄清。

他转过脸去，脸上浮起一抹微笑，对孟行之道："既然老七已经忌惮那招杀着，本王索性成全他。"

孟行之道："王爷亦不必急在一时，失了沉着反倒不好。"

他脸上仍是那种散漫慵懒的笑意："咱们沉得住气，有人可不一定沉得住气。"

皇帝的万寿节是五月十五，因为还在守制，所以一切庆典从简。饶是如此，还在四月里，司礼监就已经大忙特忙，预备赐宴游冶等诸项事宜。偌大的行宫之中，何处领宴，何处歌舞，何处游幸，都要一一布置起来，直忙得人仰马翻。

谁知一进五月，皇帝突然改了主意，要提前巡幸东华京，去东华京过万寿节。

因京中夏日暑热，历代皇帝每年六月皆幸东华京的行宫避暑，至初秋方回銮西长京。皇帝素来喜寒畏热，想是怕六月里路上潦热，故而将避暑的日子提前了一个月。

这下该像亲王着急了，因为他统领驻跸。此去东华京十来日路程，向来大驾走跸道，宫眷则乘舟顺着东江迤逦而下，文武百官、内卫御营，这浩浩荡荡的数千扈从，一路上的驿馆行宫、跸路桥梁、各处起坐，统统要勘察布置，还要安排跸警。

"时间太仓促，只怕难以预备，臣弟请皇上三思。"御前奏对的时候豫亲王说道，"大驾总要万安无虞。"

皇帝不知为何十分固执，说："朕骑马走，这样快些。"停了停又道，"宫眷们坐船，慢些无妨。"

豫亲王迟疑了一下。

皇帝又道："朕意已决。"

豫亲王只得躬身领旨，待得退出来后，立时便命人去寻程远。

程远平日当差最是小意，见着他远远就行下礼去，口中道："王爷万安。"

亲藩地位尊贵，在百官之上，连首辅亦得下拜，何况御前一名小小内官。

豫亲王吩咐一声："起来。"

程远忙道："谢王爷恩典。"就手搀了豫亲王的肘，扶他在树下石凳上坐下，又道，"王爷有什么事情，只管叫人来吩咐奴婢就是了。"又命人去新沏来一盏茶，亲手奉与豫亲王。

豫亲王适才在御前奏对的事情既多，繁杂冗繁，此时坐在翠郁浓荫之下，微风吹在袍襟之间，十分凉快，不觉神色一爽，又尝了一口那茶，只觉得满口生津，不由得道："果然会侍候人，不枉是老赵调教出来的人。"

程远赔笑道："是王爷素日栽培。"

豫亲王道："我倒也没什么事，只问问你，皇上身边这阵子可还安静？"

程远是何等的人物，立时就笑了："王爷这话可叫奴婢听不懂了。"

豫亲王笑容一敛，冷冷道："连你师傅都不敢在我面前装样，你倒敢试试看？"

程远急道："奴婢不敢，奴婢就有天大的胆子，也不敢糊弄王爷。是师傅不让往外头说，可王爷面前奴婢绝不敢隐瞒——"他声音低了低，"万岁爷这几天和慕姑娘，仿佛不大对劲。"

豫亲王"哦"了一声，问："是为了什么？"

程远想了一想，说："奴婢也不晓得是怎么一回事。说句大不敬的话，倒像是慕姑娘不大高兴，所以给万岁爷脸色瞧。"

这句话匪夷所思，只怕开朝以来，从无一个妃嫔敢给皇帝瞧脸色，何况一个身份暧昧的宫女。不过豫亲王忆起那日惊鸿一瞥，她整个人便如冰玉琢成，隐隐有一种傲意凌人，分明不将世间万事万物放在眼中。说她敢倨傲至尊，他倒是有几分信的。

程远道："万岁爷对慕姑娘那是没的说的了，要什么给什么。可惜慕姑娘性子不太好，这几天闹上别扭，万岁爷怄气，见着她就发脾气，见不着更发脾气。"他愁眉苦脸地说，"别说奴婢们几个，连师傅都跟着发愁。"

原来如此。豫亲王心中忧虑，面上却不露出来，只问："那这次巡幸东华京，她是否随扈？"

程远道："奴婢不知。"又补上一句，"一提慕姑娘，皇上就没好脸色，师傅吩咐，叫不许惹万岁爷生气，所以奴婢们谁也没敢问。"

这样挨到了五月初三，第二日便要动身了，赵有智眼见实在拖不过去，晚间侍候皇帝更衣的时候，方硬着头皮问了一句："明天就要起驾了，奴婢们是不是都跟着去侍候万岁爷？"

皇帝近来脾气暴躁，淡淡瞧了他一眼，说道："我瞧你这差事是当得腻了。"

赵有智这几日亦是动辄得咎，但他是从小抱大皇帝的内官，吃透了皇帝的性子，连忙恭声道："奴婢该死。"却紧着追问了一句，"那就是奴婢们都跟着大驾？"

皇帝说："无关紧要的人让她坐船。"明明还有几分赌气的意思，赵有智心中暗自好笑，恭敬应了个"是"。

皇帝起驾已经半日，宫眷的船队才从上苑码头起锚。浩浩荡荡舟楫相接，无数锦帆楼船首尾相接，夹杂着大大小小内官及御营护卫的船只，逶迤达十数里，缓缓沿着东河顺流而下，颇为壮观。

初夏时分水势饱满，河道宽阔，船行得十分平稳。两岸绿堤上垂柳依依，远处的墟里人家，近处的绿柳村郭，如一卷无穷无尽的图轴，在舱窗外缓缓铺陈开来。

如霜既非妃嫔，本无资格独用一船，但内府总管还是另眼相待，

拨了一座楼船与她乘坐。她用惯的两名宫女原是御前的人，今日一早皆随大驾走了，于是华妃临时指派了两名宫女到这边船上照应。

如霜今日起得甚早，待得上船来，舟行平稳，午后日长人倦，于是在舱中好生睡了一觉，待得醒来日已西斜。她亦不唤人，自取了障面的泥金芍药花样纨扇，用系着杏色流苏的象牙起棱扇柄拨开舱窗上的绡纱帘幕，向窗外眺望。

但见江面上倒映余晖，如万条金蛇狂舞，粼粼耀眼欲盲。首尾皆是依次而下的楼船，无数幅斜欹锦帆迎着夕阳，绚丽夺目。堤岸如蜿蜒的翡翠衣带，垂柳依依，便是带上堆绣的细巧花样，缓缓从眼前往后退却，望得久了直叫人眼晕。

"原来姑娘醒了。"

很清脆的嗓音。如霜懒懒回首一看，原是那两名临时指派到船上的宫女的其中一人，名唤捡儿。

捡儿十分殷勤地道："我去打盆水来，让姑娘重新匀面。"

精心描画的眉目在妆镜中渐渐清晰起来，捡儿替她重新梳过了头，拿柄手镜替她前后交映，夸道："姑娘头发真好，这样黑，又这样浓。"

在家的时候，梳头历来是小环的差事，每次梳完了，总要这样举着手镜，倒映在妆镜中让她自己看。

镜中倒映着一点水光离合，浓如乌云的发间插戴赤金凤钗，凤作九尾，每一尾上皆缀明珠，下缀金珠为络，细密的金珠络沙沙地在鬓侧摇曳。端详得久了，仿佛适才晕船一样，亦觉得眼晕。

手边搁着两只红檀木罗钿大匣，里头满满的全是珠翠，自入宫后，她一度甚是喜欢这些东西，皇帝曾命内库尽搜所贮精华，送到她那里去。此时她打开匣子，随手拈了桂圆大的一颗珍珠，就着黄昏时分舱中晦暗的光线看了一看。

捡儿夸道："这颗珠子真是好，奴婢虽是侍候过皇贵妃的人，都从来没有见过这么大这么浑圆的珍珠。"

如霜并不言语，举手轻扬。不待捡儿惊呼出口，眼睁睁瞧着她已将那颗珍珠掷出窗口，捡儿和身去抢，哪里还抢得到。只听"咚"一声轻响，珍珠已经落入江中，但见碧波滔滔，白色的一点珠光迅速沉下去，转瞬就不见了。

这样的稀世珍宝，宫中亦不多见，谁知她就这样随手如抛废物，毫不惜之。捡儿一时惊骇得连话都不敢多说。

如霜漫不经心，检点匣中那些珠光熠熠之物，又随手拈起块玉佩来。那玉色腻白无瑕，镂刻精美，下头还结着同心双绦。捡儿怕她又要往江中掷去，忙关上窗子。

如霜见她关窗，亦不言语，将那块玉佩在手中把玩了片刻，忽然伸手说："这个赏你。"

捡儿自从登船以来，还是第一次听见她说话，声音粗嘎难听，将

捡儿唬了一跳，半晌才忙赔笑道："谢谢姑娘赏，这样贵重的东西，奴婢不敢受。"

如霜定定地瞧了她一会儿，口中终于吐出两个字："开窗。"

捡儿又吓了一跳，忙道："姑娘，姑娘，奴婢收下便是。"接了过去，又施了一礼，"谢慕姑娘赏。"

如霜亦是可有可无的样子，起身走到窗畔，隔着绡纱帘幕，可以远远望见堤岸上有马队疾驰，那是扈从大驾的御营军，从跸道奔驰来往至此互传讯息。

捡儿见她望着江岸上的御营骑队出神，赔笑道："不知道大驾行得快慢，已经走到第几站？不过宫眷都在船上。"

如霜懒得搭理她，尤其最后一句画蛇添足，拿着扇子抵在下颏儿上，只是默默地计算着路程。

跸道皆是十二里为一站，每站都预备有打尖的地方，每隔五十里，便又是一座行宫。簇拥大驾而行的有随扈的文武百官、御营官兵数千人，浩浩荡荡全副仪仗，每日亦只能行数十里。只怕今晚天黑前只能赶到乐昌行宫驻跸。

船行虽是顺水，但江流婉转，比跸路要绕得远许多。好在楼船舒适，晚间各船泊下，首尾相连即成行宫，宫眷们皆是宿在船上。

眼见天渐渐晦暗下来，起首的领船率先降了帆，在桅上升挂起一串明灯，旋即吹起号角来，声音极闷但传得远，可达数里。跟着后

面一艘船亦吹起号角来，这样一声递一声往后传去，便有御营的小舟划向后方去照应。无数铁索扔了出去，船首的铁索套住前船船尾的铁拴，再搭上跳板，每条船就这样被连在一起。

夜色渐浓，各船上舱中的灯火渐次明亮起来，像一条灯的巨龙，静静卧在水面上。远远望见楼船里灯火通明，便如剔透的琼楼玉宇一般，一层一层都是璀璨的光，倒映在江面上，像无数流星划过水中，流光潋滟。有宫女内官提着灯笼从跳板上姗姗而过，那星便是极大的一颗，戛然划过缭乱的星幕，风吹来碎成更细微的万点星子，在波浪尖上跃跃流动。

如霜晌午后睡得久了，此时并无倦意。夹堤两岸亦是无数点星光渐渐散开去，有些蜿蜒成一条火把的长龙，那是巡夜的御营，与往来的跸道传讯兵卒，蹄声隆隆里夹杂着清脆的鸾铃声声，在旷野静夜中听得格外分明。

捡儿与另一名宫女栗儿收拾了床榻，展开薄罗被，替如霜放下其色如烟的鲛纱帐，取扇将帐中细细赶了一遍，确无小虫蚊子，方掖好帐子，出来对如霜道："姑娘今天一定倦了，况且已经起更了，江上夜凉风大，姑娘还是早些歇着吧。"

如霜正极力从杂沓的蹄声中分辨那鸾铃声声，兀自出神。捡儿素闻她性子有些古怪，不敢再多说，替她挑亮了灯，就和栗儿默默退到外舱去了。

如霜听那鸾铃声渐驰渐近，铃声清脆悠远，隔得再远亦能听得清清楚楚，唯有紫金所铸鸾铃方才有这样的脆响。她心如轮转，一刹那翻过好几个念头，听那鸾铃渐行渐近，分明已经就在堤岸上离自己的座船不远处，便拿定了主意，"哧"地吹灭了灯，却也并不动弹，静静坐在桌畔。

　　这晚没有月亮，倒是满天的好星，隔着窗上的绡纱，星光黯淡映入舱中，一切都在朦胧的黑暗里勾出个边廓。高的是柜子，矮的是案几，手边桌上搁着一只细白瓷花瓶，里头拿清水供着的是数枝翠柳，还是登舟前她随手在码头畔折的。

　　那柳叶清雅的一点气息，和着自己衣袖间的熏香，几乎淡得嗅不出来。但沐在这样的夜色里，一切都柔和而分明起来，连同心底那些敏感不能触及的思绪，一一都清晰地浮了上来。

　　何去何从，并不是她能做得了主。旷野星空万里，舷下浪声轻吞入耳，一切的人声都遥不可及。江风清凉郁郁，带着水意的微冷，吹拂垂着的绡纱帘幕，一重重的纱帘在风中忽而鼓扬，像翻飞着的轻薄蝶翼。过往那些惨痛而血淋淋的惊悸，终于有了片刻的退却。

　　就在她失神的这一刹那，窗外忽然有高大的人影一晃，分明是个男人的身影——内官应该有冠带，外间那人影倒映在窗纸上清清楚楚，此人并无冠带。

　　她一个念头转完，立刻张口大叫："快来人，有……"

【十一】

那个"刺"字还未出口，舷窗之外忽然炬火大明，船上前后数十盏灯笼火把瞬间燃起，顿时映得江上江下火光一片。岸上亦有灯笼火把骤然亮起，灯笼太多太亮，隔着窗子如霜几乎睁不开眼睛。

只听窗外"扑通"一声，内官的嗓子既尖且细，在寂静夜中分外刺耳："刺客跳江了！抓刺客！快来人啊！刺客跳江了，快抓刺客……"

跳板上步声杂沓，舷板下为中空，脚步声听上去更多更乱，岸上人马喧嘶，无数灯笼火炬向这方涌来，只听得"扑通扑通"连声水响，想是御营的官兵跳下江去追捕刺客。

外头人语喧杂，紧接着响起仓皇的叩门声："慕姑娘！慕姑娘！"正是宫女栗儿的声音。

不闻她答话，外头的人似是着了急，用力踹开舱门，十余盏灯笼一拥而入，舱中顿时明亮如白昼。见她好端端地坐在那里，为首的内官似是松了口气，说道："姑娘受惊了。船上闹刺客，御营的人已经

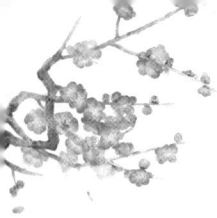

下水去追捕了，请姑娘放心。"

如霜识得此人是华妃宫中的首领太监廖存忠，当下并不搭理。栗儿道："真真吓煞人了，好在姑娘还没睡。"

如霜命捡儿取了蜡钎来，重新点燃桌上的灯，执了那小银烛剪，亲自剪亮了灯芯，方慢条斯理地道："这样热闹的晚上，我可舍不得睡觉。"

廖存忠素闻她性情古怪，踌躇一下正打算请退，外头已经通传华妃来了。

廖存忠迎了出去，只见前导的四盏鎏银八宝明灯渐行渐近，夜间风大，华妃系了件大红斗篷，更显风姿绰约，由宫女内官簇拥着款款而至。

华妃扶着廖存忠的手肘进得舱来，如霜素来不理会宫规礼仪，端然坐在那里，无动于衷。

华妃倒若无其事，说道："真没想到出了这种事，我一听说就赶过来了，好在没有伤到人，这刺客实在是胆大包天，也不怕凌迟处死，株连九族。"

如霜素来不爱说话，手中执着那柄泥金纨扇，有一下没一下地摇着。华妃见她不理不睬，虽然生气，但不愿与她计较。

正在此时，外头进来名内官，跪下禀奏："启禀娘娘，刺客抓到了。"

刺客因呛水太多已经淹死了，御营的人捞起的只是尸首。无数火把照着那湿淋淋蜷曲的身躯，有人将刺客的脸扳过来，炬上火焰被风吹得呼呼直响，那光也忽明忽暗。

华妃虽不是第一次看见死人，却犹是一阵恶心。这样身份不明的男子是如何混上宫眷所乘的楼船，实在令人费解，所以遍搜刺客全身，结果只找到一块玉佩，内官忙呈与华妃。

华妃见那玉佩乃是上好的羊脂白玉，腻白无瑕，镂刻一片倾卷荷叶，叶下覆一双鸳鸯，雕工极其精美，底下结着同心双穗。那丝穗虽早被江水浸湿透了，亦并未褪色，端端正正一双万年如意同心结，这种结法极有讲究，民间是不许用这种"万年"花样的。

华妃见那玉佩底下系着这样一个结子，更兼那玉质雕工精美无匹，这样东西出自内府无疑，便叫廖存忠："去查档，看这是哪个宫里的东西。"

如霜此时方闲闲地道："不必了，这是我的东西。"

华妃道："慕姑娘的东西，为何在刺客身上搜了出来？"

如霜漫不经心道："这就要问捡儿了，这玉佩我下午赏给她了。"如霜脸上微带讥诮之色，华妃见她神色镇定，便唤过捡儿来盘问。

捡儿早就面无人色，扑通一声跪下来，连连磕头。

华妃道："你就是捡儿？这东西如何到了刺客手中？你老老实实

告诉本宫。"

捡儿吓得浑身瑟瑟，张大了嘴，半晌说不出一个字来。

华妃道："你不愿说也不要紧，我自然有让你说的法子。"说完立刻命人去取签子来。

捡儿早听说过竹签钉指之刑，吓得魂飞魄散，连声哭道："娘娘饶命，娘娘饶命，这玉佩是慕姑娘给我，叫我交给张胜宝，说张胜宝自然知道给谁。"

华妃问："谁是张胜宝？"

捡儿道："是御膳房里打杂的一个内官，他每日要买菜，我们总托他往行宫外捎东西。眼下在船上，也只有他们厨船上的小艇可以靠岸。"

华妃转脸望向如霜，见她坐在那里纹丝不动，置若罔闻。于是吩咐廖存忠："去传张胜宝来。"

张胜宝没能传来，廖存忠旋去即返，脸色十分难看："娘娘，张胜宝适才畏罪跳江自尽了。"

华妃似是十分意外，又望了如霜一眼，道："如今人证物证皆在，只能先委屈慕姑娘了。"吩咐将捡儿与栗儿都带走，另换人来陪伴如霜，又命将如霜的楼船严加守卫，不许任何人进出。

华妃道："先委屈姑娘一夜，明日一早，本宫就派人去禀告皇上，如何处置，但凭圣意圣裁。"说着起身道，"姑娘先歇着吧，横竖明天皇上就知道了。"

如霜此时方才开口道："只怕我活不过今夜。"

华妃脸色一变："你这话是什么意思？"

如霜站起来，以扇柄拨开绡纱帘幕，眺望窗外不远处岸上的点点火炬："我今晚若是死了，明日皇上问起来，你们只要说我是因奸情败露羞愧自尽，便可推得一干二净。这一套连环计，先是诬我与人有奸，再来从容取我性命，最后一步当然是杀人灭口，永绝后患。"回首凝视捡儿，"三个人证已经死了两个，你难道不害怕么？"

捡儿本来跪在那里犹未起来，身子一软，几乎要瘫在地上。

华妃急怒交加，冷冷道："你这话含沙射影，是说今夜之事乃是本宫诬陷于你了？"

如霜并不答话，转开脸去。华妃气得满脸涨红。

廖存忠见机不对，立刻道："娘娘，不如即刻派人回奏皇上，恭请皇上圣裁。"

华妃犹未说话，外头一声接一声的通传进来，内官声音清清楚楚地回奏："娘娘，豫亲王请见。"

华妃十分意外，豫亲王本是随在大驾左右，黄昏时分还有驿报来，知会众人皇帝已驻跸乐昌行宫。统领跸警的豫亲王自然应该在乐昌，如何会夤夜至此？何况虽在船上，亦为行宫，夜色已深，亲王不便擅入有宫眷的楼船。华妃料他是奉旨前来的，只得事出从权，命人

放下帘子，隔帘召见。

隔着纱帘，影影绰绰见到豫亲王行礼，声音如常从容："定滦失职，致有刺客惊动凤驾，请华妃娘娘恕罪。"因为他统领御营，所以先生此语。

华妃倒是家常的语气，十分客气地道："请七爷坐。"又道，"七爷来得正好，这刺客身份可疑，本宫正要派人去请旨追查。"

豫亲王十分从容地道："皇上放心不下宫眷的船队，所以一到行宫，命定滦过来看看，没想到真出了事。"

说是放心不下宫眷的船队，只怕放心不下的只是一个人罢了。华妃心中一酸，语气还是极力平静："七爷是奉旨来的，那更好了。我虽然暂理后宫，但此事牵涉到旁人，是非曲直，到了七爷手里，一定可以查个水落石出。"

华妃当下命廖存忠将刺客身上搜出鸳鸯佩及捡儿口供之事皆向豫亲王禀明。廖存忠口齿伶俐，说得活灵活现，豫亲王很仔细地听了一遍，直到最后廖存忠都说完了，方问了一句："最先发现刺客的是谁？"

众人面面相觑，过了半晌才有名内官回奏道："是慕姑娘先叫起来，说有刺客……"

如霜嗓音独特，适才静夜中大声呼叫，听到的人并不少。

华妃心里一沉。

豫亲王道："既然如此，玉佩之事定然另有隐情。事涉宫闱，本王明日请旨圣裁。"说完起身请退，一礼未毕，方抬起头来，忽见帘后伸出一只纤美白皙的素手，犹未反应过来，已见那手拨开垂帘。

重帘后有人翩然而出，向他敛衽为礼，一双千尺寒潭似的眸子，既澄且净，在灯光下流转不定："王爷，请王爷即刻带如霜去见驾。"

豫亲王万没想到她会从帘后走出来，更兼第一次听到她开口说话，只觉得心下一震，踌躇难答。

如霜道："王爷睿智，自然已经明白今夜之事乃是旁人设计如霜的圈套。人心险恶莫测，如霜爱惜性命，自觉朝不保夕，断不能再留在此地任人宰割。请王爷将如霜与宫女捡儿一同解往御前，恭请圣断。"

华妃亦被她的举止骇了一大跳，待听她说出这么一番话来，急怒交加，霍然起立，隔帘怒斥："慕如霜，你此等言语乃是何意？"

如霜不言不语，只是凝视着豫亲王。豫亲王从未被一名女子这样逼视，不便与她目光相接，只得转开脸去。

便就在这一瞬间，跪在地上的捡儿忽然叫道："华妃娘娘，我替你诬陷慕姑娘，没想到你却言而无信，意欲杀人灭口，横竖是个死，我化为厉鬼也不放过你。"说完破窗撞出，"扑通"一声投入江中。

华妃惊恐万分，几乎要昏厥过去。帘后数名宫女连声疾呼："娘

娘、娘娘……"

华妃颤声道："快！快抓住这贱人。"她心中清楚，若是捡儿一死，自己百口莫辩，隔帘望去，但见如霜淡然伫立，豫亲王已经疾步至舱外舷板之上，早有御营的官兵下水去捞救。华妃亦顾不得礼法，掀帘疾步而出。

江面上御营小艇来去，举着灯笼火炬捞人，江流湍急，那捡儿一入水中，却再也不曾浮起。渐渐过得小半个时辰，华妃全身发冷，扶着宫女立在那里，不言不语。

如霜款步上前，望着黑沉沉的江面，漫然道："看来又死了一个。"

华妃回首望去，只见灯下她面色似玉，眉目如画，姿容清丽难言。华妃却禁不住打了个寒战，声音里透着恨意："你这招好毒。你会有报应的——你终有一日会遭报应的。"

如霜的声音极轻，几乎除了她自己，再无第二个人能听见："会遭报应的人不是我，该遭报应的人，一个也逃不过去。"言毕嫣然一笑。

她自入宫来从未笑过，此时展颜一笑，如荷之初放，亭亭净恬。刹那已横过纨扇，遮去大半面容，华妃几乎以为是自己恍惚看错，她已经转身缓步退开去。

豫亲王见捞救无望——纵捞上来定也是尸首了，于是折返舱中。

如霜敛衽为礼："请王爷为如霜做主。"

华妃面色灰败，几欲落下泪来，道："七爷，如今我百口莫辩，唯请皇上圣裁。"

豫亲王略一沉吟，道："臣弟遵命。"他既用此称谓，便是以皇弟身份处理家务事，虽在礼制上仍欠妥当，亦算勉强从权。

夜已三更，如霜出得舷舱来，只觉得江风清寒，吹得她身上那件平金绣百蝶斗篷扑扑乱飞，不觉攥紧了颈中系的闪金长绦。内官手提一盏琉璃明灯，替她照着脚下的跳板。

如霜抬起头来，见堤岸上御营簇拥着一辆青篷马车——虽是宫人日常乘的车子，火把簇拥下看得分明，豫亲王早已经上马，等候在车侧。

江滩上碎石粼粼，走得自然极慢，好容易到了车前，内官俯下身去，她却并没有循例踩着内官的背上车，反倒轻声道："搀我一把就成了。"

侍候车驾的内官诚惶诚恐，伏在那里说："奴婢不敢，奴婢应该侍候姑娘上车。"

如霜淡淡地道："你是侍候人的奴婢，我也是侍候人的奴婢，有什么敢不敢的。"

那内官方应了个"是"，起身来在她肘上用力托了一把，她体态轻盈，已经踏上车去。宫女高高掀起车帷，让她在车中坐好，方放下了帷帘。

车前本悬了一对明角风灯，碎石路上车声辘辘，隔着薄锦车帷望去，那两盏灯亦摇摇晃晃，仿佛一双发着光的风铃，几乎可以听见清脆的铃声摇曳——如霜定了定神，才知道并非幻觉。紫金鸾铃的声音脆而清亮，就在马车左近，声声入耳。

没想到竟是他来，原是她自己料得错了。御马方许用紫金鸾铃，她却忘了豫亲王早蒙恩旨，赐用紫缰紫金鸾铃。御营铁骑高大的身影倒映在两侧窗帷上，星星点点的火把向前延伸开去，像两条巨大的火龙，将她的车子夹在中间。

透过象眼窗上细密的方孔，可以望见前方不远处控马握缰的豫亲王。他身边亲随簇拥，无数的炬火照见他的身影面容，侧影从容安详，像这夜色一样，有着一种宽广到不可思议的突兀柔和，连于马背之上握缰的姿势都与她记忆深处某个秘密的影像有着惊骇的类似。

这样静的夜，只听到火炬上火焰燃烧的"呼呼"声，马蹄踏过碎石的"嗒嗒"声，还有鸾铃清脆的"叮当"声……这些声音里夹着"扑通扑通"的异响，原来是她自己的心跳。

她将头靠在窗帷上，起伏不平的路像是一种刻意，每次碾过高低不平之处总有一种异样的失落。隔着那么远，就像千寻的绝壁，明知永远都不可能逾越，而彼岸亦只是一片暮霭苍茫，那是她自己虚幻梦想的海市蜃楼，所以，此生永不可及。心中猛然一抽，就像心脏被人狠狠攥住一般，疼得那样难过。

陪车的宫女问："姑娘困了么，还是躺下来歇歇吧。"她不能答话，心跳紊乱，每一次都重重撞在胸口，直撞得发痛，痛得连呼吸都没有办法继续。豆大的汗珠从额际渗出，她咬破了自己的嘴唇，不让自己发出呻吟的声音。

陪车的宫女终于发觉了她的异常，急急地问："姑娘，你怎么了？"

她想摸索荷包中的药，却连移动手臂的气力都几乎没有。

宫女惶然不知所措，一把掀开车帷，急声道："快停车！王爷，慕姑娘不好了。"

耳中的一切声音杂而乱，远而轻，就像在梦中一样。有明亮的光照进车里来，有人在嗡嗡地说着话，她努力睁大眼睛，看到依稀熟悉的眼眸，心忽然往下一落，拼尽全力才发出细若游丝的声音："荷包……药……"

蚕豆大的绿色药丸，散发着熟悉的淡淡寒香，塞入口中去，有水旋即灌入，她吃力地咽下去。水甘甜清凉，仿佛一线冷泉，潺潺地自喉间流入体内。

她渐渐地缓过气来，心口的绞痛亦渐渐隐去，这才发觉自己大半个身子斜靠在宫女的肩上，一名千夫长手中捧着一只缂金皮水袋，目不转瞬地望着她。连豫亲王都勒马立在辕前，见她苏醒，只问："还可以乘车吗？"

她轻轻地点了点头，他便不再多说，兜转马首命令众人："继续

赶路。"

宫女放下车帷，那高大的身影随着火光一同被隔在了帷外，不能再被瞧见。铁骑铮铮的蹄声重又响起，她精疲力竭，在丸药的效力下昏昏沉沉地睡去。

跟随在豫亲王马后的一名千夫长迟晋然，乃是曾随豫亲王出征舍鹊的亲信侍卫，年纪虽不过二十岁，却因军功卓著已经升到了千夫长。他长着一张娃娃脸，脾性亦稚气犹存，策马追上了豫亲王，躬身舒臂仍将水袋系回豫亲王的鞍后，一笑露出口雪白的牙，说："病恹恹一个人，真不晓得皇上喜欢她什么？三更半夜的，咱们这趟差事可真窝囊。"

豫亲王回首望了他一眼，意在警告。

迟晋然被他眼风这么一扫，挠了挠头，说道："王爷，我晓得错了，关云长千里送皇嫂，王爷您和关帝爷一样，此举忠心赤胆，可昭日月。"

豫亲王回手一鞭抽在他马上："什么风马牛不相及的胡说，还不滚到前头去探路。"

迟晋然吐了吐舌头，拍马直奔向前。

【十二】

　　还未到六月里，清凉殿中已经用了冰。冬日征用冰夫数千人，至云歌山上采下的巨大冰块，沿驿道运至东华京冰窖中窖藏数月，此时起出来，由冰匠在其上雕琢出亭台楼阁，人物山水，栩栩如生，方用金盘供了，奉在殿中取其清凉之意。

　　清凉殿筑于水上，四面空廊迂回，竹帘低垂，殿中极是蕴静生凉。榻前金盘中的冰山亭台渐渐融化，人物面目一分分模糊，细小的水珠顺着那些雕镂精美的衣线沁滑下去，落在盘中，泠泠的一滴轻响。

　　如霜自惊悸的梦中醒来，额头涔涔的汗意，濡湿了几缕头发，黏腻地贴在鬓侧。帘外已经有新蝉声，断续的一声半声传到殿中，更显得静。她半合上眼睛，蒙眬间又欲睡去。

　　还在家中的时候，绣楼外的芭蕉舒展开新嫩的绿叶，帘影透进一道道极细淡的金色日光，烙在平滑如镜的澄砖地上。绣架上绷着月白

缎子，一针一线绣出葡萄鹦鹉，鹦鹉的毛色极是绚丽多彩，足足用了三十余种丝线，针法亦极为烦琐。偶然抬起头去，隔帘望见火红的石榴花，红得像一团火似的，烙在视线里，即使闭上眼睛，犹似乎能看见那簇鲜跳的红。那样的长日寂寂，花影无声，闺中唯一的烦恼，却是如何为绣架上的鹦鹉配色。

来人步子极轻，走到榻前又慢慢停下，躬下身去，拾起落在榻前地上的素白纨扇。她蓦然睁开眼睛，反倒将皇帝吓了一跳。"醒了？"皇帝含笑，语气充满怜惜，"看睡了一额头的汗，我怕热，你竟比我还怕热。"

如霜坐起来掠了掠发鬓，薄绡袖子滑下去，直露出一截雪白手臂，臂上笼着金镶玉跳脱，更显得肌肤腻白似玉。她转过脸去伏回榻上，似是仍要睡的样子。

皇帝说："还是起来吧，传过午膳就睡到现在，仔细停食。"他随手握着她那柄素白纨扇，有一下没一下地替她扇着。

如霜却忽然坐起，不由分说夺过扇去，"啪"地一声掷在地上。这一下猝起突然，将侍立在帘外的赵有智都唬了一跳。

皇帝大怒，站起身来拂袖而去，急急走了数步，忽又停下来："来人！"

两名内官应声而入，躬身待命，皇帝回身指着如霜，额上青筋迸起："给朕赐她……"方说了这几个字，但见她浑若无事，重又伏回榻上，侧影极美，眸上浓密乌黑的长睫仿佛一双蝶翼微合，无限慵懒之态。隔帘花影憧憧，映在她脸上。

他忽然忆起最后一次往景秀宫去，宫女迎出来接驾，悄语回奏："万岁爷，皇贵妃睡着了。"他"哦"了一声，放轻了脚步往榻中去，远远望见窗下榻上她睡得正好，嘴角微噙着笑意，依稀让人想见好梦成酣的一缕香甜。

她永远亦不会知晓他适才颁赐的朱谕，如果时光就此停伫，如果岁月刹那老去，如果可以在一瞬间即是白头。他立在那里，只不过数步之遥，咫尺间脚下却如同无声划开一道千仞鸿沟，此生再也无法逾越。

那是他今生最后一次见到她。深秋澄静的日影透过窗纱映在她的脸上，温暖而明晰的一点光，淡得像蝴蝶的触须，触手却不能及。风吹过，花影摇曳，眼前的容颜依稀如同在梦中一般，那些迷离的光与影都成了瞬息光华，流转无声。

皇帝心中一软，见两名内官仍毕恭毕敬地立在当地，只得改口吩咐道："赐淑妃吐尔鲁新贡的葡萄一盘。"

还未到六月，新鲜的葡萄罕为奇珍，吐尔鲁一共不过贡来了两小篓，除去青紫不均、路上坏烂的，所剩已经无几。

赵有智心中暗暗好笑，待葡萄取来，亲自接了过去，吩咐送葡萄来的内官道："回去吧，顺便告诉外边，皇上今儿不出去了。"

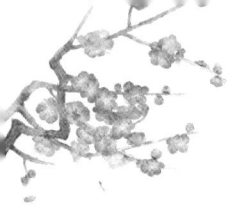

午后有一次例行的廷议，因为天气渐热，朝廷又在两处用兵，事情冗多，所以每日早朝不论，晌午后的这次廷议所议之事亦多。

内阁诸臣都聚得齐了，在素日等候传唤的照房里，有的三三两两，喁喁而谈，有的吃茶，有的闭目养神，有的还在斟酌奏本。豫亲王性子十分沉静，屈膝坐在榻上，只是将厚厚的一沓折子慢慢翻阅。

天佑阁大学士程溥乃是三朝元老，在内阁中资历最深，年纪最长。此时负手在屋中踱了几趟来回，看一看角落里的滴漏，见已经是申末时分，方停了步子，若有所思地道："今儿皇上怕是又不出来了吧。"

话音还未落，已经瞧见帘子打起，一名内官进来，正是清凉殿执役的太监小东子。他团团行了礼："诸位王爷、大人，皇上今日不传见了。"

阁中静了片刻，人人相顾，旋即响起轻微的嗡嗡声。程溥见小东子施了一礼，便要退去，于是叫住他，问："且慢，皇上是否圣躬违和？"

小东子迟疑了一下，似不知如何作答。

程溥道："昨日的大朝，传免，今日的早朝，又传免，到了此时，廷议又传免，皇上若不视朝，总得有个理由。"

他授太子太傅，乃是兴宗皇帝临终前指定的顾命之臣，谁知穆宗短命，自己这个太傅未能报答兴宗皇帝的知遇隆恩之万一，自责于心，痛悔难当。及至当今皇帝即位，他以大学士总领内阁事务，更是抱了鞠躬尽瘁以报圣恩的决心，所以督促皇帝有一种义不容辞之感。

自从月前皇帝与内阁就如霜册妃之事起了争执，内阁因循祖制，坚称罪籍之女不能册封，皇帝却一意孤行，绕过内阁直接命礼部将册诏颁行天下，程溥气得数日称病不朝。等他"病愈"，皇帝却开始疏于朝政。

起先的时候只是免早朝。程溥传了赵有智来问，赵有智道："万岁爷素来体燥畏热，诸位大人都知道，每天只有子时过了，夜里静下来，凉快一些才睡得着，所以早上未免起得迟。"程溥不能公然指责皇帝，只"哼"了一声勉强接受。

谁知皇帝渐渐更加疏懒，这几日来，更是与阁臣们连个照面都不打了。

此时程溥越想越怒，不由得骤然发作，小东子见他怒不可抑，吓得说话都结结巴巴了："程……程……大人……奴婢是粗使的人，内头的差事，奴婢一概不知道。"

程溥越发生气，回过头去望着豫亲王，并不发一言。

豫亲王却已经明白他的意思，此事终还是落在自己肩上，他无声地叹出一口气，事态如此急转直下，实在出乎他的意料。

他送如霜至行宫的时候，皇帝将刺客一案揭过不提，亦未曾处置华妃。他心中还存了几分指望，谁知一至东华京，皇帝便要册如霜为

妃，任内阁如何反对，连他亦私下里谏阻了数次，亦是毫无用处，眼睁睁看着册妃的诏书明颁天下。

他招手叫过小东子，对他道："你去和赵总管说一声，请他回奏皇上，我今日有要事必得面见皇上，请他无论如何想个法子。"

小东子答应一声，行礼告退，刚走到门口，豫亲王又叫住他，想了一想，终于还是挥了挥手："去吧。"

小东子一溜小跑回到清凉殿，却见殿外肃然一静，内臣皆退往殿阶下花荫底下，只有赵有智独自坐在台阶上，抱着犀拂垂着头，似乎借着一点凉风在打瞌睡。

小东子不敢打扰，想到豫亲王的话，迟疑再三，还是徘徊上前去。赵有智虽然看似蒙眬欲睡，却一下子睁开了眼睛。小东子将豫亲王的话附耳相告，赵有智眉头微微一皱，掩口打了个呵欠，望了望湛蓝的天色，喃喃道："你去吧。"

殿内阴凉如水，唯闻冰融之声，隔不久便"嘀嗒"一响，像是数盏铜漏，却参差不齐。如霜似是无知无觉，翻身又睡。

皇帝说："我昨日去见华妃，是因为皇长子生病，所以让她去看看。不过说了几句话，连她殿中的一盏茶都没吃，立时就回来了。你这样莫名其妙地与我闹脾气，也太不懂事了。"

如霜伏在那里一动未动，只道："你现在就去懂事的人那里，不就成了。"

皇帝岔开话道："别睡了，起来吃葡萄吧。"

如霜半晌不答话。

皇帝自己拈了颗葡萄，剥去薄皮，放入口中："唔，好甜，你不起来尝尝么？"

如霜斜睨了他一眼，忽然仰起脸来。皇帝只觉兰香馥郁直沁入鼻端，她一双温软的双臂已经揽住自己脖颈，唇上馨香温软，辗转间唇齿相依。皇帝只觉得呼吸一窒，唯觉她樱唇柔美嫩滑，似是整个人便要在自己唇下融化开去，难舍难离。

不过电光石火的一瞬间，她却已经放开手去，趿鞋下榻，走到镜前去理一理鬓发，若无其事地回头嫣然一笑，道："倒真是甜。"

她执着象牙梳子，有一下没一下地梳着长发，唇角似有一缕若有若无的笑意，那执着牙梳的一只手竟与象牙莹白无二，更衬得发如乌瀑，光可鉴人。皇帝只觉得艳光迷离，竟让人睁不开眼去。

如霜却忽然停手不梳，轻轻叹了口气，螓首微垂。她侧影极美，近来憔悴之容渐去，那种疏离莫测的气质亦渐渐淡去，却生出一种出奇的清丽婉转。

皇帝忆起慕妃初嫁，晨起时分看她梳妆，她娇羞无限，回转脸去，那容颜如芍药初放。

他猛然起身，几步走上前去抱住如霜，打个旋将她扔在榻上。如霜低呼了一声，那尾音却湮没在皇帝的吻中。他气力极大，似要将

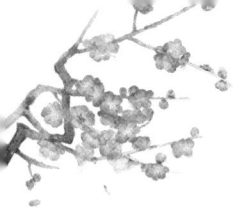

她胸腔中全部的空气挤出，那不是吻，简直是一种恶狠狠的啮噬。如霜闭上眼睛，却胡乱地咬回去，两个人都像是在发泄着什么痛恨与怨怒，却都不肯发出任何的声音来，只是激烈而沉默地纠缠着。

她的长发绕在他指间，冷而腻，像是一条条细小的蛇芯，吞吐着冰凉的寒意。他听得见自己的鼻息，粗嘎沉重，夹杂着她紊乱轻浅的呼吸，整个人却像是失了控制，有一种无可救药般的绝望。

第一次亦如此般，有一种绝望般的自弃。

那是在乐昌行宫，已经是快天亮时分，豫亲王忽送了如霜前来。他十分意外，披衣而起，豫亲王只隔窗禀奏了寥寥数句，来龙去脉令他皱起了眉头。

如霜入殿来，一见了他，掩面而泣。皇帝素来厌恶女人哭泣，谁知她一头扑入自己怀中，便如孩子般放声大哭，倒令得他手足无措，过了半晌，方才揽住了她。如霜哭得累了，只是蜷缩在皇帝怀中，过得良久方才抽噎一声。

皇帝被她哭得心烦意乱，只得顺嘴哄她："好了好了，朕知是委屈了你。"

如霜抬起脸来，莹白如玉的脸上肌肤极薄，隐隐透出血脉纤细嫣红，挂着泪珠，更显得楚楚动人。她虽然瘦弱，力气却并不小，用力在皇帝胸口一推。

皇帝早料到她会动手，手上加劲，反倒笑了："好了，都是我的不是，总成了吧？"

她缓缓低下头去，下颏儿那样熟悉而柔美的曲线。就是因为那一低头吧，他如中了蛊般吻了下去。她的呼吸轻而浅，有着熟悉淡泊的香气，仿佛能引起最隐秘处的惊悸。他不能再想，只能放肆自己吻下去，在迷离而恍惚的这一刻，哪怕只是一场梦境，他也不能放手。

所有的渴望，所有的不甘，所有的失去，那些干涸已久的记忆，那些龟裂成无数细而微的碎片，那些永远不能再得到的馨软，在这样的唇齿缠绵间忽然寸寸鲜活，那是痛入骨髓的惨烈，亦是一种饮鸩止渴的绝望。

他却不能抵御，只有绝望地陷进去，将一切都狠狠地撕裂开来，尖而痛的叫在耳畔响起，他在极度的痛恨与自弃中得到一种难以言喻的满足。只要心中不再那样空落落地虚无，只要不再有那种被掏空了似的难受，只要有这一瞬间的忘却。

哪怕是，毒药也好。

每当狂热过后，总是更深更重的失落，倦得人睁不开眼来。他无比厌弃，却又放不开。自从慕妃死后，漫漫长夜成了一种酷刑。如果她入梦来，如果她不入梦来，醒来时枕畔总是空的，带着一种寒意彻骨。

他曾将后宫视若无物，可是她终于回来了，活着回来了。但醒来变成了更残忍的事情，夜里朦胧的一切，到了早晨都成了清晰的残酷。

幸而如霜从不在天明之后依旧逗留，她总是比他起得早，在他还没有清醒的时候离去，只余下满榻若有若无的一缕香气，让他觉得恍惚如梦。

只是早朝，早朝总得卯初起身。赵有智数次唤他醒来，他大发了一顿脾气，赵有智便不再敢贸然。他疏懒地想，其实不上早朝亦不算一件什么了不起的事。

内阁哗然了几天，递上来一大堆谏劝的奏折，看他并不理会，只得妥协地在每日午后再举一次廷议。

万事皆在帝王的权力下变得轻易，可是为什么忘却一个人却只能依靠记得，依靠那样残忍那样无望的记得。最美好的一切都在指间被时光风化成沙，粒粒吹得散尽，再也无法追寻，他身心俱疲，合上眼便沉沉睡去。

窗外的落日一分分西斜下去，隔着窗纱，殿中的光线晦暗下来。大沓积下的奏折还放在案上，特急的军报上粘着雉毛，那羽毛上泛着一层七彩亮泽，仿佛新贡瓷器的釉色，发出薄而脆的光。

豫亲王回首看看铜漏，眸中亦如半天的霞光般，一分一分地黯淡下去。

【十三】

夜深了，四下里寂静无声。极远处传来"太平更"，三长一短，已经是寅末时分了。

殿中并没有举烛，西沉的月色透过窗纱照进来，如水银般泻了一地。

如霜自惊悸的梦中醒来，凉而薄的锦被覆在身上，如同茧一般，缠得她透不过气来。心狂跳如急鼓，她无声地喘着气，过了半晌方才摸索到药瓶。她急切地将药瓶倒过来，发抖的手指几乎拿捏不住，好容易倾出一颗药丸来，噙到口中去。

呼吸渐渐平复，沉郁的药香在口中濡化开去，而背心涔涔的冷汗已经濡湿了衣裳，她虚弱地重新伏回枕上，掌心微冷，无力地垂下手去，药瓶已经空了。

身后是皇帝平而稳的呼吸，如果不是夜这样安静，浅得几乎听不见。这种她最厌憎的声音，每到夜深人静的时刻就令她再也压抑不住

心底深处的烦恶，连带着对自己亦恨之入骨。

此时胃中泛起酸水来，只是觉得恶心作呕。每次吃完药后，总有这样虚弱的一刻，仿佛四肢百骸都不再属于自己，连身体都虚幻得轻软。

她静静地躺了片刻，终于有了力气，无声无息地离开床榻，借着淡白的月色，可以看见自己平金绣花的鞋子，重重瓣瓣的金线绣莲花，裸的足踏上去，足踝透出瓷一样的细腻青色，那莲花里就盛开出一朵青白来。

她垂下眼去，这世上再也无皎皎的洁白无瑕，哪怕是月色，透过数重帘幕，那光也是灰的，淡淡的像一支将熄未熄的烛，朦胧得连人影都只能勾勒出浅浅几笔。她落足极轻，几乎无声地穿过重重的帐幔。

守更的宫女还在外殿的烛台下打着盹。她立在那里，随手拿起案台上的烛剪剪去烛花。这样闷热的夜里，连小小的烛光亦觉得灼人难忍。烛芯间一团明亮的光蕊，仿佛一朵玲珑的花儿，不过一刹那，便红到极处化为灰烬。

烛光明亮起来，宫女一惊也醒了，并没有言语，轻轻击掌唤进人来。

来接她的是清凉殿的宫女惠儿，取过斗篷欲替她披上，她伸手挡住。夜虽深了，仍闷热得出奇，连一丝风都没有。出得殿来，一名内官持灯相候，见她们出来，躬身在前面引路。回廊极长，虽然每日夜里总要走上一趟，忽明忽暗的灯光朦胧在前，替她照见脚下澄青砖地，光亮如镜。

如霜突然觉得可笑起来，这样静的夜，这样一盏灯，在廊间迤逦而行，真是如同孤魂野鬼一般，漂泊来去，凄淡无声。

清凉殿中还点着灯，内官与宫女皆候在那里。

她说："都去睡吧。"扶着惠儿进阁中去。

惠儿替她揭起珠罗帐子，她困倦已极，只说了句"药没了，告诉他们再送一瓶来"，便沉沉睡去。

这一觉竟然睡得极好，醒来时红日满窗，她刹那间有一丝恍惚，仿佛还是小女儿时分，绣楼闺房中，歇了晌午觉醒来，奶娘在后房里拣佛米，四下里寂然无声。唯见窗隙日影静移，照着案几上瓶中一捧玉簪花，洁白挺直如玉，香远宜清。她拈起一枝花来，柔软的花瓣拂过脸侧，令人神思迷离。窗上凸凹的花纹透过薄薄的衣衫，烙在手臂上，细而密的缠枝图案，枝枝叶叶蔓宛生姿。翠荫浓华深处隐约传来蝉声，仿佛还有笑语声，或许是小环与旁的小丫头，依旧在廊下淘气，拿了粘竿捕蝉玩耍。过得片刻，小环自会喜滋滋拿进只通草编的小笼来，里头关了一只蝉，替她搁在妆台上。

蝉声渐渐地低疏下去，长窗上雕着繁密精巧的花样，朱红底子镂空龙凤合玺施金粉漆，那样富丽鲜亮的图案，大红金色，看久了颜色直刺人眼睛。她指尖微松，玉簪厚重的花苞落在地上，极轻地"啪"一响，终于还是惊动了人。

惠儿进来："娘娘醒了？"宫女们鱼贯而入，捧着洗盥诸物，她

有些漫不经心地任由着人摆布。

最后梳头的时候，只余了惠儿在跟前，她方问："药呢？"

小小一只青绿色瓷瓶搁在了铜镜前，入手极轻，如霜立时拔开塞子，倒在掌心，她掌心腻白如玉，托着那几粒药丸，衬着如数粒明珠。

她秀眉微蹙，只问："怎么只有五颗？"

惠儿声音极低："这药如今不易配，外头带话进来，请娘娘先用，等配齐了药，再给娘娘送来。"

如霜慢慢地将药一粒粒搁回瓶中，每粒落入瓶底，就是清脆的一响，"嗒……嗒……"粒粒都仿佛落在人心上一般。

她望着镜中的自己，因她眉生得淡，眉头微颦，所以用螺子黛描画极长，更衬得横波入鬓，流转生辉。这种画眉之法由她而始，如今连宫外的官眷都纷纷效法，被称为"颦眉"。据说经此一来，市面上的螺子黛已经每颗涨至十金之数，犹是供不应求。

御史专为此事递了洋洋洒洒一份谏折，力请劝禁。皇帝置之一晒，从此命宫中停用螺子黛，唯有她依旧赐用，仅此一项，银作局每月便要单独为如霜支用买黛银千余两。华妃为此语带讥诮，道："再怎么画，也画不出第三条眉毛来。"

此时如霜眉头微蹙，那眉峰隐约，如同远山横黛，头上赤金凤钗珠珞璎子，极长的流苏直垂到眉间，沙沙作响。偶然流苏摇动，闪出眉心所贴花钿，殷红如颗饱满的血珠，莹莹欲坠。她随手搁下药瓶，以手托腮，仿佛小儿女困思倦倦，过了半晌，唇角方浮起一缕笑意："他想怎么样？"

惠儿的声音更低了，几乎如耳语一般："娘娘自然明白。"

她漫然道："此时办这件事，不嫌太早了么？"

惠儿依旧是一副恭敬的样子："王爷说，娘娘既然已经有了'护身符'，那件事早办晚办，总是要办的，宜早不宜迟。"

如霜依旧望着镜中的自己，过了许久，方才淡淡地答："好吧，但愿他不后悔。"

惠儿微微一笑："娘娘圣慧，必不致令人失望。"

如霜恍若未闻，形容慵懒地说道："派人去问问，皇上那里传膳了没有。"

并没有传午膳，因为皇帝刚刚起床，内官便禀报豫亲王要觐见。皇帝漫不经心道："那就说朕还没起来，叫他午后再来吧。"

话犹未落，已听见豫亲王的声音，虽隔着窗子，但清朗中透着一贯的坚执："既如此，臣定滦在此恭候即是。"

皇帝不觉一笑："叫你堵个正着——进来吧。"

豫亲王穿着朝服，朱红缀金蟒袍，白玉鱼龙扣带围，越发显得英气翻然，跪下去行亲王见驾的大礼。

他是早有过特旨御前免跪的，皇帝见他如此郑重其事，知道此来必有所为，不由得觉得头痛，笑道："行了，行了，有话就说，不必

这样闹意气。"

豫亲王却不肯起身："臣弟愚钝，自觉身不能荷此重任，诸事有待皇上圣裁。"

皇帝笑道："那帮老头子一定啰唆得你头痛，我都知道，这几日我也缓过劲来了——朕明日上早朝去应付他们就是了，你再这样和四哥打官腔，我可真要和你翻脸了。"

豫亲王道："谢皇兄。"

皇帝笑道："起来吧，再不起来，倒真像和我赌气一样。"

豫亲王不由得一笑，站起来道："兵部接获谍报，屺尔戊人杀了伯础的大首领兰完，看来其志不小。"

皇帝目光闪动，沉吟不语。

豫亲王道："年来朝廷对南岷、悟术勒相继用兵，一直腾不出手来。加之定兰关天险易守难攻，所以才放任屺尔戊这么些年，只怕今日已然养虎为患。"

皇帝道："既然已经养成了只猛虎，咱们只能等有了十成把握，方才能去敲碎它满口的利齿。"

豫亲王欲语又止，终究只是拣要紧的公事回奏。积下的奏案甚多，一直到了未初时分仍未讲完。皇帝传膳，又命赐豫亲王御膳一桌。

内官程远此时方趋前低声陈奏："皇上，娘娘那边也没传膳呢。"

皇帝虽有四妃，但内官口中所称"娘娘"则是专指淑妃慕氏。华妃虽然暂摄六宫，却因刺客之事失幸于皇帝。皇帝自得如霜，不仅赐她居于离毓清宫最近的清凉殿，起居每携身侧，连传膳亦是同饮同食——这是皇后的特权。

后宫自然对此逾制之举哗然沸议，司礼监不得不谏阻。

皇帝道："朕贵为天子，难道每日和哪个女人一同吃饭，此等小事亦不能自决？"既然发了这样一顿脾气，此事便从此因循。此刻程远此语，意在提醒皇帝淑妃还在等他。

皇帝"哦"了一声，说："那就去告诉淑妃一声，今日朕与七弟用膳，不必等朕了。"

程远刚退出数步，皇帝忽又叫住他："淑妃这几日胃口不好，只怕是贪凉伤胃所致，叮嘱她别由着性子贪用瓜果凉蔬，那些东西伤脾胃。"程远应了个"是"。

皇帝又道："还有，传御医请脉瞧瞧，别耽搁成大毛病了。"

程远顿时面有难色。

皇帝知道如霜素来性情偏执，最是讳疾忌医，听说要传御医，便如小孩子听到要吃药一般，只怕会大闹脾气。他道："就说是朕的旨意，人不舒服，怎能不让大夫瞧。"

程远领命而去，豫亲王见皇帝叮嘱谆谆，极是细心，心中默默思忖。

那一顿御膳虽是山珍海味，但礼制相关，豫亲王又不是贪口腹之欲

的人，再加上皇帝畏热，素来在暑天里吃得少，两个人都觉得索然无味。

待撤下膳去，宫女方捧上茶来，程远回来复命，果然道："万岁爷，娘娘说她没病，不让御医瞧。"这倒是在皇帝意料之中。

不想程远笑嘻嘻，吞吞吐吐地道："还有句话……奴婢不知当讲不当讲。"

皇帝勃然大怒："什么当讲不当讲，这是跟主子回话的规矩么？平日朕宠你们太过，个个就只差造反了。再敢啰唆，朕打断你的一双狗腿。"

程远素来十分得皇帝宠信，不想今日突然碰了这么一个大钉子，吓得连连磕头，只道："奴婢该死。"

皇帝吁了一口气，接过宫女捧上的茶，呷了一口。

豫亲王见程远快快退下，忽道："臣弟倒有一事，要向皇上求个情，论理此事不该臣弟过问，但定滦不说，亦不会有人对四哥说了。涵妃并无大错，皇兄瞧着皇长子的份上，饶过她这遭吧。"

皇帝问："怎么突然提起这个来。"

豫亲王道："臣弟是听说前日皇长子中了暑，涵妃乃其生母，由她来照料皇长子饮食起居，总比旁人更恰当些。"

皇长子虞杼年方三岁，本来随生母涵妃居住，自从涵妃被贬斥，便由四名乳母并六名内官，陪着皇长子依华妃而居。这几日因天气炎热，皇长子中了暑，每日哭闹不休。

皇帝正为此事烦恼，听豫亲王如是说，点了点头："也好。"便命人传程远进来，但见程远垂头丧气行礼见驾，皇帝又气又好笑，斥道："瞧瞧这点出息。"

程远苦着脸道："奴婢胡作非为，还请皇上责罚。"

皇帝道："朕也不罚你了，有桩差事就交你办，你即刻回一趟西长京，去传朕的旨意，命涵妃往东华京来。"

这样热的天气，驰骋百里，亦算得上一件苦差。程远却瞬间笑逐颜开，连忙行礼："奴婢遵旨。"

午膳后，皇帝照例要歇午觉，豫亲王告退出来，见小太监六福正在廊下替雀笼添水，见了他连忙行礼："见过王爷。"

豫亲王知他亦是赵有智的弟子，机智可用，便问道："你去看看程远动身了没有，若是还没出宫，告诉他我在宫门口等他，有两句话叮嘱他。"

六福忙答应一声去了。

豫亲王出得宫来，命凉轿在乾坤门外暂候，过得片刻，果见程远由两名内侍伴了出宫来。

见到豫亲王的凉轿，程远便命那两名内侍留在原处，只有自己走了过来，远远就行礼："奴婢见过王爷。"

豫亲王道："免礼。"

程远道："是，听说王爷传唤，不知王爷有什么吩咐。"

豫亲王问："此次回京，是走陆路还是水路？"

从东华京至西长京，一条陆路，一条水路。水路远，舟行亦缓，程远道："奴婢打算走陆路，骑马快些。"

豫亲王微微颔首，道："涵妃奉旨往行宫来，你路上要谨慎当差，天气太热，车轿劳顿的，莫让娘娘中了暑。"

程远揣摩他话中之意，不由得道："王爷，宫眷向例都是走水路的。"

豫亲王道："我知道，但涵妃娘娘数月未见皇长子了，爱子心切，必然会走陆路。"

程远顿悟，不由得汗出如浆，向豫亲王行了一个礼："奴婢明白了。"

蝉声阵阵入耳，天气炎热，宫门外绝无遮蔽，午后烈日如灼。程远本汗湿了衣裳，此时又被烈日渐渐蒸干，结成一层霜花，刺在背上又痛又痒。

但听豫亲王道："你此去辛苦，快去快回，不可误事。"

程远恭声道："请王爷放心，奴婢必当尽力而为。"

豫亲王点一点头，内府已经送来良骏三匹，程远便向豫亲王行礼辞行，携那两名内侍一同牵马走出百步之远，一直走出禁道之外，方才上马而去。

豫亲王目送三骑飞奔而去，渐行渐远，方才吁了一口气。

程远办事果然妥当，到了第二日酉末时分，就侍候涵妃的车轿赶回行宫。这样热的天气，风尘仆仆的两日之内赶了一个来回，辛苦自不必说。

涵妃素来未尝在这样的热天行过远道，她听从了程远的婉转相劝，凌晨即动身，弃舟乘车，这一路极为辛苦。入行宫后草草沐浴更衣，便去向皇帝谢恩。

因为天气热，黄昏时分暑气未消，皇帝在清凉殿后水阁中与如霜乘凉。

如霜近来胃口不开，晚膳亦不过敷衍，此时御膳房呈进冰碗，原是用鲜藕、甜瓜、蜜桃、蜂蜜拌了碎冰制成的甜食。如霜素来贪凉，皇帝怕她伤胃，总不让她多吃此类凉寒之物，只命内官取了半碗与她。

如霜吃完了半碗，因见皇帝案前碗中还有大半，玉色薄瓷碗隐隐透亮，碗中碎冰沉浮，蜂蜜稠浓，更衬得那瓜桃甜香冷幽，凉郁沁人。她拿了银匙，随手挑了块蜜桃吃了。

皇帝笑道："哎，哎，哪有抢人家东西吃的。"

如霜含着匙尖，回眸一笑，露出皓齿如玉："这怎么能叫抢。"说着又挑了一块甜瓜放入口中。

皇帝将碗拿开，随手交给小太监，说："可不能再吃了，回头又嚷胃酸，昨天也不知吃错了什么，今天早上全都呕出来，眼下又忘了教训了。"

如霜正待要说话，忽然内官进来禀奏，说涵妃已至，特来向皇帝请安。如霜面上笑容顿敛，过了半晌方冷笑一声，将手中银匙往案上一掷，回身便走。

皇帝只得吩咐内官："叫她不必来请安了，皇长子眼下在华妃宫中，让她先去看看皇子吧。"

【十四】

　　涵妃至贤德殿时，已经掌了灯。华妃亲自迎了出来，一见了她，几欲落泪："好妹妹，你来了就好。这些日子真难为你了。"感慨间仿佛有千言万语，只是无从说起的样子。

　　涵妃对华妃境遇略有耳闻，见她神色憔悴，不复昔日那般神气过人，携着自己的手，十分诚挚的样子。她心下不由得觉得有三分伤感，只答："多谢姐姐记挂。"

　　向例照料皇子有四名乳母，为首的一位乳母陈氏，极是尽心尽责，率着众人迎出来，先向涵妃行礼，道是："小皇子才刚睡着了。"

　　涵妃心情急切，疾步而入，宫女打起帘栊，隔着鲛纱轻帐，影影绰绰看到榻上睡着的孩子。她亲自揭开帐子，见孩子睡得正甜，一张小脸红扑扑的，唇上濡着细密的汗珠，不知梦见了什么，唇角微蕴笑意。

　　她心中一松，这才觉得跋涉之苦，身心俱疲，腿一软便就势坐在床边，接过陈氏递上的一柄羽扇，替儿子轻轻扇着。

夜静了下来，凉风徐徐，吹得殿中鲛纱轻拂。皇子在殿内睡得正沉，涵妃与华妃在外殿比肩而坐，喁喁长谈。但见月华清明，照在殿前玉阶之上，如水银泻地，十分明亮。

涵妃叹道："没想到还能见着东华京的月色。"

华妃含笑道："妹妹福分过人，如何作此等泄气之语？"

她们虽有所嫌隙，但皆是皇帝即位之前所娶侧妃，眼下颇有化干戈为玉帛之感。提到如霜，华妃深有忧色，道："没想到咱们会落到如今的光景，旁的我倒不怕，就怕她终有一日住到坤元殿去，到时你我可只怕没半分活路了。"

坤元殿乃是中宫，皇后所居。

涵妃大感惊诧："她出身罪籍，如何能母仪天下？"

华妃道："这种掩袖工谗、媚惑君上的妖孽，万不能以常理度之。册妃之时内阁也曾力谏，皇上竟然执意而行，程太傅气得大病了一场，到底还是没能拦住。"

涵妃倒吸了一口凉气，有些仓皇地问："姐姐，如今咱们该怎么办，难道眼睁睁瞧着她欺侮咱们？"

华妃道："为今之计，只有在皇长子身上着力——皇上素来爱孩子，又看重皇长子，父子之情甚笃。只要皇上善视皇长子，那妖孽就没法子。"

涵妃叹道："话是这样说，可皇上素来待我就淡淡的，经了上回的事，更谈不上什么情分了。"

华妃执住她的手，她们说话本就极轻，此时更如耳语一般："眼下正有一桩要紧事与妹妹商量——只怕那妖孽这几日就要爬到咱们的头上去了。"

涵妃见她如此郑重，不由得问："姐姐出身高贵，如今又是后宫主事，那妖孽如何能越过姐姐去？"

华妃愁眉紧锁，道："我听清凉殿的人说，这几日那妖孽不思饮食，晨起又恶心作呕，虽未传御医诊视，但依她这些症状，只怕大事不妙。"

涵妃大惊，失声道："哎呀，莫不是有……有……"她硬生生将后头的话咽下去，转念一想，更是急切，"如今她专宠六宫，万一她生下皇子，那可如何是好？"犹不死心，接着问道，"不会是弄错了吧，莫不是什么病？"

华妃端起高几上一碗凉茶，轻轻呷了一口，漫不经心地道："不管是不是弄错了，反正咱们得想法子，让她永远也生不出皇子来。"

涵妃打了个寒噤，想起宫中老人秘密传说。太医院有一种被称为"九麝汤"的方子，为奇阴至寒之药，本是由前朝废帝周哀帝传下来，据说不仅可以堕胎，而且服后终身不孕。

她怔忡道："难……道……难道……那是抄家灭门的大罪，如果皇上知道了……"

华妃打断她的话："皇上怎么会知道，皇上只会当她命里无福，生不出孩子来。"

涵妃沉默不语。

夜深人静，四下里虫声唧唧，忽而凉风暂至，吹得人衣袂飘飘欲举。隐约的丝竹歌吹之声亦随着这夜风传来，涵妃不觉望向歌声传来之方。

华妃冷笑道："那是清凉殿，听说今晚又传了舞伎夜宴，醉生梦死，她可真会享福。"

涵妃不语，华妃道："你也别多想了，再拖日子下去，万一她生出儿子来，皇上一定会立她的儿子为储君，到了那时，你可别替皇长子后悔。"

涵妃回过头去，隔着数重鲛纱，依稀可以看到儿子睡在榻上。那小小的身躯是她寄予的一切希望，是她的天，是她的未来，她绝不能委屈儿子。她终于下定了决心："我都听姐姐的就是了。"

皇长子本只是中了暑，精心调养了几日，渐渐康复。涵妃依例带了他去向皇帝问安，皇帝恰好下朝回来，刚回到寝殿换过衣裳，听说皇长子来了，立刻命传召。涵妃自引了皇长子上殿，母子二人行过礼，方说了几句话，忽闻宫女传报淑妃来了。

涵妃心下一震，不由得紧紧攥住儿子的小手。

但闻步声细碎，四名宫人已经引着如霜而至。风过午殿，清凉似水，她身上一袭丽红薄罗纱衣，整个人便笼在那样鲜艳的轻纱中，莲步姗姗，脚步轻巧得如同不曾落地，古人所谓"凌波微步"即是如此吧。她长长的裙裾无声地拂过明镜似的地面，黑亮的砖面上倒映出她淡淡的身影，眸光流转间，透出难以捉摸的神光迷离，更显美艳。那美艳也仿佛隔了一层薄纱，影影绰绰，叫人看不真切。涵妃竟一时失了神。

如霜已经近得前来，盈盈施礼："见过皇上。"

皇帝道："不是说不舒服么，怎么又起来了？"

"睡得骨头疼，所以起来走走。"如霜澄静如秋水般的眼眸已经望向虞杅，"这便是皇长子吧，素日未尝见过。"

小小的虞杅已经颇为知事，行礼如仪："杅儿见过母妃。"

如霜忽生了些微笑意，她本来姿容胜雪，这一笑之下，便如坚冰乍破，春暖雪融，说不出一种暖洋洋之意："小孩子真有趣。"

皇帝甚少见她笑得如此愉悦，随口道："没想到你喜欢小孩子。"又道，"过几日便是皇长子生辰，虽然小孩子不便做寿，就在静仁宫设宴，也算是替涵妃洗尘。"

涵妃惶然道："谢皇上，臣妾惶恐……"

皇帝素来不耐听她多说，又见如霜有不悦之色，只挥一挥手，命涵妃与虞杅退去。

见涵妃谨然退下，如霜忽叹了口气，说道："其实我并不是讨厌她这个人。"

皇帝含笑问："那你是讨厌什么？"

如霜伸出手去，她手心滚烫，按在他手上仿佛是块烙铁，他只觉手背一阵灼热。她唇角笑意轻浅："我只是讨厌你看旁的女人。"

皇帝嗤笑一声，道："说得就像真的似的。"

如霜慢慢叹了口气，说："人家对你说真话，你却从来不当回事。"

六月初九乃是皇长子虞杼的生辰，阖宫赐宴静仁宫，连甚少在宫中走动的淑妃慕氏都前来贺礼。涵妃听说如霜亦随皇帝前来，十分意外，与华妃交换一个眼神，方起身相迎。

虽然天气暑热，但静仁宫殿宇深宏，十分幽凉。虽是便宴，仍是每人一筵，罗列山珍海味。皇帝心情甚好，亲自召了皇长子一同上坐。

如霜本居于皇帝之侧，另是一筵。她近来胃口不开，极是喜爱酸凉，所以御膳房专为她预备了青梅羹。那青梅羹中放了冰块，冷香四溢，银匙搅动，碎冰叮然有声。

虞杼不禁望了一眼，他年纪虽小，却极是懂事守礼，极力约束自己，并不再看。

如霜便道："这羹做得很好，也盛一碗给皇长子。"

宫人亦奉了一碗给虞杼，虞杼离席行礼谢恩，方才领赐。

好容易待到宴罢，内官奉上茶来，涵妃道："臣妾这里没什么好

茶，这是今年的丁觉香雾，请皇上与华妃、淑妃尝个新吧。"她一颗心提到了嗓子眼儿，怦怦乱跳，几欲破胸而出，连话都说得十分生硬。

华妃却十分沉得住气，笑道："咱们都是俗人，吃什么茶都是牛嚼牡丹，淑妃可是吃过好茶的，今日还要请淑妃品题品题。"

如霜说道："可对不住，我向来不吃香雾茶。"

皇帝笑道："就你性子最刁钻古怪。"

涵妃顿时如释重负。

华妃却神色自若，笑道："淑妃妹妹没口福了，还是咱们吃吧。"又与涵妃细细地论起茶道。涵妃额上全是汗，只是张口结舌，几乎连话都答不上来，华妃狠狠地望了她一眼，她方镇定下来。

皇帝与如霜不过略坐了一坐，便一同回去了。

送驾转来，屏退众人，涵妃这才惊魂未定地道："姐姐，不成的，我心就快跳出来了，不成的。"

华妃道："她不没喝茶吗？你怕什么？这次不成，还有下次。"

涵妃几乎要哭出来："咱们还是算了吧，我总觉得大祸临头，万一皇上知道……"

华妃叹了口气，说："此事原是为了杍儿，你既然说算了，我这个外人还能说什么。咱们就此罢手，由得她去。到时候她的儿子立为太子，她当了皇后，咱们在她手下苟且活命，只要放着这张脸去任她糟践，也不算什么难事。"

涵妃双眉紧锁，咬唇不语，忽闻步声急促，由远至近。她二人摒人密谈，极为警觉，涵妃便扬声问："是谁？"

宫人声音仓皇："娘娘，不好了，小皇子忽然说肚子疼，现在疼得直打滚呢。"

但闻"咣啷"一声，却是涵妃带翻了茶，她方寸大乱，直往外奔去。

华妃一惊之下，亦随她急至偏殿，老远便听到乳母急切的哭声，几个乳母都泪流满面，团团围着虞杼，手足无措。

涵妃见孩子一张小脸煞白，口吐白沫，全身不停抽搐，呼吸浅薄，已经人事不省。涵妃只觉天旋地转，身子一软，差点晕过去。

华妃急急道："传御医，快传御医。"早有宫人奔出去，华妃又道："去遣人回禀皇上，快！"

如霜疼得满头冷汗，四肢抽搐，手指无力地揪住被褥，连呼吸都成了最困难的事情。她咬破了自己的嘴唇，一缕血丝顺着嘴角渗下，那牙齿深深地陷入唇中，咬得唇色皆成了一种惨白。她的脸色也惨白得可怕，胸腹间可怕的裂痛令她想要叫喊，但最后只能发出一点含糊的呻吟。

不如死去，这样的痛楚，真的不如死去。体内仿佛有极钝的刀子一分一分地割开血肉，将她整个人剥离开来。那痛楚一次次迸发开来，她忍耐到了极限，呜咽如濒死。

她想起那个酷热的早晨，自己紧紧拽着母亲的手，死也不肯放开，狱卒拿皮鞭拼命地抽打，火辣辣的鞭子抽在她胳膊上，疼得她身子一跳，死也不肯放开，怎么也不肯放。只会歇斯底里地哭叫："娘！娘！"

不……不……她永远不会再哭泣，大颗的眼泪顺着眼角滑下，血肉剥离的剧痛扭曲了她的神志，她几乎用尽了全部的力气，才发出低弱的声音："定淳……"

皇帝心下焦急万分，在殿中绕室而行，几如困兽。忽然听见她的声音，如同诅咒一般，被她如此绝望地呼唤，隔着窗帷，隔着那样多的人，隔着风与雨的沉沉黑夜，她辗转哀哭，那声音凄厉痛楚："定淳……定淳……"

心如同受着最残酷的凌迟，生生被剜出千疮百孔，淋漓着鲜血，每一滴都痛入骨髓。她是在唤他，她一直在唤他……直到生命的最后一息，他却不在那里。

他双眼发红，忽然转身，大步向殿门走去。

赵有智着了慌，"扑通"一声跪下来死死抱住他的腿："万岁爷，万岁爷，进去不得。"

皇帝发了急，急切间摆脱不开，更多的内官拥上来，跪的跪，抱的抱，皇帝胡乱蹬踹着，连声音都粗喘得变了调："谁敢拦着朕，朕今日就要谁的命。"

赵有智几乎要哭出来了："万岁爷，今日您就算杀了奴婢，奴婢也不能让您进去。"

皇帝牙齿咯咯作响，整张脸孔都几乎变了形，鼻息咻咻，忽然用力一挣，几名内官跌倒在地，犹死死拉住他的腿。皇帝大怒，抓起身侧的花瓶，狠命地向赵有智头上砸去，直砸得赵有智头破血流，差点晕了过去。

几名内官终于吓得撒开了手，皇帝几步冲到门前，正欲伸手推门，殿外内官仓皇来报："万岁爷，华妃娘娘派人求见。"

皇帝头也未回，怒吼："滚！"接着"砰"一脚踹开内殿之门，吓得内殿之内的御医稳婆并宫女们皆回过头来。

那内官磕头颤声道："万岁爷，华妃娘娘说，皇长子不好了。"

皇帝一步已经踏进槛内，听到这样一句话，身形终于一顿，缓缓转身，忽然俯下用力揪住那内官的衣襟，声音嘶哑："你说什么？"

那内官吓得浑身发抖，如筛糠一样，只觉皇帝双目如电，冷冷地注视着自己，结结巴巴地答："华妃娘娘命人来急奏，说是皇长子不好了。"

身后的声音渐渐远去。那些嗡嗡的低语，御医急切的嘱咐，宫人们来往奔跑的步声，还有她令人疯狂的凄然呼唤，瞬间都定格成一片空茫。过了许久，他才回过神来："皇长子怎么了？"

内官结结巴巴地回奏原委，他听得数句便沉声命："起驾。"

方踏出门槛，身后传来低低呻吟，那样艰辛，那样绝望，那样无助："定淳……"

仿佛一柄尖刀，深深戳进心窝里去，割得人肝肠俱裂。他不由得回过头去，这回头一望，便再也无法离去。

她的手在空中挠着，徒劳地想要抓住什么，整个人因痛楚扭曲在床榻上，血濡湿了她身下的裤子，她整个人就像被无形的巨钉钉在床上，蜷曲得那样可怕。她流了那样多的血，似乎已经将体内的血都流尽了，她奄奄一息，已经再无半分气力，那声音细碎如呢喃，如同最后一丝颤音，吐字已经十分含混："我要……你在这里……"

往事轰然涌上。那个生命里最寒冷的雨夜，寸寸都是她最后的气息。

他紧紧握住了她的手，她的手冷得可怕，僵得发硬。他与她十指交握，仿佛能借此给她一点力量，俯在她耳边说："我在这里。"

她嘴角微微翕张，发出的声音更低了，他不得不俯在她唇上，才能听清："孩子……"

"没有事。"他笨拙地安慰她，"孩子一定没有事，你也不会有事，我在这里，我一直在这里陪着你们。"

晶莹的泪光一闪，有颗很大的眼泪从她眼角渗出，落在他衣袖之上，慢慢渗进金丝刺绣龙纹里，再无影踪。

秋水

【十五】

八石的格弓，弦胶特硬，檀竹的弓身上施了朱漆，两端犀角描金，这种弓称为"朱格"，向例唯宗藩亲王、皇子方许用。

他微微吸一口气，将弓开得如一轮满月。两百步外，鹄子的一点红心在烈日下似一朵大而艳的血色之花，溅起醒目的颜色。

箭镞稳稳地对准鹄心。五岁那年学箭，父皇手把着手，教他引开特制的小弓。白翎的尾羽就在眼底下，太近，模糊似一团雪白的绒花，整个人都似那弓弦，绞得紧了，仿佛随时可以瞬间迸发出力。

"王爷，"夏进侯躬身而立，声音极低，"宫里刚刚传了钟鼓，皇长子病殁。"

羽箭疾若流星，带着低沉的啸音，去势极快，"夺"地深深透入鹄心。两旁侍候的几名心腹内官都聒噪着拍手叫起好来。他望着正中鹄心兀自颤动的那支羽箭，唇畔不觉勾起一抹慵懒的淡笑。

没有一样可以苟且，他是最骄傲的皇子，他本应拥有的一切，都会重新拥有。

夏进侯却欲语又止："王爷，还有……清凉殿另有消息来，淑妃娘娘小产了。"

只听"啪"一声，夏进侯全身一颤，却是睿亲王狠狠将手中的朱弓掼在了地上。

他气得极了，反倒沉默不语。四周侍立的内官都吓傻了，夏进侯侧脸示意，内官们方才急忙纷纷退下。

睿亲王缓缓仰起面，眯起眼来看天上的流云，盛暑阳光极烈，眼前一片灿烂的金，像是有大蓬大蓬的金粉爆迸开来，万点碎粉撒进眼里，刺得人几乎睁不开眼睛。

她竟敢，她竟然敢……倒没想过她会有这样的心肠，他几乎是恶狠狠地想，倒是小觑了这个女人。

过了半晌，他重新回转脸来，面上已经重新浮现惯常的慵懒之色，声音也如常懒散："好，甚好。她这样擅作主张，自毁长城，可别怨我到时帮不上手。"

夏进侯道："王爷息怒，依奴婢浅见，此事未必是淑妃擅作主张，只怕是娘娘素日所用'寒砵丸'药性积得重了，方才出了事。"

睿亲王沉吟道："此药总得六七个月时方显大用，按理说不应发作得这样早。倘若侥幸能将孩子生下来，亦会是个白痴智障。如若她已然知晓'寒砵丸'的药性，故有此举，那本王倒真是小觑了她。"

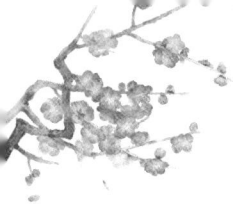

他口角虽微蕴笑意，夏进侯却不禁心底生寒。

天明时分，清凉殿在满天曙色中显得格外静谧。

守更的宫女蹑手蹑脚地来去，吹熄掉烛台上红泪累垂的烛。当值的御医换了更，交接之时语声极轻，窃窃耳语而已。

如霜从昏睡中醒来，整个人四肢百骸寸寸骨骼都似碎成了齑粉，再一点点攒回来。神志并不甚清明，但刹那间就已经想起发生了什么事——有一种奇异的痛苦，从体内慢慢缠绵而出，像是腐蚀一般，一点一滴地蚀透出来。她就如同在梦魇中一样，整个人像一尾羽毛，轻浮得连睁开眼睛的气力都没有，拼尽了全力，才发出含糊不清的几个字节，连她自己都不知道从唇中颤抖而出的是什么声音。

宫女的声音轻而远，像隔着空屋子，嗡嗡作响："娘娘，万岁爷才刚出去了，是豫亲王来了。"

豫亲王闻报宫中出事，昨日下午已经入宫请见。而如霜濒危一息，情势凶急，皇帝因此未离开寸步，所以未能召见。至今日天明时分，淑妃稍见好转，皇帝方才召入豫亲王。

皇长子虽然才三岁，因为是皇帝眼下唯一的儿子，极得钟爱，暴病而卒，皇帝自然极是悲痛。更兼淑妃之事，皇帝一日之内连夭二子，恸心欲绝，而淑妃命悬一线，他整夜未眠，俊逸的脸庞苍白得吓人，眼底尽是血丝，憔悴得整个人都脱了形。

豫亲王见皇帝如斯模样，心下焦虑，叫了声"四哥"，便不复说话。

皇帝有些怔怔地看着他，过了半晌，方才道："此事我交给你。"

豫亲王稍一迟疑，皇帝咬牙切齿，面孔几乎狰狞得变形："皇长子与淑妃都是被人谋害，你要替朕将这个人找出来，哪怕食其肉，寝其皮，亦不能消朕半点心头之恨。"

豫亲王掌管内廷宿卫，事虽涉宫闱，但出了这样投毒谋刺之事，亦属他的职守，所以默然行礼，以示遵旨。

皇帝在殿中踱了两个来回，猛然止步，性躁如狂："一旦追查到主使之人，即刻回奏，朕要亲自活剐了他！"

事实上豫亲王已经着手追查此事。昨日他赶进宫来，首先即命内府下令，将昨日侍宴的所有宫女内官全部看管起来，御膳房的御厨，亦都一一软禁。然后宴上撤下的每一道食物，尤其是淑妃与太子都曾用过的青梅羹，尽皆取样，送往太医院验毒。追查下来，经了彻夜审问验毒，却都一无所获。

今日清晨，豫亲王自御前退下，闻得负责此事的内府都总管乌有义这样回禀，沉吟片刻，忽问："青梅羹里不是用了冰，冰呢？可曾验过？"青梅羹乃是一味凉甜之物，取食时方加入冰块。

乌有义恍然大悟，连连道："亏得王爷指点。"立刻命人去追查当晚所用冰块。

御厨所用之冰皆出自内窖，毒不会是事先下好的，只有可能在取

冰中途做手脚，于是追究取冰之人。

去取冰的是御膳房的一名内官召贵，未用严刑拷打，已经吓得瑟抖不已，磕头如捣蒜："奴婢冤枉！奴婢冤枉！奴婢取了冰块，路上绝没敢耽搁。"

乌有义倒是十分耐心，问："莫怕，莫怕，有话慢慢说，你仔细想想，路上可曾遇见过什么人？"

那召贵想了半天，嗫嚅道："没遇上什么人，我们当着差事，旁人都知道取冰要速速回去，都不敢上来跟我们搭话的。况且那日淑妃娘娘忽然说要用青梅羹，御膳房里原没预备，胡师傅急忙打发我去，我一路上紧赶慢赶，哪敢去搭理旁人说话？"说到这里，突然"啊"了一声，说道，"奴婢想起来了，贤德殿的张其敏，那日他也是去取冰的，见奴婢着急，便将他先取的那份冰让给了奴婢。"

贤德殿为华妃所居，乌有义脸色一沉，问："你可别记错了，胡说八道，说错一句话，你脖子上那脑袋就没有了。"

召贵几欲哭出来："乌总管，这样的事情，我哪里敢胡说八道？"

乌有义安慰他两句，立刻去回禀豫亲王。依乌有义的意思，应该立刻将张其敏拿问，但豫亲王有所顾忌，只答："既然事涉华妃，此事需慎重。"

于是由豫亲王亲自去回奏皇帝，皇帝未曾听完已勃然大怒："朕饶过她一次，她竟还不知悔改。"

豫亲王道："华妃身份特殊，请皇上且传了张其敏来问得明白，再做处置。"

这句话说得坏了，因为他本意是华妃暂摄六宫，体同国母，应该慎重。但皇帝以为他意在提醒自己，华妃之父乃是定国大将军华凛。华凛镇守宏、颜二州，朝廷颇为倚重。

皇帝怒不可抑，道："朕安能受此种胁迫？"拂袖而起，立时传令起驾去贤德殿。

华妃却不在贤德殿，因为涵妃自皇长子出事，不饮不食，寻死觅活，形若疯癫，华妃只得陪她在静仁殿守灵，竭力安慰。天亮时分皇长子小殓，涵妃又哭又闹，直欲触柱自尽，好容易劝得她下来，门外内官已经一声迭一声地通报进来："万岁爷驾到——"

华妃忙命人替涵妃理一理妆容，自己迎出殿门去接驾，远远已经瞧见内官簇拥着皇帝，疾步而来。

见着她由宫女相伴跪在阶下，皇帝睚眦欲裂："你竟还有脸往这里来？"

华妃见他目光如寒冰，冷不可测，听这口风，大觉惊惧，颤声道："臣妾……"皇帝已经骤然发作："你这蛇蝎心肠的歹毒女人，毒杀皇长子，谋害淑妃，朕今日不将你碎尸万段，对不住枉死的杼儿。"

华妃吓得面无人色，连声音都变了调："皇上，臣妾冤枉，臣妾

再愚昧无知，亦不会去谋害皇长子。"

皇帝的声音忽然冷下来，他整个人虽立在艳阳之下，声音却冷得如数九寒冬："朕一忍再忍，念着你是朕居藩时的侧妃，亦算得糟糠之妻，所以存了一念之仁。皇贵妃是怎么死的，你以为朕真的不知道么？"

华妃眼中露出惊恐万分的神色，双唇颤动，却说不出一句话来。便在此时，忽闻身后有人哇一声大哭起来。原来是涵妃挣脱了宫女的搀扶，奔出殿门来，见皇帝伫立阶前，扑下玉阶，跪倒抱住皇帝的腿，只是放声大哭。

皇帝本就烦躁暴怒，听她哭得惨烈，口口声声唤着儿子的乳名，心中更增悲恸。内官们忙去搀扶涵妃，哪里扶得起来。皇帝冷冷望着华妃，道："纵不是你的骨肉，亦唤你一声'母妃'，你如何下得手去？"

华妃道："臣妾冤枉，臣妾绝不会去谋害皇长子。"

涵妃神志混乱，指着华妃，尖声大叫："是她！就是她！她原就想毒死淑妃，谁知道一并害了我的杵儿，我可怜的杵儿啊……"说完便呜呜咽咽，又哭了起来，"杵儿，为娘对不住你，为娘鬼迷心窍，听了这女人的话，任由她去下毒，谁知那天杀的淑妃会给你也吃一碗羹，为娘怎么知道……"她边哭边说，形如疯癫。

华妃厉声道："涵妃！你可真是疯了，我何尝下毒谋害淑妃？"

涵妃咬牙切齿道："你才是个疯子。你劝我说淑妃有孕，如果生个儿子，只怕皇上会立为太子，劝我早做计较，所以在宴中下毒……皇上，当日她和臣妾说的话，臣妾记得清清楚楚……"她又嗬嗬地痛哭起来，"杼儿啊，都是为娘害了你……"

皇帝眼中如欲喷出火来，随手拔出身边近侍所佩长剑，"呛"一声掷在华妃足下，说道："你好生了断，朕会依皇妃之礼葬你，不让你父兄蒙羞。"

华妃身子一软，昏了过去，宫女内官虽然黑压压跪了一地，竟无一人敢去搀扶。

皇帝道："命乌有义来监刑。"便再不回顾，转身而去。

豫亲王见皇帝大怒而去，已经知道不妙，但他虽是亲藩，亦不便擅入后宫内殿，只得忧心忡忡地在清凉殿候旨。好容易远远望见辂伞招展，内官前呼后拥，簇拥了皇帝返来。

他直挺挺地跪在那里，长身而拜："臣弟请皇上息怒，此事疑惑之处甚多，请皇上允定滦查明后再做处置。"

皇帝并没有答话，因为乌有义已经赶回复命。他手捧一柄雪亮长剑，磕了一个头，声音有几分僵硬："万岁爷，华妃娘娘自裁了。"

豫亲王万没料到短短片刻已经骤然生变，不由得神色大改。

皇帝见乌有义跪在当地，所捧剑锋上鲜血兀自滴滴滚落，他缓缓叹了口气，凄然道："宫中连遇不幸，想是朕寡德薄福之故。"

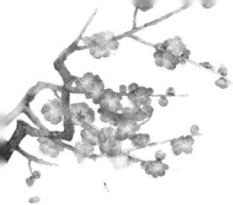

豫亲王本来有一腔话要说，但见他神色落寞，满面憔悴之色，话到嘴边又咽下，只叫了声："四哥。"皇帝道："难为你了，老七。"

平平淡淡一句话，豫亲王却几乎差点落下泪来，忙收敛心神，勉强道："皇上不必思虑过重，一切善后之事，交由臣弟皆可。"

所谓"善后"的事有很多。皇长子年幼夭折，治丧之事虽有成例，但皇帝悲伤之余，下旨追谥皇长子为"献惠太子"，于是礼部只得重新去翻查追谥太子的丧礼。华妃之死虽然极力遮掩，但朝野间渐渐生了流言，说是她谋害献惠太子，故为皇帝赐死。所以止歇流言，想法子安慰华氏家族，便又成了一桩急需"善后"之事。

还有皇长子生母涵妃，自从皇长子殁后便神志失常，一时清醒一时糊涂。清醒之时就痛骂华妃，诅咒她害死儿子，大哭大闹，寻死觅活；糊涂之时便抱着枕头死也不肯放手，将枕头唤作"杵儿"，起居饮食，无时无刻不要抱在手里，至此无一日安宁。皇帝只得命人将涵妃遣回西长京，这便又是一桩"善后"。

而淑妃慕氏虽然自鬼门关上捡回条性命，但身体至为虚弱，御医每日换更轮侍，屡见凶险。

这日如霜神志稍清，她病重之人，瘦得整张脸都尖尖的，仿佛一枚小小的杏核，双眸渐开，亦无半分往日的华彩。皇帝见她终于醒来，欣喜万分。如霜神色恍惚，见他面容憔悴，欲抬起手来，可是无力而为。皇帝忙俯下身来。

只见她凄然一笑，过了许久，方才说："你瘦了。"

这三个字如绵似絮，轻得几乎没有半分力气，缠缠绕绕到心腑间去，软软薄薄，竟生出一种异样的惶然无力之感。皇帝忽然心一酸，含笑道："你也瘦了。"

如霜合目，似又沉沉睡去。皇帝怕惊醒了她，正待要悄然离去，忽听她语声极低地唤了他一声"定淳"，不知为何，他竟然不敢出声答应。

她如梦呓一般："我对不住你。"

定淳，我对不住你。

是谁？曾盈盈有泪，那样凄楚无望，就那样望着他。

大雨腾起细白的水汽，仿佛是有一百条河流从天际直冲而下，透过密密的雨帘，九重宫阙的金色琉璃在眼中渐渐模糊，如同一片泓滟的倒影。他的手指微冷，九龙绛金袍袖间氤氲着甘苦芳冽的瑞脑香气，仿佛带着雨意的微凉，轻触在她的脸庞上。

他终于长长叹了口气："我只想知道，这么些时日以来，难道你半点真心也无？"

她并不答话。

过往是一条残忍的河流，每一道波光粼粼，泛起底下的碎石嶙峋。那些尖锐的往事生冷而坚硬，可是总有温软的一刻，便如那日她于漫天大雨中忽然转身，终于投入他怀中。

那样温软，带着梦寐已久的幸福与希望，和着无尽的雨水与泪水，仰起脸来，分明还是含着泪光的笑意，投入他的怀中。一任雨水与泪水，打湿他的衣襟。

曾经，那样紧，那样紧紧地，拥有过幸福。他几乎穷尽二十余年的人生，才寻觅到的幸福。不承想过失却，于是措手不及，才会锥心刺骨，铭记永痛。

以为永不会再来了。

如霜声音小小的，低低的，像一尾轻飘飘的羽，身不由己被风所逐："我想回家。"

皇帝搂着她，她瘦削得厉害，似乎只剩下了一把骨头，脆得仿佛一捏就会碎掉。他轻轻吁了口气，道："那咱们就回家去——回宫去。"

【十六】

天气热得似要堕下火来，笔直一条驿道，两侧并无树木荫蔽，青石被烈日晒得发出刺眼的白光，马蹄踏上去，蹄铁几乎要溅出火花来。迤逦百来人的行列，午后没有一丝风，十七对顶马上是戎装的校卫，三十四匹马亦调教得极佳，步步都踏得齐整划一，如踩着鼓点。十余对旗帜皆垂贴在旗杆上，走动时偶尔带动展拂开些，方显出黑帜上金线所绣螭龙，分明是亲藩方许用的仪仗。

侍卫们早就汗湿了外衣，湿了晒干，干了又汗湿，此刻背心里早凝出一圈白色的盐霜，却只是沉默地控着马。

"狗娘养的天气。"马上的少年喃喃说道。

"哧！"徐长治终于忍不住笑出声来。他虽不过二十左右的年纪，但身为近侍，立刻收敛了笑容，做出少年老成的样子，板着面孔说："十一爷，您身份尊贵，可不能随随便便张口骂娘。"

少年生得极为俊美，朗眉星目间自有一种异彩，嘴角微沉，却是

大不以为然的神色。徐长治在心里想，虞氏皇子都生得一副好容貌，怨不得敬亲王初入军中，人人皆存轻慢之意，还给他取了个绰号"粉面郎君"。

原是讥笑他生得俊弱，谁知这位少年亲王多年来摸爬滚打，同军士一样吃糠咽菜，冲锋陷阵的时候连眉头都不会皱一下。塞外风霜磨砺，身子骨并不见变得粗壮，还是那般俊弱模样，眼神却渐渐如蕴宝光，更有一种飞扬跳脱的不羁。

"一往京城走，连骂娘都不许了。"敬亲王甚是懊恼，"想想就觉得没劲。"

"王爷，要是见了皇上，可不能说这样的话。"徐长治隐有忧色，西长京不比关外，可以任意嬉笑怒骂，一举一动，不知有多少人在暗中觑觑。况且皇帝虽与敬亲王是一母同胞，素来却有些心病。敬亲王样貌俊弱，却生就一种火暴脾气，犟性子上来任谁也拦不住，所以徐长治忧心忡忡，怕他又在御前顶撞。

敬亲王安慰他："我都知道。"嘴角微抿，却是难得的凝重神色，"你放心吧。"

一连又行了三日，晌午时分才抵达西长京辖内，城外十里，号称"羁亭"的地界，历来文武官员出京回京，迎送便在此处。说是亭，其实是一座四面八角的小楼，位于官道之侧，道旁无数垂柳依依，隐约透出小楼一角朱红栏杆，蝉声聒噪。

正是挥汗如雨的时候，长京府尹派出的人已经早早迎了上来，先行朝礼，但敬亲王素来不爱这些繁文缛节，早命人拦了去。

那名丞官十分见机："天气太热，请王爷先进楼中凉快凉快。"

这句话甚是体贴，及至进楼去，楼周围浓荫匝地，厅堂深阔阴凉，宿汗一收，顿觉清爽。案上早就预备有瓜果并冰镇的茶水，敬亲王一路似火骄阳下赶路，到了此时，方觉得浑身上下连每一个毛孔都舒坦开来。

但见楼上四面雕窗洞开，长风浩浩直入楼中，十分凉爽。远眺一带青山如画，正是西山。而东望城郭遥迢无数人家，隐约雾霭，乃是长京城中十丈红尘。

徐长治见他若有所思，忙道："王爷，这酸梅汤又冰又酸又甜，真是十分地道。"

敬亲王展颜一笑，一口气喝完了盏中的酸梅汤，满口生津，不由得夸道："果然好。"

那名丞官连忙赔笑行礼："王爷肯这样赏脸夸赞，便是下官等的福分。"

敬亲王出京年余，久不闻这样的阿谀奉承，只觉得十分肉麻，不再理睬此人，放下茶盏，踱至窗边眺望。但见官道上行过几乘油壁轻车，三四辆车子皆装饰华美，其中一乘尤甚，车身通体朱红，车帷帘幕低垂。他见这几乘轻车由高头大马的仆从相护，想是世族显宦的女

眷回城去。

偶有风过吹得那车帷微微扬起，露出里面一层鲛纱轻帷，却用银线堆绣折枝花样，日光下如一团绚烂银丝，缠缠堆堆直耀人眼目。

因亲王仪仗在此，那几乘车只得暂停下来，车后便有一名相随的仆从纵马上来交涉，但亲藩地位尊贵，礼绝百僚，断没有让路的道理。双方争执数句，那名仆从十分傲慢，道："凭他是谁在这里，都得给咱让开。"

敬亲王的校卫不卑不亢，道："依《大虞律》，自百官以下，皆应避让亲王仪仗。"

那名仆从冷笑连连，道："倒敢搬出《大虞律》来吓唬人，你等着吧。"他扬鞭策马回到车后，却下马向车中主人隔幕细禀。

敬亲王为人粗中有细，见事出蹊跷，唤了徐长治下楼去察看。徐长治细看那几乘车马，亦觉得事出有异，回身来向敬亲王禀报："好像都是女眷。"

敬亲王道："既然是女眷，那咱们让一让又何妨。"便命仪队暂避，让那些车马先过去。

对方仆从却骄矜惯了，竟不道谢，亦不下马，引着车马扬长而去。

敬亲王伫立窗前，车马行得极缓，忽见那乘朱红油壁车中堆银鲛纱掀起一角，那阳光映在银线绣花上，本来十分炫目，可帘后露出一张芙蓉秀脸，惊鸿一瞥之间，竟比这六月骄阳更加耀眼。

敬亲王只觉心下一震，那鲛纱帘已经复又垂下。他几疑自己眼花，但刹那露出的容颜便如一道闪电，划破黑暗沉寂的天空，许久之后仍留下幽蓝的弧光，令人目眩神迷。他望着那油壁轻车，簇拥着渐去渐远，莫名生出一丝惆怅，小时候师傅教的那些词语顿时涌上心间："山长水阔知何处……"

徐长治拊掌大笑："王爷不掉文则矣，一掉文就酸掉人大牙。"敬亲王与他玩闹惯了，恼羞成怒，虚踹了他一脚。

敬亲王乃是奉旨回京，在下处换了衣服便得进宫去觐见。徐长治唯恐他闹意气，再三叮嘱："见了皇上，说话可得留意，您是大大咧咧惯了，传到旁人的耳朵里去，可就不定是怎么一回事了。"

敬亲王甫返京师，已经觉得缚手缚脚，只是闷闷不乐。最后出来上轿，徐长治犹不放心，扯住他衣袖，极低声耳语："十一爷，但看在孝怡皇太后的份上，凡事忍耐些。"

敬亲王"嗤"一声倒笑了："你放心，我这回断不会与他动手打架了。"

他离宫年余，火暴脾气倒真的收敛了许多，入朝仪门后在永泰门候旨，结果是赵有智亲自迎出来，笑眯眯地道："皇上歇午觉呢，请王爷随奴婢去清风明月阁，那里凉快，回头万岁爷一起来，就在那里召见王爷。"

清风明月阁其实是颇具规制的一座宫殿，位于太液池畔，原是皇

子读书之所，敬亲王曾在此殿中苦读十载，此时随着赵有智踏入殿门，见殿中陈设已经尽皆改了，不复往日模样，心下不知为何，只觉得有几分怅然。

赵有智将他延至此处，恐皇帝已醒，便转身回去正清殿，余下的小内官奉上茶水来。敬亲王不耐久候，见殿内殿外肃然，小黄门皆垂目拱手侍立在大殿深处。

他信步踱至后殿廊上，那空廊虚凌于水上，廊下即是碧绿一泓太液湖水。时方盛暑，极目望去，但见太液池中红莲碧叶，层层叠叠，远接天际。而咫尺之间的朱栏外碧荷如盖，亭亭净植，有数盏荷叶倾入栏内来，叶大如轮，挨挨挤挤，数重碧叶间有一枝荷箭，似蘸饱了胭脂的一支笔，蘸得那颜色几乎化不开去。四面芰荷水香，夹杂萍汀郁青水汽徐徐拂面而来，令人神爽心宜。

正徘徊间，密然如林的荷叶深处传来一阵清脆的笑声。他原疑是自己听得错了，过不一会儿，又闻女子笑声如铃，声音更是清甜娇丽，只叫道："啊呀，不成……"

忽见荷叶摇动，从碧湖深处划出一艘小艇来。荷叶"嗖嗖"地擦过船舷，纷乱地向两侧分开，那艇极小，似一支玉梭，瞬间穿出花叶间来。艇上唯有二人，艇尾执桨的少女见到敬亲王，不由得低低地惊呼了一声。船首女子将桨横在足侧，手中执着数枝红莲，见到有陌生男子伫立廊上，情急之下横肘以花掩面。但见红莲瓣瓣围簇，如霞似蔚，衬得一双皓腕凝霜。乌黑如点漆的双眸却从红莲重重的花瓣间露出来，望着敬亲王，似两丸黑水银，光华流转不定。

敬亲王骤然见到这半张秀脸，如她颊畔莲花般楚楚动人，突然忆起轻车上那如电容颜，脱口道："是你！"

她束着双鬟，乌云般的发间并无半点珠翠，身着薄绡绿衣，裙色极淡，仿佛荷叶新展之色。这样民间采莲少女的装束，不意在宫中竟能见到，她虽衣着寒素，嫣然含笑，自有一种过人风华，姿容绰然，难以描画。

执桨的女子慌乱中站了起来，欲向敬亲王行礼。小艇本极狭窄，仓促受力一阵乱晃，那绿衣女子低低惊呼，忙抛开手中的花去抓船舷，那红莲花纷纷落在碧水中，十分好看，但那绿衣女子眼见险些要落水，敬亲王急道："小心！"情急之下伸手欲相搀，空隔了丈许，却是无用。

执桨的女子手忙脚乱，小艇打了好几个转，终于恢复平稳。那执桨女子笑语嫣然："可不敢站起来向王爷见礼了，请王爷恕罪。"

敬亲王素来不讲究这些，他想此二人定是宫人，不知何故却扮作采莲女的模样，见绿衣女子天真烂漫，心生好感，问："你们是哪个宫里的？"

绿衣女子望向执桨女子，执桨女子笑吟吟地道："不能告诉王爷。"她唇边笑颜极是顽皮："女史、修仪们歇了午觉，所以咱们才

溜出来玩耍，王爷回头要告诉了人，咱们可就要糟糕啦。"

她神情娇俏甜美，这样说话亦不让人觉得讨厌。敬亲王不由得道："我自然不会告诉旁人。"

那执桨女子嫣然一笑："谢十一爷。"

但见那绿衣女子并不答话，坐在船头，随手拨弄湖水。湖水脉脉，从她凝脂样的指端流过，便如一把白玉梳，梳开无数极细的绿色丝绦。

敬亲王见她身上的绿色衫子被湖风吹动，衣袂飘飘如举，水光潋滟，倒映她的身影在水中，如荷盖初倾，自有一种清丽难言的风致。从来喻美人为花，不想今日所遇，竟能喻之为叶，不输半分光华。

正是心旌摇动之际，忽闻极远处传来一声递一声的掌声，那是皇帝銮驾在宫中行进，内官们击掌为讯。

听得掌声渐近，敬亲王心中一凛，想到此后不知是否有缘再见，忙问那绿衣女子："你叫什么名字？"

那绿衣女子笑而不答，随手拾起适才掷落水中的一朵红莲，遥遥抛向他。他接在手中，那莲花犹沾着清凉的湖水，纷纷滴落，濡湿他的掌心，顺着手腕缓缓淌落袖间。那感觉奇妙而新鲜，仿佛有什么流动在心上。

艇后的少女已经扳动船桨，小艇调过船头，重新划入荷叶深处。但见荷叶纷乱摇动，小艇渐去渐远，远远却望见那绿衣女子回过头来，向着自己又是嫣然一笑。

"涉江玩秋水，爱此红蕖鲜。攀荷弄其珠，荡漾不成圆。佳人彩云里，欲赠隔远天。相思无因见，怅望凉风前。"

真个是相思无因见，怅望凉风前。他无限惆怅，只可恨皆是那执桨女子说话，而自己竟连绿衣女子的声音都不曾听到。若是能听见她说一句半句话，那一种欢喜该又当如何？他这样暗自揣摩，毕竟是少年人心性，藏不住心事，待前呼后拥的御驾到时，跪拜行礼之时犹有几分心神不定。

皇帝素来不甚喜欢这位一母同胞的弟弟，因为两人差了七岁年纪，所以自幼并不甚亲密，年纪渐长，两人的性子又差得十万八千里。此时皇帝皱着眉头，看敬亲王行完见驾的大礼，淡淡地道："免了吧。"

皇帝略问了问关外的情形，便说道："朕命你去关外，是存了磨砺你的意思，盼你能改一改那性子。可是如今看来，真真毫无起色，瞧瞧你这样子，倒是越发心浮气躁，白白枉费朕的一番苦心。"

敬亲王记着徐长治的嘱咐，只是垂首聆训，听着皇帝的严饬，心里却在想，适才那两个女子并不肯说是在哪一宫中当差，自己又不知晓她的名字，这宫中数万宫女，茫茫人海，如何能有机缘再见。一想到此处，心中烦闷，不由得长长叹了口气。

皇帝听他喟然长叹，真如火上浇油一般，心下恼怒已极，口气却

仍淡然："关外你不必回去了——便再待二十年也没用，依朕看，你还是留在京里，跟着你七哥好生学个三五年，看能不能历练出来。"

敬亲王听说不让自己回军中去，已经老大不痛快，他素来又与豫亲王最为不睦，皇帝竟然要将自己交到"宿仇"手里去，如何咽得下这口气？

他立刻道："还是请皇上放臣弟回关外去，臣弟愚钝，天天在皇上面前，只怕白白惹皇上生气，臣弟宁可离皇上远远的。"

皇帝冷然道："你说的这是什么话——也不怕孝怡皇太后地下有灵，知道了伤心。"

敬亲王霍然挺直了身子，眼中怒火难抑，大声道："别跟我提母后！你别在我面前提母后！"他愤怒之下，已经根本不顾忌君臣之分。

皇帝反倒出奇地镇定："你看看你这样子，还有没有半分体统？不孝的人是你，朕从来没有让母后蒙羞。"

敬亲王伤心、愤怒、失望，交织成一片，只道："母后纵然如何待你，她亦是母后，她生你养你，你却私心里记恨。若不是你……你……"他情绪激动，再也说不下去，上前一步。

赵有智见势不妙，急忙叫了声："王爷！"

敬亲王想起昔年在慈懿殿病榻前的那场争执，其实伤透了孝怡皇太后的心。他忆起母亲病重，自己却在她病榻之前大遭皇帝的斥责，令得母亲重病之中亦伤心难过，不然病重的皇太后亦不会那样抱憾而

崩，而自己竟然连母后最后一面都来不及见到。想到此处顿时心如刀割，紧紧攥着拳头，狠狠瞪着皇帝。皇帝被他气得狠了，反倒一时不能发作。

敬亲王终于垂下手去，往后退了一步："臣弟告退。"半分臣子应有的谦恭亦没有。

皇帝气得极了，一时倒说不出话来，赵有智赶紧道："万岁爷，王爷一路辛苦，有话明日再传王爷来问吧。"

皇帝亦知道盛怒之下如若处置敬亲王，必会大失常态，所以挥了挥手。

赵有智连忙向敬亲王递眼色，敬亲王却不领情，瞪了赵有智一眼，亦不向皇帝行礼，拂袖昂然而去。皇帝见他如此，气得半晌说不出话来。

殿中静悄悄的，凉风吹起殿中竹帘，隐约传来一阵荷香。远处数声蝉音，稍噪复静。过不一会儿，却听到殿后湖上传来女子隐约柔婉的歌声。

皇帝正在气头上，"啪"一掌击在案上，道："出去看，是谁在吵闹，将这等无礼犯驾的奴婢关起来，先杖二十。"

赵有智忙亲自去了，过不一会儿，却听那歌声越来越近，那声音柔和婉转，极为旖旎动人，所唱的曲子亦入耳分明："……青荷盖绿水，芙蓉披红鲜。下有并根藕，上有并头莲……"

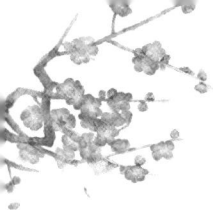

【十七】

歌声清凉如风，传入耳中，令人心神俱爽，皇帝心口堵着的气渐渐平了。

赵有智进来，见他脸色稍缓，笑嘻嘻地请了个安："万岁爷，是名应选的秀女，方入了宫，还不懂规矩，并不知御驾在此，所以才肆意喧哗。奴婢已经将她带过来了，皇上要不要见一见？"

皇帝冷冷地瞧了他一眼："你又弄什么鬼？"

赵有智笑道："奴婢不敢。"

皇帝懒得与他多说，只将脸一扬。赵有智会意，双掌轻击。

重帘层层揭起，仿佛有风，吹入淡淡的荷香，但见女子莲步姗姗，竟并非宫人装束，而只是一件薄绡纱衣，衣绿如萍，发束双鬟，十分清雅可爱。娉娉婷婷穿帘而来，行至皇帝面前盈盈下拜。

皇帝的神色忽然有一丝恍惚："抬起头来。"

明眸清澈得几乎可以倒映出人影。皇帝似是轻轻吸了口气，那双眸子却如含着水意，只是定定地瞧着皇帝。

赵有智轻声道："见着皇上，怎么这样没规矩？"

"逐霞见过皇上，皇上万福金安。"

皇帝问："你叫逐霞？"

"是。"

皇帝又问："你是谁家的女儿？"

"奴婢的父亲是户部侍郎吴缙。"

皇帝想起来，吴缙的妻子慕氏乃是慕氏的远支旁脉，亲缘在五服之外，所以抄斩时免于获罪。

竟然会这样的像，如霜的相似，不过在眉目间稍令人觉知。而眼前的人，则像水中的倒影，幻彩流离，处处灵动，仿佛时光的手，一下子就拉回到了许久之前。

皇帝终于说："起来，让朕看一看你。"

逐霞应了一声，起身向皇帝慢慢走去。

赵有智蹑着步子退了出去，吩咐小太监们好生听着传唤，自己顺着廊下的荫凉，一路绕过假山，便是皇贵妃平素起居的清华殿。暑日正烈，殿前一列老槐，绿槐如云，浓荫匝地，却静悄悄的，连半声蝉声也听不见——如霜病中喜静，命宫监每日梭巡，将蝉尽捕了去。

如霜的心腹侍儿正在槐荫底下立着，见着了他，迎上来笑嘻嘻叫了声："赵公公。"引着他入殿中去。

如霜刚换了衣裳，正在梳头，乌黑如流云的长发顺着烟霞色的裳裙逶迤垂下。

　　赵有智躬身行礼："娘娘。"

　　大病初愈，镜中人脸色苍白，仿佛白玉雕琢的人像，如霜凝视着镜中的自己，如同自言自语一般："皇上对敬亲王，倒是真好。"

　　赵有智赔笑："万岁爷只有这么一个同母胞弟，其实在心里头是很疼十一爷的。"

　　如霜面无表情，过了片刻方才一笑："他这个人，对人真好起来，可叫人受不了。"

　　赵有智不敢再搭腔，如霜问道："皇上的意思，是打算留下十一爷了？"

　　赵有智道："奴婢不敢妄自猜测，不过皇上说要交给七爷去管教。"

　　侍儿替如霜绾起长发，堆乌砌云，金钗珠簪一一插戴。她虽只封妃，但早有过特旨，位同皇贵妃例，享半后服制。累丝金凤上垂着沉重的璎珞，每一摇动便簌簌作响。

　　她似有倦色："你去吧，这几日皇上若问起我来，只说我倦了，已经睡了。"

　　赵有智答应了一声，刚退至门侧，如霜忽又一笑，叫住了他："若是皇上忘了问起我，公公可莫也忘记了。"

　　赵有智笑嘻嘻道："娘娘这话说得，奴婢万万不敢。"

如霜原本宠擅六宫，自从这日以后，倒一连数日未尝奉召。这日在天秀宫的选秀，她不得不打起精神来主持。皇帝对选秀之事并不热衷，亦未移驾天秀宫亲自挑选。

选秀是大典，循例应是皇后率诸妃主持，但后位空缺，淑妃慕氏暂摄六宫事。这样的大典，连晴妃亦抱病而来，如霜向来很少见着这位晴妃，所以格外客气，两人并席而坐。下面另设一座，乃是皇帝新册的昭仪吴氏。

晴妃久在病中，早就看淡了荣宠，见着吴昭仪，只觉得艳光四射，不由得注目良久。

如霜含笑道："晴妃姐姐这样看着吴妹妹，叫吴妹妹笑话咱们姐妹没见过世面。"

晴妃不由得赧然，道："吴昭仪与妹妹你容貌相似，倒似一对双生，所以我才一时看住了。"

是相似么？如霜微含兴味地抿起樱唇。轮廓身影是十分相似，但吴昭仪仿佛是一颗水银，流滚不定，闪闪烁烁，而如霜自己，倒似是一颗冰珠——纵然有水光，也是冷得凝了冰的。

如霜无限慵懒地微笑，因为主持大典，所以穿了大红翟衣。金丝刺绣的霞帔上垂下华丽的流苏，极长的凤尾图案一直迤逦至裙，袖口亦有繁复的金丝刺绣，两寸来阔的堆绣花边微微露出十指尖尖，指甲上凤仙花染出的红痕被翟衣的红一衬，淡得像是片极薄极脆的淡红琉璃瓦。

静宏深远的大殿中，只听得见衣声窸窣，内监拖长了声音报着各

人姓氏，父兄官职，成排如花似玉的容颜从眼前一晃而过，遵照典仪，无限恭敬地行下礼去。如霜有一句没一句地与晴妃说着话，漫不经心决定着这些女子的去留。

逐霞有些茫然地俯视着那些亭亭玉立的少女，坐在这样高远的殿堂深处，仿佛跟她们隔着很远很远。

咫尺宫门深似海，如霜伸出扇柄，玩着架上的鹦鹉，嘴角依旧含着那缕似笑非笑："他让你来——你自己可曾想好了？"

金笼架上的鹦鹉"呱"地怪叫了一声，扑扑地扇起翅膀来。微风带起她鬓侧的碎发，那一刹那逐霞看到她描画精致的眉峰，仿佛春山般淡逸悠远，微微蹙起。

如今她已经高高在上，俯瞰着众生繁华。但一切都隔得这样远，像她自己的声音，曾经遥远的、模糊的，仿佛是从另一个人的口中发出："王爷于吴氏有大恩，逐霞不能忘恩负义。"

仿佛过了许久，才听见如霜笑了一声，笑声极轻，倒仿佛是叹息："痴女子——"

她耳郭发热，仿佛是在发烧。谁也不曾知道她心底真正的心思，但在这一刻，她真的以为她被人看穿了。这位淑妃娘娘有亮得几乎令人不敢逼视的眼眸，但就在她凝望的时候，这双眸子已经灰下去，暗下去，就像是炭，燃尽了最后一分光和热，于是只剩了一点余烬。

她的声音亦是，不带一丝温度："那你等着吧。"

一切都像是精心排好的折子戏，起承转合，唱念做打，连一步也错不得。她顺顺当当成为昭仪吴氏，极尽恩宠，皇帝凝望她的目光总是温和平静，仿佛许久之前就已经与她相知相守。

　　只有她自己知道，那个深深隐藏在心底的秘密。皇帝偶然转过脸去，微低的侧影会重叠在那个惊人的秘密上，令她心悸，然后胸口就会牵出一种深切的痛楚。

　　入宫只短短数日，已经有窃窃私语的流言，她与淑妃慕氏在容貌上有着惊人的相似，仿佛妖娆的两生花，各自明媚鲜妍。但她并非淑妃，这位后宫中地位最尊贵的女子仿佛是一尊玉像，完美无瑕，楚楚动人，却丝毫没有生气，连笑起来眸底也是暗的，没有一丝笑意。

　　选秀一共挑中八名女子，留在宫中待年，或是封赦成为嫔御，或是赐给王公为妻妾，端看他们各自的造化了。

　　晴妃道："添了新人，宫里可又要热闹些了。"

　　如霜依旧是那种似笑非笑的样子："姐姐说得是。"

　　皇帝其实并不好女色，此次选秀亦是阁臣的意思。而催促立后的奏折本来如雪片一般，自从华妃暴卒、涵妃重病之后，便突然悄无声息。

　　据说太傅程溥曾经须发戟张，怒不可抑地在私下起誓："若是皇上执意立那妖孽为后，老臣便先一头碰死在太庙阶下。"如此一来，阁臣们催促着皇帝选秀，大约意图在名门闺秀间挑出位大虞皇后来。

皇帝却没有选纳美人的兴致，临了到底还是自己这个妖孽端坐在宝顶之下，受着一众名门美人的礼拜。

此次选出的八名女子一直到了七夕领受赐宴，方才见着君王御容。

宫中的七夕其实十分热闹，除了"乞巧"，循例在清畅阁赐宴诸亲王、公主。宫中饮宴，自然是罗列奇珍，歌舞升平。这日皇帝似颇有兴致，特命昭仪吴氏鼓瑟，唱了一曲新词，赢得彩声一片。

如霜的性子素不耐久坐，起身更衣。不想入得后殿去，程远却悄然上前禀报："娘娘，承毓宫派人来说晴妃娘娘不大好，娘娘要不要去看一看？"

晴妃素来体弱，一年里头，倒有大半年病着。后殿中极静，只听前殿歌吹隐约，如同仙乐一般缥缈传来，丝竹之中夹杂笑语之声，热闹繁华到了极处。

如霜想到晴妃此时孤寂一人，委实可怜，便道："我去瞧瞧她。"

当下如霜便乘了步辇，内臣们提着一溜八盏宫灯，簇拥着辇驾前去。

晴妃所居富春宫亦甚为远僻，此时阖宫皆在欢宴，道路僻静无人，只听秋虫唧唧，令人倍觉秋意渐浓。富春宫外冷冷清清，坐更的宫女们正斗巧作耍，嘻嘻哈哈，浑若无事，见着灯来，犹以为是颁赐——这样的节下，总会循例赏赐宫人的。待看清是淑妃来了，一下子猝不及防，手忙脚乱行礼不迭。

如霜本欲发作，又恐惊了晴妃，只狠狠望了程远一眼。程远会意，道："娘娘放心。"

如霜知他自会命人处置，于是径自踏进殿门，远远已闻到一股浓烈的药香。只见重幔层层，殿中本只燃着两盏灯，灯光晦暗，越发显得殿中岑寂。

如霜放轻了脚步，但见晴妃睡在榻上，蒙蒙眬眬，像是已经睡着了。唯有一个年长些的宫女还守在榻前侍候她吃药，一边垂泪，一边吹着那碗滚烫的药汁。

那宫女陡然见着她，又惊又喜，叫了声："娘娘。"哽咽难语。

如霜问："怎么病成这样，也不传御医来？"

那宫女拭着泪，道："早就想传，可娘娘说是节下，怕皇上心里不痛快，只说自己平日就这样子，熬一熬就过去了，拦着不让人知道。"

如霜便吩咐内官："传我的话，开永济门传御医进来。"早有人答应着去了。

灯下看去，榻上的晴妃秀眉半蹙，脸色苍白无一丝血色。如霜趋前，轻轻唤了声："姐姐。"

晴妃呻吟了一声，也不知听见了没有。过了许久，她终于睁开眼睛，茫茫然看了她一眼。

如霜又唤了声："晴妃姐姐。"

晴妃似是听见了，脸上微微露出一丝笑意，只是喘息着，过了好半晌，仿佛缓过来一口气，声音低得几乎听不清："是……是……皇……皇贵妃……"

如霜微微一怔，便含笑低首，轻声道："姐姐也太糊涂了，病成这样也不让人知道。"

晴妃微微摇了摇头，便闭上了眼睛，像是再没力气说话。如霜本以为她又已睡去，不想她挣扎着又睁开眼来，只是声音断断续续："我怕是要先走了……那日……那日……我跟你说的话……你就忘了吧……"

如霜心中奇怪，俯下身去握住她的手："晴妃姐姐？"

晴妃只是喘息："我们姐妹一场……临月……那日我说的话……你别往心里去……"

如霜不知她所指何意，但轻声安慰道："你放心，我都明白。"

晴妃像是舒了口气，呢喃道："那就……那就……好……"眼角已经渗出晶莹的泪，"只是他自己也不晓得，原来并不是你……可是我真是羡慕……"

如霜握着她的手，只觉得指尖冰凉，也不知是晴妃的手冷，还是自己的手发冷。晴妃却是蒙眬无意识地辗转，话语模糊断续。

御医终于传了来，请完脉后，如霜在偏殿召见，道："前几日精神都还好，突然怎么就又病成这样。"

御医道："娘娘的病已经不是一日两日，说句大不敬的话，就好比一块木头，中间早已经朽得空了，好在娘娘洪福过人，慢慢调养，总可以好起来。"

如霜明白他话中的意思，事已至此，只是无可奈何，看着晴妃用了药，沉沉睡去，方才回去。

夜已深了，宫中甬道为露水浸润，在月色下似水银铺就一般。如霜心事重重，却听内官们的脚步声惊起枝上的宿鸟，"唧"一声飞往月影深处去了。不觉抬头一望，只见宫墙深深，几株梧桐树高过墙头，枝叶疏疏，映着一钩秋月。

这一带宫室规制极是宏伟，月色下只见一重重金色的兽脊，冷冷映着月色，四下寂然无声，连灯火都没有一星半点，格外叫人觉得疏冷凄清。

如霜于是问："这是什么地方？"

扶辇的程远支支吾吾。如霜知道宫中有许多犯忌讳的地方，但她的性子素来执意，程远只得答："回禀娘娘，这里是景秀宫。"

景秀宫？

心中像是被极细极薄的锯片划过，起先不觉得痛，然后猝不及明白过来，原来这里就是景秀宫。高高的宫墙下，疏桐月影，这里竟然就是景秀宫。

她吩咐："住辇。"

步辇徐徐自辇夫肩头降下，程远上来扶住她的手臂，愁眉苦脸："娘娘，还是回去吧，更深露重，万一受了凉寒，奴婢可就罪该万死了。"

如霜冷冷道："你再多说一句，本宫就立时成全你。"

程远吓得打了个哆嗦。如霜自顾自抬起头来，凝睇月色中沉沉的宫殿。

历代皇贵妃循例皆赐居清华殿，但临月入宫之初便居住在景秀宫，

后来虽册为皇贵妃，但一直未曾搬离。自慕氏殁后，景秀宫再无人居住，皇帝亦下令不必洒扫，宫人更不会往此间随意走动，于是形同荒弃。

如霜见垂华门上铜锁已经生了青绿色的铜锈，便道："取钥匙来。"

程远直惊出了一身冷汗："娘娘！"

如霜蹙起眉头，程远急道："娘娘，此时夜已深了，此宫封闭已久，还是待明日令人洒扫干净，娘娘再移驾前来。"

如霜不语。

程远直挺挺地跪在那里，道："娘娘若是此刻要进去，奴婢也不敢拦阻，请娘娘三思。"

如霜面无表情，只是凝视着檐角那一钩明月，月华清冷，照在森森排列的鸱吻之上，过得许久，方才从唇中吐出两个字："回去。"

程远只觉如蒙大赦，忙侍候她上辇。

夜中风冷，吹得那梧桐枝叶簌簌有声，内官们手中的灯笼被风吹得忽明忽暗，摇曳不定。如霜的衣袖亦被风吹得扬起，在夜色中如黑色的蝶，展开硕大华丽的双翅。

她想起适才晴妃的呓语，那些模糊的、支离破碎的字句，拼凑出她心底最深处的那个秘密，那个她绝不能去想起的惊骇。

步辇行得极快，她回过头去，景秀宫已经渐渐湮没在浓重的夜色里，月光朦胧，勾勒出连绵宫殿的轮廓，仿佛小山的影，一重重，叠叠憧憧在视线里。

【十八】

敬亲王已经微有酒意，他心下不悦，只是闷头喝酒，宫中之酒酒劲绵长，不似塞外的烧刀子爽利辛辣。宴乐正是到了热闹极处，急鼓繁弦响在耳畔，只觉得繁扰不堪，他又喝了两杯酒，觉得酒意突沉，于是起身去更衣。走至后殿，才觉得夜凉如水，寒气浸衣，窗纱之外点点秋萤仿佛微明的星子流过。

他一时被那秋虫唧唧之声所引，走下台阶去，唯见宫阙重重，静夜如思。

"王爷。"

他回过头去，只见一名内官，不过十余岁年纪，笑嘻嘻地行礼："奴婢见过十一爷。"不待他说什么，便走近前来。他向来不待见内臣，并不搭理。

那内官却伸手扶住他的手臂，道："夜里风凉，还望王爷珍重。"

他只觉掌心一硬，仿佛被塞入什么东西，错愕间那内官已经施了

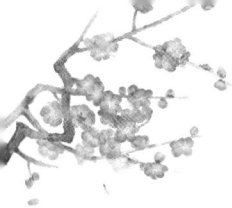

一礼，垂手退走。

他四顾无人，这才举起手来，原来掌心里是一枚折叠精巧的方胜。方胜折得极细，曲曲折折的如意头，拆开来竟是张薄薄的梅花笺，中间裹着一颗莲子。借着后殿窗中漏出的灯光，却见笺上写的是："雨摆风摇金蕊碎，合欢枝上香房翠。"

笔迹柔弱，仿佛是女子所书。他心"突"地一跳，怦怦作响，忽然想到那日采莲舟上的绿衣女子，掩袖含笑，顾盼生辉，一颗心几乎要蹦出嗓子眼来。

果然底下还有一行细字："既见君子，云胡不喜。候君于长庚夹道，唯愿君心似我心。"

他心下凌乱，只不知道那绿衣女子是何身份。那日见她倒是少女装束，但宫闱之中，哪怕是寻常宫女，自己身为亲王，私约密盟也是极不合宜的。夜风温软，带着些微凉意，那笺上幽香脉脉，似能透人心肺。他不由得想到那双眸子，水光盈盈，摄魂夺魄，令人怦然心动。

其时歌吹隐隐，前殿笑语之声隐约传来，想是那吴昭仪又于帘后弹奏了一曲，所以引得彩声雷动笑语喧哗——这样的热闹，庭中却只有疏星淡月，自己孤零零一个影子，映在光亮如镜的青砖地上。

他心头一热，便见一面又何妨。这么一想，他便顺着台阶走下去。

四下里悄然无声，他脚步本来就轻，垂花门本有两名内官值守，见他出来，躬身行礼，亦被他摆手止住了。仿佛是月下闲散的样子，他顺着高高的宫墙，一路向西，不知走出了多远，转过宫墙，只见一条甬道。

这里一侧是高高的宫墙，另一侧则是长庚宫，所以这条又狭又长的甬道被称为长庚夹道。其实夜色已深，唯闻秋虫唧唧，满天星斗灿然如银，星辉下只看到连绵的琉璃重檐歇顶，远处虽有星星点点的灯光，但万籁俱静，不闻半点人语。

他等候了良久，终于见着一灯如星，渐行渐近，心中不由得一喜。挑灯而来的却是一名垂髫少女，并不发一语，只向他微微点头示意，便挑灯在前引路。他跟着她走过夹道，又沿着宫墙走了良久。黑暗之中不辨方向，只觉得穿过数重角门，最后又经过曲折复道，终于见着殿宇幢幢，一角飞檐斜斜挑破夜色。

跨入窄门转入屏风之后，屋中并未点灯，似是一间偏殿的庑房。这种庑房素来为内监或是宫人值宿所用，那少女将他引入屋中，施礼后便提灯悄然退去。随着最后一缕朦胧光线消失在门后，他心中忽然觉得不安，鼻端已经隐隐闻见一股幽香袭来，正是宫中常用的提炉所焚瑞脑香。

耳畔听得脚步杂沓，却是有人进了前面的偏殿，但闻衣声窸窣，竟似不止一人。他不由得觉得讶异，但闻有女子在走动说话，隔了远了听不甚清楚，忽地隐约听见说到"娘娘"。

他悚然一惊，眼前忽然一亮，原是有人执灯挑帘进来。那盏明灯

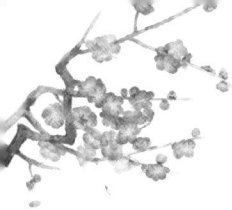

骤然挑入，十分刺目，他不由得用手遮住眼睛，已经听到人急声惊斥："哪里来的大胆狂徒，竟敢擅闯娘娘的内寝？"

他的心忽地一沉，只得极力睁大眼睛，但见宫灯雪亮，提灯之人乃是女官装束，灯下照见一位丽姝，因晚妆已卸，只披了一件素白鹤氅，长发如墨玉泻云，披散委地，整个人便如冰雕玉琢，隐隐似有华彩。那提灯的女官已经上前一步，似是意欲阻拦。

他惊得几欲叫起来："是你……"但立时觉察，此丽姝与那日所见采莲女子气质迥异。采莲女子虽与她容貌几乎一模一样，但行动举止仿佛似花影摇曳，动态意逸，面前此人却静如秋水深潭，咫尺澄寒。一时间只觉得恍惚，眼前人亦真亦幻。

那丽姝黛眉轻颦，犹未及说话，门外击掌声已经清晰可闻，那女官仓皇道："娘娘，皇上来了！"

来得真是快，她嘴角不由得微噙一缕冷笑。

皇帝已经进了殿门，内官所持的璨璨灯火越来越近，团团明亮的灯光簇拥着皇帝步入后殿。为首的内官赵有智终于觉察到不对，机警地停住了脚步，皇帝亦停了下来，但转过屏风，一切皆是无遮无拦。皇帝一时似有些困惑，望着他们两个人。

隐约有人倒抽了一口气，皇帝的脸色在灯光下似有点发青，像是觉得眼前这一幕难以置信，所以问："你怎么在这里？这是怎么回事？"

敬亲王只得跪下来，却不作声。如霜纹丝不动，站在那里，竟是似笑非笑。

"你说！"皇帝终于勃然大怒，"这是怎么回事？"

敬亲王早已经冷汗涔涔，知道今日性命堪虞，只重重磕了一个头，勉强道："臣弟……"却再说不出一个字来。

皇帝气得发抖，转过脸来，眼中似要喷出火来，只瞧着如霜。

而如霜竟似毫不在意，道："不论臣妾说什么，皇上都不会信了。臣妾今日为人所害，无话可说。"

皇帝的胸膛剧烈地起伏着，呼吸急促，赵有智见势不妙，只叫了一声："皇上！"

皇帝已经骤然发作："来人！传掖庭令！"

赵有智又叫了声："皇上！"

这是宫闱丑闻，体面相关，皇帝虽然在盛怒中，但仍明白他是在提醒自己，这样的事绝不能传扬出去。不管如何处置，万万不能被外间知晓，否则将沦为朝野的笑柄。

开朝三百余年来，宫禁中从未尝出过这样的丑事——皇帝恶狠狠地瞪了敬亲王一眼，杀意顿生，但几乎是立刻，已经硬生生压制下去："敬亲王酒后无状，御前失仪，口出秽言欺君。着闭禁北苑，从此不奉旨不许踏出苑门一步！"

这是圈禁，赵有智不由得松了一口气，提醒敬亲王："快快谢恩！"

敬亲王僵在那里不动，皇帝死死地盯着他，就像是想用眼光将他

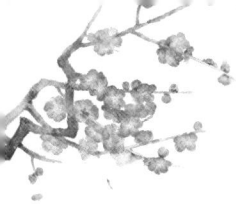

剜出两个窟窿似的。

赵有智一使眼色，早有内官上来，捺着敬亲王磕了个头，然后架起走了。

殿中本就静默无声，此时唯闻前殿深处的铜漏，一滴，嗒的一声轻响，隔了久久又是一滴，仿佛是雨声。

皇帝终于开口："淑妃慕氏素行不端，即日起褫夺封号，废为庶人，幽闭永清宫。"

她乌沉沉的眸子凝视着他，竟然平静如水。皇帝怒道："还不拉出去！"

内官们这才鼓着勇气上来拉她，她淡淡地道："我自己会走。"

她仍穿着寝衣，赤足散发就随着内官步下台阶，不顾而去。

翌日清晨，豫亲王才得知消息，禁中被瞒得滴水不漏，他亦只知敬亲王昨日酒后失仪，冲撞了皇帝，所以大遭贬斥，于是赶在早朝之前单独请见，意欲为敬亲王求情。但在仪门外苦候良久，不见传召。

一直过了辰末时分，皇帝亦未叫起早朝。又过得片刻，才有小黄门传旨辍早朝，才知原来晴妃昨晚病薨了。

晴妃沉疴数载，所以病薨之事并不让人觉得意外，宫内循例下了一道谕旨给礼部，命议谥礼，这亦是意料中之事。

奇的是午后又有一道旨意，斥责淑妃慕氏素行不端，"虽摄六宫事，然平庸善妒"，对久病中的晴妃"未能多加照拂"，且动辄"忤上意"，所以褫夺封号，贬为庶人，幽闭永清宫。

这下子大出意料，因为皇帝自得如霜，宠爱逾制，为其册妃之事与内阁颇多争执，气得程溥还大病了一场。而晴妃久病无宠，竟然为了她废黜淑妃慕氏，实是意外之举。所以未过几日，朝野之中渐渐起了一种流言，传说晴妃之死乃是被淑妃慕氏所害，所以皇帝终于将"妖妃"慕氏逐入了冷宫。

豫亲王起初对此流言并未放在心上，因清流对淑妃慕氏素来不屑，所以幸灾乐祸，借晴妃之事造出此等谣言。未尝想过得数日，流言却渐渐变了，俱言道淑妃被废竟是因为与皇帝的同母胞弟敬亲王定泳有私情，而晴妃撞破二人私会，所以被淑妃慕氏密遣人投毒灭口，皇帝震怒之下废黜淑妃，幽禁敬亲王。

一时市间坊中言之凿凿，茶楼瓦肆传得更是绘声绘色。常常三五人坐定，待堂倌倒上茶来，不过数语，主客总会有人提及这桩"天下第一大笑话"，言道敬亲王与淑妃如何密盟私约，晴妃如何亲送宫花却无意撞见二人私会，淑妃如何恼羞成怒，如何派遣心腹内官于粥中下毒谋害晴妃，而皇帝如何在晴妃临终探视，终于知晓真相雷霆震怒，连夜宣召掖庭令……种种细节如同亲见，这等宫闱密辛自然最引人好奇，讲者口沫横飞，听者啧啧称奇。

豫亲王月余之后才知道，因为他地位尊贵，且与皇帝关系亲近，没人敢在他面前提及这样的事。但最后物议如沸，委实瞒不住了，豫

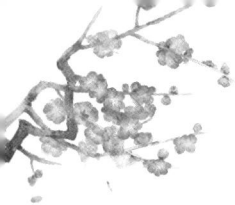

亲王才知晓外间竟有这样的"笑话"，顿时大为忧愤。

本来闵河秋汛，决堤不下四十处，淹没三州十五县良田万顷，数万灾民流离失所，乃至疫病渐生，急调粮食、药材赈灾。而秋高马肥，圮尔戎诸部趁势南下，滋扰定兰关，因年年此刻必有游骑来犯，守军一时大意，竟容细作混入定兰关内，数十细作于半夜同时纵火，满城军民扑救不及，一夜间将定兰城烧成遍地焦土。

定兰关乃是朝廷最为倚重的西北门户，遇此之变，急调关内鹤州、繁州的驻军北上赴援，与圮尔戎的骑兵激战日久，竟相持不下。眼看不得不抽调北营赴援，所谓内忧外患，皇帝连例行的秋狩都罢而未举。

而身为总揽国是的豫亲王已经忙得一连数日未曾合眼，听到这样的"笑话"，顿时一阵头晕目眩，勉强扶着桌子站起来，只说："换衣裳，"已经神色如常，"去上苑。"

因时气不好，皇帝感染风寒，于数日前已经由宫中移驾到上苑静养。而内阁诸臣皆未扈从，好在快马疾驰只需要半日，远远已经望见一片枫红似火，如燃着半边天际，掩映着玄色琉璃连绵起伏，正是上苑的醉人秋色。

西长京地气润厚，秋深枫红总要在九月间，但上苑火枫之树异于常种，七月便红叶如烧，所以上苑观枫乃是一奇景，历来随驾秋狩的文臣博儒，颇多歌咏之词。

皇帝精神还好，看着只是形容清减，披着件夹衣坐在听波榭上，看小太监们搭菊花架子。身后侍立的正是司礼监太监赵有智，见程远引了豫亲王进来，皇帝还是很高兴："听说你忙得不得了，怎么得闲到这里来看我？"

豫亲王不作声行了见驾的礼，皇帝命程远挽起来，又笑道："看看你瘦成这样子，倒真叫朕心里头过意不去。有些小事交给底下人做就行了，要知道保养自己。"

豫亲王这才道："臣弟有个不情之请，恳请皇上准允。"

皇帝问："什么事？"

"北营驰援定兰关，却没有合适的良将，臣弟请皇上赦免十一弟的罪，放他出来带兵。"

皇帝脸色微变，但瞬间又笑了："满朝的武将，为什么偏要让他去。"

"十一弟虽然犯了大错，但总是皇上的一母同胞，皇上看在孝怡皇太后的份上，饶过他这遭吧。"

皇帝不作声，一时间水榭里外静下来，只闻残荷底下"咚"的一声，或许是迟迟未入泥休眠的蛙，跃入水中。皇帝看着那渐渐扩散的涟漪出神："有什么为难的地方，你说吧。"

那样的"笑话"，如何能讲给皇帝听？豫亲王隐忍地微皱起眉，含糊其词："其实十一弟性子粗疏，皇上亦知其人……况且处置十一

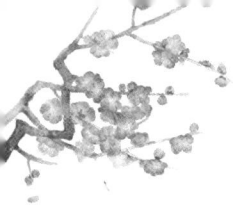

弟，外间不免有所议论。"

皇帝问："什么议论？"

豫亲王见瞒不住，且这普天之下，只怕除了自己，亲贵中绝无一人会告之皇帝，于是将传言略加引叙。饶是他避重就轻地轻描淡写，犹气得皇帝浑身发抖，一下子站起来，步下御座，在水榭中踱了两个来回。

豫亲王见他急躁，忙道："四哥，这定是别有用心的小人散播出来，以污四哥的圣誉，四哥不用放在心上。臣已命九城兵马司暗中密查，想法子止息流言。"

皇帝怒极反笑："好，甚好。"他抬起眼睛，望向一池萧瑟的残荷，"竟教人传这种话来，真是聪明，想用这个法子迫我放定泳出来，恢复王爵且委以重任，或交与兵权，以示天下我兄弟间并无嫌隙。哼，可惜，朕偏不让他如愿。"

"老七，你先回京去。"皇帝嘴角微扬，"至于谁领兵去定兰关，朕有了一个好人选——睿亲王定湛自幼熟知兵法，骁勇善武，便由他领北营去赴援定兰关吧。"

"四哥？！"

皇帝微微冷笑："他以为我不会将兵权轻易给他，所以才想着从定泳下手，好一招'声东击西'。嘿，以为朕不敢么，朕偏来个'请君入瓮'。"

北营是豫亲王一手组建，所有军官极是忠诚可靠，且西北皆是荒漠，朝廷只要攥紧了粮草供给，便不怕大军会生变。听闻皇帝此言，豫亲王心下亦明白了几分。

皇帝微微眯起眼睛，又是那种似是漫不经心的神色："至于定泳，放他出来就放他出来，让他戴罪办差，替睿亲王的大军征粮去。"

征粮是件烫手山芋般的苦差，因为水患，"贺戬一熟，天下富足"的贺、戬两州今年突遭百年不遇的大灾，竟致颗粒无收。灾民纷纷北逃，颠沛流离，一路病丧无数，将瘟疫之症传入北地数州。北地数州忙着防瘟救疫，又兼要调粮入南方赈灾，官绅百姓皆觉得苦不堪言。而定兰关战事日紧，大军开拔在即，钱粮征收迫在眉睫，更如百上加斤。

而敬亲王定泳性格粗疏莽撞，派他去征粮，只怕他要将封疆大吏们得罪尽了。

一时商议已罢，豫亲王便行礼辞出，皇帝忽又叫住他："老七。"见豫亲王停步，皇帝又顿了一下，才从薄薄的唇中吐出一句话，"永清宫里，你着人多加留意，不能让她死了。"

流言之下，如果废为庶人的如霜再有什么意外，定会被传说成是皇帝恼羞成怒而"杀人灭口"，这一招睿亲王或许已然部署良久，所以皇帝故有此叮嘱。

豫亲王道："臣弟明白。"

【十九】

天色已晚，但豫亲王仍是连夜行路，赶回京城。扈从卫士高持明炬，但闻蹄声隆隆，一弯新月如钩挂在林梢，月光似水，照在甲胄兵器之上，清泠如有冰意。而林间草木皆生霜气，西风吹面生寒。

随在豫亲王马后的迟晋然被风吹得一哆嗦，见豫亲王只是疾驰赶路，风吹起他肩上所系披风，漫卷如旗。侍从所执火炬的火苗被风吹得呼啦啦直响，映得豫亲王一张脸庞亦是忽明忽暗。

"王爷！"迟晋然见他身子猛然一歪，不由得惊得叫道。

豫亲王本能带紧了缰绳，挺直了身子，有几分歉然："差点睡着了。"

迟晋然道："王爷这是太累了，回京之后要好好歇一歇才好。"

豫亲王强打着精神，迎着凛然生寒的西风，睁大了困乏的眼睛，吁了口气："回到京里事情更多，只怕更没的歇。"

迟晋然忍不住道："王爷，差事是办不完的，这样拼命又是何苦。"

豫亲王道："食君之禄，忠君之事，鞠躬尽瘁，死而后已。亏你还读过几年私塾，不知圣贤书都念到哪里去了。"

迟晋然笑嘻嘻地道："食君之禄，忠君之事，这种大道理我当然知道。可我也得吃饱睡好，才好替皇上办差啊，不然我饿着肚子，或是睡得不够，精神不济，一样会弄砸了差事。"

豫亲王终于笑了一声。迟晋然又道："王爷身系重任，所以更要保重自己。"

豫亲王道："你倒还真啰唆起来了。"

他抬头望满天清辉如霜，只觉晓寒浸骨，而数十骑紧相拱卫，隆隆蹄声里唯闻道侧草丛中，虫声唧唧，秋意深重。他忍不住长啸一声，朗声吟道："八百里分麾下炙，五十弦翻塞外声。沙场秋点兵。马做的卢飞快，弓如霹雳弦惊……"吟到此处声音不由得一低，"了却君王天下事，赢得身前身后名……"最后一句，却轻如喟叹了。

入城时天已微曦，豫亲王回到府前下马，府中早已有官员属吏等候，等处治完了公事，日已过午。他只觉得腹饥如火，这才传了午膳，犹未吃毕，门上通传户部与工部侍郎前来拜访。

此二人原为赈灾之事而来，户部管着天下三十二州粮仓，存粮多少，所缺多少，犹可征多少；而工部则管漕运，南下漕运每日运力多少，何处调粮何处起运，皆是琐碎操心之事。议罢，日已西斜。

豫亲王亲自送了两位侍郎至滴水檐下，两人俱道："不敢！请王

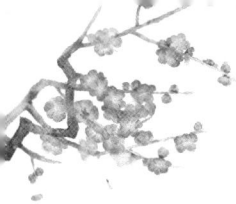

爷留步。"

拱手为礼，豫亲王目送他们回转，一转脸看到侍候自己的内官多顺，想起自己一早就遣他入宫打听废淑妃慕氏的近况，于是问："怎么此时才回来？"

多顺忙扶了他的手肘，回到殿中方才苦着脸道："王爷交给奴婢的好差事——您想啊，永清宫那样的地方，像奴婢这种人岂是轻易能进得去的？托熟人找门路，好容易才见着淑妃，哦不，慕氏一面。"

豫亲王觉得疲意渐生，皱着眉道："拣要紧的讲。"

"是。"多顺想了一想，道，"依奴婢看，奴婢大胆——只怕那慕氏活不了多久了。"

豫亲王端着茶碗的手不由得一顿，过了片刻才呷了一口茶，淡淡地问："怎么说？"

多顺道："听说一进永清宫就病了，如今已病了一个来月，奴婢瞧那样子病得厉害，躺在那里人事不知，又没人过问，更不许大夫瞧，只怕不过是挨日子罢了。"

豫亲王沉默未语。

多顺忽道："王爷，要不……"

豫亲王抬起头来："这事交你去办，该打点的打点，想法子找大夫，务必多照应些。如若有什么事，只管来回我。"

多顺没想到自己原来会错了意，大感意外："王爷，这个不合宫规，而且……"

豫亲王道："叫你去就去，如有所花费，一律到账房上去支。"

多顺只好垂手道："是。"

多顺既得他之命，想尽法子安插人进了永清宫，悄悄着人延医问药。如霜的情形却是好一日，坏一日，总没有起色罢了。豫亲王因着皇帝的嘱咐，在百忙中还叫了济春荣过府来，亲自问了一遍。

那济春荣虽然堪称杏林国手，但亦不是神仙，只老老实实地据实向豫亲王回奏："臣是尽了力，但娘娘——"说到这里有点吃力地改口，"庶人慕氏……自从上回小产，一直是气血两虚，亏了底子，后来虽然加以调养，总不见起色。臣才疏学浅……"

豫亲王道："罢了，我知道了。"就岔开话去，问他关于时疫的事情。

时疫已非一日两日的事情，江南大水，逃难的灾民一路向北，水土不服，途中便有很多人病倒。起先只是低烧腹泻，过得三五日，便是发高热，药石无效，倒毙途中，渐成疫症。慢慢由南至北，随着逃难的人传染开来。

虽然数省官民百姓极力防措，但疫症来势汹汹，前不久均州之南的陈安郡已经有发病，而均州距离西长京，只不过百里之遥了，所以豫亲王极是担忧。因为西长京人居密集，且为皇城所在，一旦传入疫症，后果堪虞。

济春荣道："疫症来势凶猛，为今之计，只有闭西长京九城，除急足军报外，禁止一切人等出入。而后设善堂，收容患病的流民，定要将他们与常人隔离开来。臣还有一策，城中以杏林堂、妙春堂、素问馆、千金堂为首，共有三十余家极大的医馆药肆，王爷可下令行会出面，联络其间，预备药材防疫。"

头一条便令豫亲王摇了头："闭九城万万不可。"至于后两条，倒是可以筹措办到，所以立时便安排在城外人烟稀少处设立善堂，凡是患病的流民都送去善堂将养，然后又联络数十家医馆药肆，在九城中派发避邪之药，以防疫症流传。

饶是如此，京城里却慢慢有了病人，起初是三五例，立时遣人送到善堂去。但病人明知送进了善堂便是一死，不由得号哭挣扎，亦家有病人而亲友瞒而不报者。

西长京秋季多雨，沛雨阴霾连绵不绝，城东所居皆是贫民，逃难入京投靠亲友的灾民多居于此。搭的窝棚屋子十分矮小，平日里更是垃圾遍地，雨水一冲，污秽流得到处皆是。吃的虽是井水，但西长京地气深蕴，打井非得十数丈乃至数十丈方得甘泉。贫民家打不起深井，便凑钱打口浅井盛水吃，连日阴雨，井水早就成了污水，于是一家有了病人，立时便能传十家。这样一来，疫病终于慢慢传染开来，乃至有整条巷中数户人家一齐病死，整个西长京笼在瘟疫的惊恐中，人人自危。

这日又是大雨如注，豫亲王在府中听得雨声哗然，不由得叹了口气，起身来随手推开窗望去，只见天黑如墨，便如天上破了个大窟窿一般，哗哗的雨直倾下来。庭中虽是青砖墁地，但已经腾起一层细白的水雾，那雨打在地上，激起水泡，倒似是沸腾一般。他忧心政务，心中倒似这雨中砖地一般，只觉得不能宁静。

皇帝数日前便欲回銮，被他专折谏阻——因为城中疫病蔓延，为着圣躬着想，还是留在上苑周全些。而九城中交通几乎断绝，百姓间连婚丧嫁娶都一并禁了，谁也不相互来往，家家户户大门紧闭，门上悬着香草蒲包，称为"避疫"。

百官同僚之间，若无要紧公事亦不来往，朝议暂时停了，因皇帝不在京中，内阁每日便在豫亲王府上相聚，商议要紧的政务。程溥年纪大了，操心不了太多，但南方赈灾，北方用兵，事无巨细，豫亲王还是得样样过问。

这倒还罢了，最要紧的是钱，国库里的银子每日流水般地花出去，仍维持不了局面。

"巧妇难为无米之炊。"户部侍郎李绪喟然长叹，"王爷也知道，早就是寅吃卯粮，去年虽有一笔大的进项，但河工与军费两头开销，还有陵工与定州开凿的商渠，四个锅儿三个盖，如何掩得住？"

去年的进项其实是抄没慕氏家产，慕家百年望族，拥有良田、地契、房屋、金银、私禀无计数，折银达两百四十余万两，让朝廷足足

过了一年的好日子。

豫亲王觉得秋凉生襟，望着窗外大雨如注，不由得又皱起眉来。

边关亦无好信，由鹤州守备裴靖所领的援军与屺尔戊骑兵在恼月山下激战数日，裴靖败走黑水，两万人马折损余下不足五千，非但没有解定兰关之围，反倒将自己困在了黑水之畔。

兵部侍郎忧心忡忡，言道："裴靖十余年来镇守边隘，与屺尔戊交战多年，这次竟一败如斯。那屺尔戊的主帅委实不能小觑。"

屺尔戊此次南征的主帅，竟然前所未闻，却被屺尔戊人呼之为"坦雅泽金"，意为"日光之神"，生得并非高大威猛，身材甚至比常人还来得瘦小纤细。然无人见过其真面目，上阵必戴黄金面具，面具铸眉目狰狞，跨骏马，执长矛，一身灿然金甲，映在朝阳下如日之升，真隐隐有神威之感。其人用兵极诡，数月来交战数次，屡战屡胜，一时之间，颇令边关三军忌惮。

派出去的探子打听回来，皆道此人乃是屺尔戊大汗查哥尔与巫女阿曼的私生子，年方十六，生得娟然如好女，所以才戴黄金面具上阵，以助威严。更有离奇传言，说此人并非查哥尔汗的私生子，实是大汗最幼的一位公主，因自幼尚武好战，精通兵法，所以这次屺尔戊南征，查哥尔竟委她为帅。其实屺尔戊的风俗，女子素来与男子平等相待，如果真有此事，倒也不算意外。

统率北营三军的睿亲王接获这样的谍报，仰面大笑："妙极，待我大军俘获了公主，两国还有望结一段大好姻缘。"

在一侧侍立的文书李据听了并未动声色，却在当晚给豫亲王的修书密报中详述其情，甚为忧虑："张狂大意，口齿轻薄，只恐败迹已露。"

豫亲王对皇帝派遣睿亲王统军亦持异议，因为睿亲王从未曾上过战场，且恃才傲物，只怕大军取胜不易。而皇帝漫不经心道："胜了就罢了，若是败了，朕正好治他的罪。"

但定兰关是西北锁钥，若是失了定兰关，西北六州将无险可守，屹尔戊铁骑可以径直南下，轻取中原。

豫亲王道："到了那时，只怕会误了天下大事。"

皇帝微微眯起眼，仿佛有笑意："若误了天下大事，祖宗社稷面前，杀一个亲王总交代得过去了。"

这是豫亲王第一次听到皇帝口中吐出那个"杀"字，仿佛是轻描淡写，却令人在心底微生寒意，但他素来敬慕皇帝，也就从此不提。

而睿亲王领着大军，不断遣人回来催粮催饷，一路又滋扰地方，沿途各级官员稍有供奉不及，便一本参到。而皇帝素来纵容这位手足，凡有所奏，无有不准。一时之间，兵部、户部、吏部皆被这位骄矜跋扈的王爷左一本右一本雪片似的奏折逼得苦不堪言。

这还不是最令豫亲王头痛的事情，最迫在眉睫的大事还是防疫。因为瘟疫横行，整座京城便如同一座空城，死气沉沉，九城早已经禁绝出

入，商铺囤积居奇，虽然兵马司每日巡城，但民心惶恐动摇不定。

几日之后，最令他担心的事情终于发生，宫中亦有人染上了疫症。

虽然皇帝不在宫中，病死的内官也立刻送到郊外火化，但不过数日，又有一名宫人病倒，症状与疫症无异，豫亲王立时下令将凡是染病的宫人送到城外西觉山中的大佛寺，借此隔离。

而豫亲王自己也病倒了，起初只以为是操劳过度，后来发觉低烧不退，虽无腹泻之症，但几天之后，仍旧药石无灵。他心下明白，只怕自己也染了疫症，所以当机立断，一面遣人知会程溥，一面预备孤身移居大佛寺。只是唯恐皇帝担忧，所以只是瞒着。

多顺苦劝不得，忍不住抱住他的腿放声大哭。

豫亲王道："你哭什么？"

多顺一边拭泪一边道："王爷到哪里，奴婢就到哪里。王爷打小就是奴婢抱大的，奴婢侍候王爷这么多年，一天也没离了王爷，王爷要是嫌弃奴婢，奴婢只有往这柱子上一头碰死了。"

豫亲王仍发着热，自觉浑身无力，见他纠缠不清，唯有哭笑不得："我只去三五日，等病好了就回来，你做出这种窝囊样子做甚？"

多顺涕泪交加，说什么就是不肯放手。豫亲王无奈，只得答应让他同去大佛寺。

大佛寺原是仁宗皇帝禅位后的修行之处，历年来为皇家礼佛之地，百余年来又历经扩建，楼台佛阁愈见宏伟壮丽。寺中更有一尊白檀大佛，高达八丈，顶天立地，宝相尊严，号称天下奇观，寺亦因此而得名大佛寺。

豫亲王带着多顺，轻骑简从出了城，待至西觉山下寺门，但见云台高耸，石阶如梯。就此上山去，黄昏时分天气阴霾欲雨，而大殿佛阁巍峨，寺中处处点着药草熏香，缥缈的淡白烟雾缭绕在殿角，飞檐上悬着铜铃，被风吹得泠泠有声，宛然如磬。

住持智光法师亲自率着小沙弥将豫亲王迎进寺中，大佛寺素以秋景最盛，有西京三奇之誉，"三奇"便是指寺中枫浓、桂香、竹海。寺后山上原是数顷竹林，碧篁影里，风声细细，纤叶脉脉，中间剖竹引得溪流宛转，水亦沁翠如碧。虽以甬石为道，但苍苔漫漫，只闻溪声淙淙，其声似在道左，又忽在道右，一路伴人迤逦而行。过了一道竹桥，才见着碧杆森森，掩着一带青石矮墙，似是数重院落。

豫亲王虽然来过寺中瞻佛数次，却从未曾到过寺后，见此幽静之境，不由得觉得肌肤生凉："西长京内竟还有如此境地，若是于此闭门静坐，可令人顿生禅意。"

风吹过竹叶簌簌如急雨，智光法师微笑道："王爷果是有缘人。"遥遥指点院门之上，但见一方匾额，字极拙雅，却正是"此静坐"三字，两人不禁相视而笑。

豫亲王注目那字迹片刻，道："这仿佛是胜武先皇帝的手泽。"

智光法师道："正是。胜武先皇帝为皇子时，因生母敬慧太后

－209－

崩，停枢本寺，胜武先皇帝曾在此结庐守孝三年。"

因是先祖帝手泽，豫亲王整理衣襟，方才恭敬入内。待进得院中，但见木窗如洗，几案映碧，满院翠色苍冷，一洗繁华景象。院中不过数茎梧桐，倒落了遍地的黄叶，堆积砌下。砌下虽仍是砖地，但苍苔点点，如生霜花。而举目望去，唯见修篁如海，仰望才见一角天空净如琉璃澄碧。

豫亲王不由得道："居此读书甚佳。"

智光法师但笑不语，命小沙弥在廊下煎了药茶，他颇知药理，亲自替豫亲王把脉，沉吟道："王爷这病倒不似疫症。"

豫亲王道："是与不是，眼下满城大疫，总不能连累了旁人，所以我就来了。"

智光不由得双手合十道："王爷此为大慈悲心，必有果报。"

此处地僻幽静，西墙之外忽传来女子嘤嘤泣声，清晰可闻，豫亲王不由得大觉意外。僧家禅地，如何会有女子哭泣之声，况且幽篁深处，露苔泠泠，更令人疑是耳误。

智光道："西侧修篁馆内住的是几位宫里的女居士，亦是因病移入此间来。因王爷今日前来，故而贫僧命人替她们另觅下处，想是因为不愿挪动，故此哭泣。"

豫亲王这才明白过来，原来是在此养病的宫女。听那女子哭得悲切，心中不忍，道："罢了，由她们住在这里就是。"

【二十】

豫亲王虽然如此说，多顺却老大不愿意："住得这么近，过了病气给王爷可怎么得了？"

豫亲王道："我也是病人，怕什么病气？"

多顺不敢回嘴，见小沙弥煎了药茶来，忙接过去斟妥，又晾得微凉，方才奉与豫亲王。

智光法师道："寺中只有斋饭，每日遣小徒为王爷送来，只是要委屈王爷了。"

豫亲王道："哪里，入此方外胜境，打扰禅修，已经是大大的不该了。"

因为已近晚课时分，智光便告辞先去。豫亲王送他出檐下，但见暮色苍茫，翠烟如涌，万千深竹如波如海，而远处前寺钟声悠远，隐约可闻，一时竟有不似人间之感。唯觉得清气涤襟，风露凉爽沁人心肺。

待得掌灯时分，果然有小沙弥送来饭菜。禅房简陋，点着一盏豆

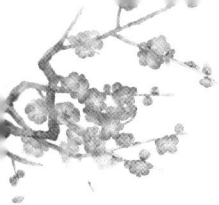

油灯，昏黄的灯下看去，不过白饭豆腐，另有一碟豆芽炒青菜，虽然清汤寡水，豫亲王倒吃了一碗糙米饭。反倒是多顺苦愁眉脸："这饭里头不知道是米多还是沙多，吃一口硌一口沙子。"

豫亲王笑道："心中有沙，口中便有沙，心中无沙，口中自然没沙子了。"

多顺哭笑不得："王爷，您还有闲情逸致打禅。奴婢虽然是个没见识的，但也跟太妃娘娘们来过几回大佛寺，也在这庙里吃过几次斋，哪次的斋菜不是三菇六耳、瓜果蔬菜？甭说是香蕈、草蕈、金针、云耳，就是猴头菇、牛肝蕈也不算什么稀罕。今日咱们来，竟然给咱们吃这种东西。"

豫亲王道："九城内外禁绝交通，米价涨腾十倍不止，智光大师月前就开仓廪放粮，施与贫家，寺中只怕余粮已经无多。你不在外间行走，不曾得知倒也罢了。今日有一碗饭吃，便要知足。"

多顺唯唯诺诺，侍候豫亲王吃完了饭。只听疾风穿林，竹叶簌簌，豫亲王问："是不是下雨了？"一语未了，只听窗外梧桐有滴答之声，果然是下雨了。

本来秋夜风雨便易生萧萧之意，何况幽寺僻院，屋中一灯如豆，映在窗纸上，摇动竹影森森，而梧桐叶上淅淅沥沥，点滴不绝，更觉夜寒侵骨。

多顺不由得打了个寒噤，取了袍子来替豫亲王披上，道："王爷还是早些睡吧，这夜里比府里冷得多。"

豫亲王每每晚间必发作低烧，此时觉得身上又滚烫起来，自己也知道自己是在发热，方点了点头，忽闻有人推开院门，"咿呀"一声，脚步踏在满院落叶间，窸窸窣窣。

多顺不由得喝问："是谁？"

"是奴婢，张悦。"

多顺这才出到外间屋子，挑起竹帘一望，只见一名青衣内官已经跪在阶下："给王爷请安。"

豫亲王这才想起来，这张悦是安插在永清宫中的人，因为疫病横行，宫中所有病人皆挪到大佛寺来，如霜亦不例外。不待他开口，多顺已经呵斥道："你不好好侍候着慕氏，到这里来做甚。"

张悦叩头道："奴婢正要来向王爷回禀，奴婢下午听说王爷来了寺中，慕氏似乎不大好，奴婢一时情急便斗胆擅自前来，望王爷恕罪。"

豫亲王道："罢了，到底怎么样？"

张悦道："奴婢不敢说。慕氏就住在修篁馆里，奴婢斗胆，请王爷做主。"

豫亲王知道必是病势危急，所以张悦才会冒险前来。只是没想到如霜就住在修篁馆中，与自己近在咫尺。他想起皇帝的叮嘱，微一踌躇，吩咐多顺："掌灯，本王去看看。"

张悦在前面挑了灯笼，多顺替豫亲王打了伞，沿着漫石甬路一路向西，夜黑如漆，灯笼一点橙黄的光，只能照亮不过方圆丈许。竹声

似海，风过滔然如波，哗哗的似要涌倒在三人身上，虽不过短短数十步路，倒似格外漫长一般。

修篁馆原是竹海深处一重院落，一带青砖矮垣，进了黑漆剥落的小门，才看出馆楼精巧，只是近看便知失于修补，雕镂漆画皆剥落殆尽。而院中山石点缀，石畔植极大两株老梅。绕过山石，才见着山房灯光微明，张悦挑了灯接引豫亲王进了屋子，过了雕花隔扇，隐约闻见一股浓烈的药气，而屋中几案皆是旧物，灯下只见湖水色的帘幕落着微尘，更显屋中静得寂寥。

有宫人迎出来，张悦问道："慕氏醒了么？王爷来了。"

那宫人忙行礼不迭，豫亲王道："罢了。"那宫人这才回身揭起帐子，轻声唤道："娘娘，娘娘，七爷来了。"

宫中家常都唤豫亲王为七爷，只不过这宫人想必是侍候如霜的旧人，如霜虽被废为庶人，她仍是唤为"娘娘"，若在礼法森严的宫中，被人听到只怕要吃板子的。而此时在寺中，豫亲王为人又宽厚，只留意看帐内躺着的如霜，依旧容颜似玉，而呼吸微弱，似是人事不知。于是问："济春荣来看过没有？"

那宫人道："济院正日前奉差去了上苑，张公公请何御医每日来看，今日原开了一个方子，只是如今九城戒严……"豫亲王便命取了方子来看，亦只两味药，只其中一味是参。因为疫病四起，传闻唯服参膏可防疫，所以京中参价奇贵，虽手持黄金亦求购不得。于是对多顺道："我记得你带了几支参来，取来煎药吧。"

多顺不敢反驳，只得提灯去取了参来，交给张悦。立时煎了药来，宫人吹得稍凉，张悦便扶起如霜，意欲喂药。而如霜双唇紧闭，宫人虽然拿着银匙，却怎么也撬不开牙关，直急了一头大汗。

豫亲王道："我来。"趋身向前，一手捏住如霜颊上颊车穴，颊车穴专司人咬嚼之肌肉，如霜果然双唇微张，宫人便将药一口口灌了进去，豫亲王见她还能吞咽药汁，心下略微放心。看吃完了药，多顺道："王爷，娘娘此病，已非物力可及，乃是天命。王爷还是先回去歇着吧，娘娘或有厚福，明日便好了也不一定。"

豫亲王本来病中精神不济，见如霜情势稍缓，此夜理应无恙，于是长长叹了口气，道："唉……看她的运气吧……"自觉浑身无力，知道发热越发厉害了，只得扶了多顺，回去歇下。

智光大师素擅药理，每日过来替豫亲王看脉开方，于是豫亲王又请智光替如霜诊治，谁知智光大师诊脉之后，一脸凝重，缓缓道："这位女居士从脉象上看，仿佛是气血两虚，但细细看来，竟有蹊跷之处，倒仿佛是中毒。"

豫亲王甚为意外："中毒？"

"女居士因伤了心肺二脉，似是常年服食寒郁之药，只不知是何种药物。只是此药甚为霸道，只怕毒性日久，难以拔除。"

豫亲王猛然忆起那日护送她前去行宫，途中她旧疾发作，曾经吃

过一颗丸药，其香极异，不由得道："我倒见过一次那种药丸，通体碧色，不过蚕豆大小，有异香，仿佛像是麝香，又不太像。"

智光于杏林之学见识极为弘博，听他如此形容，不由得道："莫不是寒硃丸？"双掌合十，默诵佛号，才道，"先师曾见前人散帙中记载此药，道是用硃䃤等数十味奇药合成，虽可暂舒心肺，实乃饮鸩止渴，且久服成瘾，祸及后代，唉，实实阴毒不可用。"

豫亲王没想到那药竟如此大的毒性，问道："可有解法？"

智光摇首道："先师亦未曾见过此药，贫僧更未见过，实无半分把握解毒，不过勉力一试罢了。"他斟酌良久，才提笔写下一个药方。

寺中本来就有药库，张悦按方去向掌药库的沙弥取了药来，但因为疫病横行，药库之中的药材十之八九散舍给了满城百姓，所余不过一二，亦不甚全。而所缺药材，亦无处买去——所以一连十数日，并无多少实效。

而豫亲王自己亦是病人，智光法师虽每日前来依脉换方，豫亲王觉得精神稍复，只是依旧每晚低烧，至天明时方退。而皇帝终于知悉他的病，十分担忧，每日遣人来问。智光大师虽觉其并非疫症，但豫亲王为防万一，总是隔门就打发走了使者，又请为婉转代奏，请皇帝万勿派人前来，以免传染病疫。

他病情反复，如霜却略有些起色。这日张悦来报："娘娘可算是醒了，虽然不过只是片时，好歹睁开了眼睛，还问了一句'这是在哪儿'，可见人是明白过来了。"

豫亲王亦觉得欣慰："好好侍候着。"

不知不觉，在寺中已过了十来日，他居于寺中，只觉人生在世，从未像如今这般清静过。每日唯闻梵音静唱，竹声如雨，虽然吃的是粗茶淡饭，然后涤风饮露，胸怀为之一洗。

这日清晨天方微明，竹林前群鸟已经噪唱。他在院中负手而立，听鸟啼清音宛转，不禁面带微笑。多顺从外头进来，一瞧见了，恨得顿足道："我的爷！这样冷的早上，连件袍子都不穿就站在这风口，真真是想要奴婢的命了。"

他新近又添了嗽疾，咳嗽了两声，问："你从哪里来？"

多顺道："奴婢去瞧了瞧慕娘娘，听张悦说，昨天娘娘还吃进去了几勺薄粥，嗓子说话也跟寻常人一样了，瞧这样子，真的是渐渐大好了。"

豫亲王不由得微笑道："智光大师乃杏林国手，有妙手回春之实。"

多顺道："什么妙手回春，王爷病了这么久，他天天左一个药方，右一个药方，怎么就拖拖拉拉，治不好王爷的病。"

豫亲王道："你懂什么，药石诸物，亦不过借天之运气，好与不好，与大夫有何相干。"

多顺笑道："不过住在这里，奴婢倒觉得王爷比在府里精神些，从前积年累月的，只见王爷皱着眉头，这几日王爷倒时常笑了。"

寺中岁月倏忽，原是最易度日，豫亲王既在病中，无事喜静坐，偶尔向智光大师借几卷佛经，亦不过静坐默读。

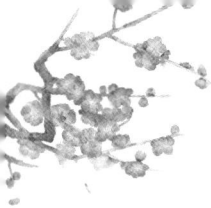

多顺偶尔煎了药来，总见他在窗下读经，便嘀嘀咕咕："好容易说是来养病，却不肯有一日歇着，只晓得看书劳神。"

豫亲王听见，不过一笑罢了。

这日晚间豫亲王依旧在灯下看佛经，忽闻脚步声急促，犹未起身，已经听到张悦的声音，十分张皇："王爷！王爷……"

多顺忙迎出去，呵斥道："什么事大惊小怪的？"

张悦吃力地吞了口口水，道："慕娘娘突然不好了。智光大师又不在寺中，奴婢真怕……"

如霜的病本来渐渐见好，见张悦这般惊慌失措，豫亲王不由得问："怎么回事？"

谁也不知是怎么回事。待豫亲王进了修篁馆，只看见宫人狼狈万分地躲在屋角，被褥、枕头凌乱扔了一地，而如霜缩在床角瑟瑟发抖，嘴唇乌紫，牙齿轻颤，似是觉得十分寒冷。

张悦大着胆子拾起被子替她围上，她仍浑身发抖，如小兽般蜷缩成一团。豫亲王猜测她这是寒毒发作，而智光大师偏又去了城东为贫民忏经散药，不在寺中，所以只得另想办法。于是他命人又取来几床被子，如霜仍是冷得发抖，最后在屋中生起火盆来。刚刚将火盆抬进来，谁知如霜忽然一笑，她本来久病，瘦骨嶙峋，更兼散发凌乱，这一笑露出一口白牙，当真形如疯魅。她"嗯"地突然推开宫人，众人拦阻不及，只听"砰"一声，她已经撞在柱子上，顿时鲜血长流。

张悦诸人吓得面无人色，豫亲王抢上去按住她额上伤口，血顺着他五指间涌漫而出。他伸手试探如霜鼻息，道："还有气息。"

张悦早吓得傻了，还是多顺反应快，忙忙到香炉中抓了一把香灰来，用力按在如霜额上伤口处。豫亲王又遣多顺去药库取外用伤药来，如霜早就昏厥过去。

张悦早吓得涕泪交加，哆嗦着跪下道："王爷开恩……"

豫亲王道："罢了，谁也没想到她会一意寻死。别自责过甚，况且我站在这里亦不及阻止，你又何罪之有？快起来吧。"

张悦一边拭泪一边道："日间娘娘还好好的，谁知道……"

豫亲王想到如霜适才神色恍惚，形如疯魅，似是被寒毒折磨得失了心智，不由得又叹了口气。

待得第二日，智光大师回到寺中，又去诊视了如霜伤势，亲来向豫亲王道："女居士本来中气不足，此次外伤甚重，伤口红肿，又有发热之势，怕是大有凶险。"

如霜自那日后，一直昏迷未醒，每日高热不退，如此一连数日，连药汁都灌不下去了，眼睁睁看着无救，张悦诸人只得悄悄预备后事。

谁知又过了几日，如霜竟奇迹般退了高烧。智光大师甚是意外，试着开了几个方子，果然渐渐调养起来。

只是如霜自昏迷中苏醒后，竟似丧了心智一般，只道："这是何处？你们快快送我回家去。"

宫人见她如此，小心翼翼道："娘娘，您是在这里养病，等病好了，就可以回宫去了。"

如霜道："娘娘？你为何这般称呼我？让我去宫中做甚？"

如此颠三倒四，说是神志全失，却又知道自己身世来历，但对这些年来种种事故，慕氏抄家灭族，她入宫、册妃、废妃……皆像是抹去得干干净净，只知道自己乃是慕家的女儿，所以时常吵闹，要回家去。

张悦不敢造次，禀明了豫亲王再请了智光大师来诊视。智光大师向如霜问了半晌话，方才去向豫亲王道："王爷，娘娘是头部外伤过重，怕是患了失魂症。"

"失魂症？"

"前朝药书上有载，济州庶民王某，伐木时头部为树枝重击，虽然醒来，但数十年间记忆全无，只记得幼时种种事。人皆怪之曰'失魂'。这失魂症的症状，与女居士目前的症状倒是甚为相似。"

豫亲王听得此言，虽是前所未闻的罕见之症，只问："可有法可医？"

智光大师道："此症贫僧亦是首见，此病非经脉之症，若非神力，凡药只怕无灵。"

豫亲王叹息道："所谓天命如此。"

智光大师双手合十念佛号："前世因，今世果。女居士业障重重，得此结果，亦非不幸。"

豫亲王想着此事，应该遣人禀告皇帝，种种细微之处，还得由自已执笔，于是先行去修篁馆探视。

初进馆门，只见幽篁遍地，透过竹影，只见如霜独坐窗下，托腮望着山石间出神。她病体渐复，容貌虽远不及从前美艳，仍带了几分憔悴之色，却素颜青鬟，作女儿家装束。

豫亲王想起数次见如霜，在宫中时皆是浓妆盛容，后来几次又是困病挣扎，形容失常。现在她这般素衣净容，如寻常大家世族的小女儿，倒似换了个人似的。

宫人捧得药来，远远看见豫亲王带着多顺进了院中，忙道："小姐，豫亲王爷来了。"

如霜自苏醒后，只准人称呼自己为"慕小姐"，张悦诸人怕忤了她的意思，又惹得她犯病，于是只好称她"小姐"。

如霜听见宫人如此说，抬起眼来，果然看见满庭翠竹间，有一青衫男子负手而立，丰采俊朗，其神如玉。她站起来隔窗敛衽为礼，声音犹带几分怯意："见过王爷。"

自病后她嗓音已愈，听起来温婉柔美。依着未嫁女子的规矩，如霜随手执起白纨扇遮去自己的半边面容，只是静默垂首，如同见着父兄的模样。

豫亲王见她施礼，娇怯怯一种女儿行态，仿佛仍是数年前那慕氏的掌中明珠，想起智光大师所言，记忆全失于她而言，亦非不幸。心下不由得唏嘘感慨。

【二十一】

豫亲王将如霜的病症细细写了一封疏折，遣人送到上苑皇帝处。旋即皇帝亦有书信回复，信中并未提及慕氏，只是嘱他好好养病，更附送了几道折子，御批只是"与豫亲王细览"。

原来睿亲王率着大军一路扰民，终于在本月初六到了繁州。大军驻扎下来，繁州都督李延前往大帐谒见睿亲王，不知因何事惹怒了睿亲王，竟被睿亲王命人拖出帐外一顿军棍打杀。繁州本地驻军差点激起了哗变，幸得睿亲王帐下一名副将接获谍报，密禀了睿亲王，睿亲王便命三军合围，将本地驻军一万五千人全都缴了兵械。还没有见着屺尔戊大军的面，反倒先把自己人俘虏了一万五千之众。

豫亲王将这几道奏折看了数遍，每看一遍，眉头便皱得更深一分。早已经是深夜，多顺数次进来，不敢催他安歇，只是端茶递水。豫亲王最后终于合上奏折，命多顺熄了灯，这才睡了。

虽然睡下了，但他还惦记着朝中诸多政务，心思冗杂，一时倒也睡不着。耳畔是风雨之声，只觉万籁俱寂，唯有雨滴梧桐，清冷萧瑟。正是前人词中所言："夜深风竹敲秋韵。"

这样半睡半醒，他每到夜间总是低烧不退，睡在榻上渐渐又发起烧来，蒙眬只觉案上那盏油灯火苗飘摇，终究是夜不成寐。既睡不着，听见睡在外间的多顺呼吸匀停，鼻息间微有鼾声，知他睡得沉了，亦不惊动，自顾自披衣而起，趿了鞋子踱到窗前，推开了窗子。

雨竟已经停了，疏疏一点残月从梧桐叶底漏下来，满院月色如残雪，清冷逼人，一时竟然看得呆住。

正出神间，忽闻"嗯"一声，似笛而非笛，似箫亦非箫，声音幽暗清雅，穿竹度月而来。曲调十分简单，一叠三折，他倾听良久，方才听出是前朝名曲《幽篁》。

"独坐幽篁里，弹琴复长啸。深林人不知，明月来相照。"

此诗由前朝名士谱为琴曲，一咏三叹，极是风雅。他素尝听人以琴奏，未料改为笛吹亦如此幽咽动人。

曲声断续，吹奏一遍之后，又从头吹起。他不由得出来檐下倾听，砌下萱草丛丛，流萤点点，而曲声却渐渐又起，院中残月疏桐，晚凉浸骨。他循声而去，那曲声听着分明，似是不远，但走过竹桥，溪声淙淙里再听，仍在前方，于是一路行去，幸而微有月色，照见溪水如银，漫石甬路如带。

转过一角矮墙，只见溪畔青石之上，有一素衣女子倚石而坐，月

色下但见她白衣胜雪，长发披散肩头，便如墨玉一般，宛转垂落至足。溪水生袅袅雾气，一时风过，满林竹叶萧萧如雨，吹起她素袖青丝，这才见手腻如玉，而唇中衔竹叶薄如翡翠，那曲子正是她衔叶而吹。

隔溪相望，竟不知此情此景，是梦是幻，而眼前人是仙是鬼，是狐是妖。

那女子微抬螓首，见着豫亲王，举手掠起长发，这才露出苍白面颊，并无半分血色，乌沉沉的一双眼睛似映着溪光流银，跃动碎月万点，光华不定。

他恍惚地道："原来是你。"

她起身，取下口中竹叶，随手一拂，那片竹叶便落入溪水中。溪水在月光下如同水银，蜿蜒向前，那片竹叶亦随波逐流，顺着涡流旋转，绕过溪石嶙峋，缓缓漂向他面前。叶尖轻勾石侧，不过刹那，重又被溪水挟带，终于渐流渐远，望不见了。

她依旧立在那里，姿态仍是娉婷如仙，残月如纱微笼在她身上，便如生轻烟淡霞。

最后还是她施了一礼，仿佛犹带着几分怯意："王爷。"

豫亲王倒有几分生硬，道："不必这样多礼。"

一时无言。

豫亲王自忖身份尴尬，夜深僻静之处，孤男寡女有无尽嫌疑，便道："夜深风凉，你病也才好，还是快回去吧。"说罢便要转身。

谁知如霜急急又叫了声："王爷。"

他停住脚。如霜似是鼓足勇气，道："请问王爷，为何不让如霜回家去？"

月影清辉，遍地如霜。他恍惚地想，原来如此。

原来她叫如霜。

他道："城中疫病横行，所以才送了你来寺中养病。"

"只是，"她微颦了眉头，月下望去，眉疏疏如远黛，越发衬得星眸似水，"过了这么些日子，家里怎么没差人来看我？"

"说是疫症，自然不便差人来探视。"

"但奶娘和小环，这两个人无论如何，不会抛下我不管的。不管我得了什么病，她们一定会跟着我的。"

豫亲王不禁默然，因为她眸中浮光碎影，已经是泫然欲泣："王爷，你别骗我，我家里、我家里人……都死了是不是？"见他依旧不答，她的眼泪簌簌而落："是不是他们都染了疫症病死了，是不是？所以才不让我回家去，所以我才一个人住在这里，是不是？"

月光之下，只见她泪洒落在衣襟上，点点晶莹如珠。

豫亲王忽然极干脆地道："是。"缓了一口气，才说，"你猜得不错，他们都病死了。"

他本来想说出慕氏已经被抄家灭族，但一想如霜久病初愈，怕她

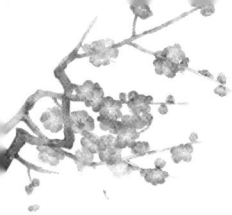

骤然受了刺激，也不知为何，话一出口又改了主意。

饶是如此，她的脸"刷"一下白了，月光下看去，更无半分人色，紧接着身子就晃了一晃，软软地就倒下去了。只闻一声闷响，水花四溅，她大半个身子已经扑在溪水中，长发如藻，坠入溪中，旋即便被溪水冲得漂散开来。

豫亲王迟疑了一下，只怕她被水呛得窒息而死，于是跃入溪中，伸开双臂将她抱了起来。但如霜身上已经全浸得湿了，顿时凉意浸透他襟前衣衫，一直湿到透心。

她身子极轻，抱在怀中似个婴儿，双目紧闭，显然早已昏了过去。他抱着这样湿淋淋一个女子，一时大大地为难起来，想了又想，还是觉得送她回修篁馆去比较妥当。

他抱着她疾步回到修篁馆外，只见青垣无声，馆中一片漆黑，下人们早就睡得酣沉。于是轻提一口气，无声越过砖墙，月色下辨明方向，转过山石，径往如霜所居之处去。

屋子虚掩着门，外间一名宫人在榻上睡得正香，他抱着如霜进了内间寝居，月光漏过窗隙透进来，照在床前那两枚勾起帐子的银钩上，反射着清冷光辉。

他将如霜放在床上，展开被子盖在她身上，正待要转身离去，谁知衣袖却被如霜压在身下。他待要抽扯出来，手上用力，身子微倾，不知撞到床前挂的什么，"啪"一声响，心中一沉。

外间那宫人已经惊醒，叫道："小姐！"

他不能作声，那宫人不见如霜应答，怕有变故，便要下榻进屋来看视。他听到她窸窸窣窣在地上摸索鞋子，心中一急，偏偏如霜将他的袖幅压住大半，一时抽不出来，破窗而出已经来不及了。如果被宫人贸然进来撞见，那可如何是好？

听她已经趿鞋而起，脚步声渐近，他不及多想，翻身跃入床内，拉过锦被盖在自己身上，左手一挥，双钩被他掌上劲风所激，荡漾而起，青色纱帐无声垂落而下。

那宫人已经转过隔扇，又轻轻叫了声："小姐？"

豫亲王十分担忧，隔着帐子见她迟疑并未向前，这才稍觉放心。忽然之间，只闻近在耳下，有人幽幽叹了口气。他不由得大吃一惊，目光微垂，只见如霜明眸流光，正定定地望着自己。

这一惊非同小可，他只差要惊得跳起来。但身形微动，她已经伸出双臂抱住他，虽未十分用力，但咫尺之间，她发际衣间幽香细细，沁人肺腑，如能蚀骨，他瞬间力气全失，一动也不能动。

她却微微打了个呵欠，问："如意，刚才是什么响动？"声音慵懒，似是刚刚从梦中惊醒。

那宫人道："不知是不是有耗子呢。"

她"嗯"了一声不再说话，似又重新睡去了。那宫人见她无话，也退出去自去睡了。

过了大约一炷香的工夫，只听外间那宫人鼻息均匀，已经睡得沉了。

他方才道："你放手。"声音压得极低，只怕惊醒外间的人。

她吐气如兰，吹拂在他脸上，声音亦细如蝇语："我偏偏不放。"语气里竟有三分小女儿家的狡黠顽意。

他额上全是冷汗，道："你不想活了么？我可要叫人了。"

"王爷若是此时叫嚷起来，这院子里没一个人活得了。王爷素来是贤王，必不想连累无辜，更不想连累皇上的圣誉。我虽然是个废妃，但如若传扬出去，没脸面的一样是皇家。何况皇上视王爷您为至亲手足，断不能让王爷您的清誉有损。"

他脑中似电光石火："原来这月余，你的病都是假的，什么失魂症全是假的，你是在做戏。"

她轻轻嗤笑一声，道："什么是真的，什么是假的，这世上哪有那么分明的真与假？说它是真的，它就是真的；说它是假的，它便是假的。"

一颗豆大的汗珠滑过他棱角分明的眉峰："你在熏香里加了什么？"

"没有加什么别的东西，只是加了一点点朱苓，王爷这两日嗽疾总没见好，所以吃的药里头一直有川牛。这朱苓原本只是一种世间稀见的香料，但若是跟川牛遇见一块儿，可就会有另一种奇效，咦，王爷，你热得很么？瞧你这一额头的汗……"她嗓音甜婉如蜜，伸出手指慢慢抚去他额头的细汗。屋中微有月色，帐中更是朦胧，虽看不清她容貌，但极尽妍态。

豫亲王只觉得身如炽炭，用尽最后的力气，忽然伸手"啪"一下扇在她脸上，清清脆脆的一声。如霜似被他这一掌打得怔住，一手抚颊，一手半撑着身子坐在那里，并没有作声，只听外间宫人翻了个身，又沉沉睡去了。

他药性发作，这下子已经用尽全力，只是急促呼吸着，如霜却慢慢倾下身子，温柔地、缠绵地吻在他唇上。

他只觉得她的双唇微冷，像是一尾鱼，无声地游走，带着一种清凉的芬芳，游走在他滚烫的肌肤之上。他昏昏沉沉间还有最后一分理智，举手想要推开她："不可……"但甫出声已经被她的双唇堵上来。

他伸手扶在她腰间，隔着薄薄湿冷的衣裳，掌心触到她肌肤滑腻如脂，已经无力推开。胸中情欲似渴，而她轻吻如蝶，唇齿交缠间，她已经一颗一颗地解开他襟前衣扣，将手插入他衣内，她的掌心微冷，贴在他滚烫的胸口，顿时情欲汹涌，再难抵挡。

她终于移开嘴唇，轻轻地咬在他肩头，他猛然吸了口气，只觉得自己全身的血液都似要沸腾起来，几欲冲破血脉，冲破皮肉，喷薄而出，变成狰狞的兽，雪森森的齿，仿佛要吞噬掉一切。

月光渐渐西斜，漏进窗隙，泻满一地如水银。

清晨时分下起雨来，竹海簌然如涛。

因着晚秋天凉，多顺一觉睡得沉了，醒来只见窗外清光明亮，只想，坏了，可误了时辰。起来连忙拾掇清爽了，去侍候豫亲王。谁知进得内间，屋子里寂然无声，并没有人在。

外面的雨如银亮细丝，多顺打着伞顺着小路向前。小溪里涨了水，水流湍急，潺潺有声，转过墙角，竹林更显茂密，远远已经望见溪畔山石之侧立着一个人，多顺心中一喜，忙上前去拿伞遮住了，唤了一声："王爷。"

豫亲王"嗯"了一声，多顺见他衣衫尽湿，连头发都往下在滴水，不知已在这里站了有多久，于是絮絮叨叨："王爷身子才好了一些，又不爱惜自己，这样的天气，站在这冷雨底下，可不是自己折腾自己么？"

豫亲王似不耐听他的啰唆，说："回去吧。"

多顺替他撑着伞，走了几步，豫亲王忽然问，"皇上今日有没有遣人来？"

多顺道："这还早呢，皇上若打发人来，也必是晌午后了。"

因为上苑至此，快马须得两个时辰。豫亲王便不再言语，一直到了晌午，多顺才觉得似有异样。

豫亲王缮完了折子，神色似是十分疲倦，多顺捧盏茶来，无意触到他的手，只觉得滚烫，不由得惊道："王爷，您这是怎么了？"

豫亲王道："不过是发热，歇一歇就好了。"

话虽这样说，但吃了药后，久久不见退热，一直拖了三四日，仍无起色。他的病本来已经渐渐好转，这下子却突然又反复起来，只是那药一碗碗吃下去，并不见多大效力，多顺不由得心中着急。

这日黄昏时分，又下起雨来，只闻雨打竹叶，沙沙有声，萧瑟秋意更浓。多顺在檐下煎药，忽见宫人打着伞，扶着如霜进院中来，忙放下扇子，迎上去叫了声"慕姑娘"。

如霜久病初愈，多顺见她不过穿了件杏色夹衣，下头系着月白绫子裙，裙角已经被雨濡得半湿，素衣净颜，倒有一种楚楚风致。

她只问："王爷还好么？"

多顺愁眉不展，微微摇了摇头，道："还是老样子。"引了如霜进屋子，隔着帘子道："王爷，慕姑娘来了。"

豫亲王本来正躺着合目养神，如霜自己伸手掀开了帘子，多顺忙替他披上件袍子。他在病中，且禅室简陋，披衣于榻上坐了，只是神色微倦。

如霜娉婷为礼："王爷。"

他默然挥一挥手，多顺亦退了出去。

屋中寂静如空，唯闻檐外梧桐在雨中沙沙有声。过了好一会儿，豫亲王才开口道："你到底想怎样？"

她秀眉微颦："我知道七爷的意思，我让七爷放心就是了。"取过案头豫亲王的佩剑，"锵"地抽出来，横剑便向自己颈间抹去。

豫亲王大惊，想不到她竟会如此，未及多想，伸手去夺佩剑。谁知如霜握得极牢，一夺之下竟然不动，眼睁睁瞧着剑锋寒光已离她喉头不过半寸，他左手食指疾弹。他于重病之中，这接连两下几乎竭尽全力，终于荡开剑锋，"啪"一下将剑震得落在地上。

他适才拼尽全力动了内息，此时呼吸急促，伏身不住咳嗽，直咳得浑身颤抖。如霜却慢慢走上前来，伸手似要扶他。他身形微闪，似想躲开她的手，咳得皱起眉来，只是说不出话。

他直咳得五脏六腑都隐隐作痛，最后终于缓过一口气来，用力推开她的手，声音微哑，几不可闻："该死的人并不是你，该死的人是我。"

一语未了，忽然嗓子眼一甜，忍不住呕出一口鲜血来。

耳畔似听见如霜低低地惊呼了一声。他只觉得天旋地转，站立不稳，终于陷入模糊而柔软的黑暗里去了。

【二十二】

他高热不退，一直病了数日，昏昏沉沉，时醒时梦。梦里仿佛清霜遍地，冷月如钩。月色下但见她白衣胜雪，长发披散肩头，便如墨玉一般，宛转垂落至足。溪水生袅袅雾气……忽然又梦见极幼的时候，很冷很冷的天气，四哥教他习字，写一笔，替他呵一呵手……但殿中有如冰窟一般……冷得他浑身发抖……

他从乱梦中醒来，多顺说了句什么，他并没有听清楚，因为浑身发热，昏昏沉沉重又睡去。

很远处有人唤他的名字，定滦……定滦……仿佛是父皇……但父皇从未尝如此温和地唤过他的名字……一定是四哥。小时候，举凡阖宫同庆的时刻，独独他躲起来不愿见人，四哥总是遣人四处寻他，他不愿应声，那声音却一直不依不饶：定滦……

他终于重又醒来，在极度的疲倦里睁开眼来。室中一灯如豆，火苗飘摇，而窗外潇潇冷雨声，秋寒如许。他勉强睁大了眼睛，却见着

朦胧的光晕下极熟悉的一张脸庞，悚然一惊："四哥！"

皇帝是微服前来，身后只侍立着赵有智，见他醒来，伸手来按住他，温言道："躺着，别动。"

他挣扎着仍想要起来，皇帝手上用了一点力气，"老七！"

其实倦到了极处，用尽了力却被皇帝拦阻了，他颓然倒回枕上："四哥……你怎么来了……"

"我实在不放心，所以来看看。"皇帝笑容恬淡，眉宇平和温然，仿佛仍是十年前那个一力回护他的少年兄长，"你怎么就病成这样了。"

窗外淅淅沥沥，仿佛风吹竹叶，豫亲王喃喃道："下雨了……"

"是下雨了，夜里天凉……"皇帝替他掖好被角，温言道，"你这病都是累出来的，且好好歇几日，就将养过来了。"

豫亲王心头一颤，唤了一声："四哥。"

皇帝握着他的手，问："什么？"

他欲语又止，终于只道："定湛其志不小，四哥万事要当心。"

"我知道。"皇帝嘴角微微上扬，露出一个冷笑，"他是拼了半壁江山送给胡虏，也想要谋反作乱。"

"圮尔戊人生性冷酷狡猾，铁骑纵横，我朝屡次征战鲜能以胜。"豫亲王喘了一口气，"定湛只怕是要引狼入室，宏、颜二州要紧。"

镇守宏、颜二州的乃是定国大将军华凛，因华妃之故郁郁已久，皇帝虽多方安慰，华老将军仍铁了心似的，隔不多久便递个折子要辞官归田。

皇帝想起来便觉得头痛，但眼下只安慰豫亲王道："华凛虽然上了年纪，人可没老糊涂，这些都不要紧，你只管安心养病就是了。"

豫亲王本来高热未退，神志倦怠到了极点，强自挣扎着与皇帝说了些话，不过片刻又昏昏沉沉睡了过去。

皇帝是微服前来，除了内官，只带了御营中的锦衣卫士护驾，但见夜深雨急，秋风秋雨寒气浸人，唰唰的雨声打在竹林间，更添萧瑟之感，却是不得不留在寺中过夜了。

好在大佛寺历来为皇家礼佛之地，洁净的僧舍禅房并不少，智光大师早命人收拾出来，赵有智督着小太监又将床榻内外扫了一遍，理得干干净净，方亲自侍候皇帝换了衣裳。

皇帝却没有多少睡意，坐在窗下，听着窗外风雨之声，仿佛一时出了神。赵有智知他忧心豫亲王的病情，不敢多嘴相劝，只剔亮了灯，道："已经快四更天了，万岁爷还是先安置吧。"

皇帝嗯了一声，听窗外风雨之声大作，竹林间潇潇有声，倒仿佛涌波起浪一般。他睡得不好，早晨极早就醒了，那雨淅淅沥沥下了大半夜，到天明时分犹自点点滴滴，檐头铁马叮当，更添清冷之意。

皇帝心中记挂豫亲王的病情，起身后便遣人去问，回道豫亲王仍未醒来，不免忧心。

赵有智于是劝道："万岁爷还是起驾回上苑，这寺中起居十分不便，且京中疫病横行，皇上又是微服前来，七爷心里只会不安。"

皇帝望了望窗外的雨势，道："朕出去走走。"

赵有智无可奈何，只好唤小太监取过青油大伞，自己撑了，亦步亦趋地跟着皇帝。皇帝似是随意而行，沿着漫石甬路一直向南，方转过一带竹林，远远望见一座青砖旧塔，塔影如笔，掩映着几簇如火殷红——却是塔后两株槭树，叶子倒似红得快要燃起来一般。

皇帝负手立在那里，凝睇那塔影下的红叶，不知在想些什么，伫立良久。赵有智也不敢动弹，只是撑伞的胳膊又酸又痛，又不敢出声，正无奈时，忽见竹林那端转出个人，不禁猛吃了一惊。

皇帝似也若有所觉，亦回过头来。只见那人素衣乌鬓，挽着小小一只竹篮，提篮中盛满黄菊，渐渐行得近了，莲步姗姗，姿容竟比那菊花更见清冷。

皇帝忽然微有眩目之感。

她见皇帝立在那里，回眸盼视，忽然笑生双靥，并未携扇，便挽了菊花障面，嫣然一顾，重又垂首向前。

皇帝既惊且疑，脱口道："且慢。"

她乌沉沉一双眼睛望着他，满是疑惑。

皇帝终于唤了一声："如霜。"

她眉峰微蹙，过了半晌方才靦然一笑。皇帝心中一震，而她笑颜温柔，素衣微湿，越发显得身形单薄，只是神色举止安详恬淡，仿佛许久之前在哪里见过一般。

他恍惚地想，难道是她？不，不会是她，不可能是她。只是不能多想，亦不愿多想。

他抬起眼来望见塔后那两树红叶，终于低声喃喃："长恨此身良己，莫如知。"

她随口吟出下句："何时并枝连叶，共风雨。"

这两句出自先胜武皇帝的《题叶集》。十余载前，皇帝仍是皇子时，少年人心性好奇，曾瞒着太傅悄悄读过这卷词集，今日忽然听她随口吟出，心头一震，几难自持，只是怔怔地看着她。

而她恍若未知，嘴角浅浅笑意："传说这两株槭树为胜武帝手植，京中秋色，年年以此树为先。"

他问："你到底——你到底是谁？"

她轻轻"嗯"了一声，却并没有答话。

赵有智手心里早就攥了一手心的冷汗，此时只觉得背里凉飕飕的，原来连中衣都已经汗湿透了。

如霜倒似无知无觉，皇帝见她立在雨中，茸茸的细雨濡湿了她的鬓发，而她纤指如玉，掠过鸦鬓，抬起眼眸，又是一笑。

皇帝也禁不住微笑，接过赵有智手中的伞，向她招了招手，道："来，随我去折红叶。"

如霜欣然应允。

赵有智欲语又止，但见皇帝摆手不令他相随，只好站在原处，眼睁睁看着皇帝亲自执了伞，而如霜伴着他，两人并肩而行，渐去渐远，雨气清凉如雾，终于转过塔影，再看不见了。

塔后两株槭树的叶子红得仿佛要燃起来一般，如霜本作女儿家打扮，一袭月白衣裳，立在红叶之下更显得身姿娉婷。她仰面折了一枝红叶在手，殷红如血的叶子簪在脸侧，更衬得脸颊隐隐如玉色一般白皙。

皇帝道："倒不曾见你穿过这样的衣裳。"

她嘴角微扬，仿佛含笑。

皇帝见她额头新伤未愈，淡淡一道红痕，想起像亲王的奏报，心里倒是若有所动。如霜忽然转开脸去，轻轻叹了口气。皇帝亦不相问，过了好久，凝视着那潇潇细雨中的红叶，方才道："原来你也读过《题叶集》。"

她垂首细抚手中的红叶，长长的睫毛合下来，仿佛如蝶翼般轻颤，声音亦是低低的，倒仿佛是叹息："并没有读完。"

他忽然问："你知道这词集为何叫《题叶集》？"

叶上落了雨水，凝然如露，她拭去红叶上的水珠，抬起头来微微浅笑："先胜武帝题叶为词，是为《题叶集》。"

皇帝望着她，就像从前从未见过她似的，嘴角微抿，那神色瞧不出什么，只是望着她，过了好一会儿，才转过脸去，慢慢道："这红叶——若是题在这红叶之上，倒真的是一件雅事。"

如霜轻轻"嗯"了一声，道："那女子姓叶。"

这是宫里数十年来的禁忌，皇帝听她忽然提及，只闻雨声唰唰轻响。雨下得越来越大了，如霜低声细语，一如雨声："只是国恨家仇，总叫她如何自处。纵然是两心相许，情深似海，最后亦不过割袍断义，不顾而去。"

她半个身子在伞外，肩头已经濡湿了，皇帝不由得伸手握住她的手，令她靠近自己，只觉得她掌心微凉。

皇帝语气怅然如叹息："忆昔西觉山中日，竹深如海，叶叶有情，方知恍然如梦。"他所吟乃是先胜武帝《题叶集》跋中文字。

两人立在伞下，望着那两树红叶，一时尽皆无言。

两人皆知叶氏最后自刎而死，而先胜武帝在位二十余年，再未尝踏入大佛寺半步。至暮年病重，方命人于寺中建此塔，然后亲幸大佛寺，手植两株槭树于塔侧。

每值秋天，这两株槭树总率先红了秋叶，点燃西长京满城的秋色。因此二树叶红殷然，比旁的枫槭之类更显色浓，所以又被称为"血槭"。

"这里原是叶氏自刎之地，宫中传说，槭树得了血色，所以才这样红。"皇帝仰面望着塔角的铜铃，叮叮地在风中响着，"便为此建

一座塔，又有何用？"回头见如霜一双灿然如星的眸子望着自己，忽然意兴阑珊，"这样扫兴的话，原也不必说了。"

雨丝微凉，偶尔被风吹着打在脸上，如霜只是望着他，目光中无恸无哀，亦无任何喜怒之色，只是望着他，就那样望着他。

他想起那个雷雨夜里，闪电似乎将天空一次次撕裂，轰轰烈烈的雷声劈开无穷无尽的黑暗，他独自伫立在城楼之上，高高的城墙内外，一切都是被噬尽的暗夜。只是如此，却原来竟是如此。而世事如棋，翻云覆雨，谁知晓冥冥中竟注定如此。

只是觉得累了，深重的倦意从心底里泛起来，他淡淡地道："跟朕回宫去吧，不管你是不是真的忘了，朕都希望你待在朕身边。"

如霜仍未说话，一双眸子如水一般，流动着光与影。她转头看红叶，在绵绵细雨中，仿佛两树火炬，点燃人的视线。

如霜似乎真的将前事尽皆忘却了，回上苑之后，对诸人诸事皆不记得了，性情亦不似从前那般桀骜，变得温和许多。

赵有智虽然忧心忡忡，但皇帝倒似淡下来了，并未复册如霜嫔妃名分，她日日出入正清宫，倒不似嫔妃，却如女官一般。宫中诸人对她称呼尴尬，只好唤作"慕姑娘"，渐渐叫了走了，便称"慕娘"。皇帝待她虽不如从前一般无端宠爱，却也迥异于后宫诸人，时常相伴左右。

"昭仪娘娘如果不计较，眼看那妖孽又要祸害后宫，娘娘原先不知道，那慕氏昔日里设毒计逼死华妃，逼疯涵妃，气死晴妃，然后独霸六宫。阖宫之中，谁不知道她的蛇蝎心肠？"说话的人渐渐倾过了身子，窃窃如耳语，"娘娘如果不趁其立足未稳，一举清除，则后患无穷。"

昭仪吴氏半依半靠在熏笼之上，一头墨玉似的长发低低地绾成堕马髻，横绾着十二支错金镂步摇，细密的黄金流苏簌然摇动，泛起细碎的金色涟漪。听人说得如此岌岌可危，她也不过伸出手来，青葱玉指半掩着樱唇打个呵欠，神色慵懒："还有呢？"

"还有？"说话人的仿佛有点意外，迟疑道，"娘娘，她是妖孽。"

"妖孽？"逐霞似笑非笑，"我倒听人说，这宫里的人也称我是妖孽。"

说话的人脸色苍白，勉强唤了声："娘娘……"

逐霞樱唇微启，漫不经心般呼了一声："来人啊！"

两名内官应声而入。她随手一指："此人挑拨离间，留不得了，拖出去。"

两名内官上前来就架人，那人急得叫："娘娘！娘娘开恩……娘娘……"终于被拖了出去，立时似乎被什么堵住了嘴，再不闻一点声息。

殿中转瞬就安静下来，只有销金兽口吐缕缕淡白烟雾，逐霞伸出手指，慢慢摩挲着那香炉上的垂环，花纹细腻精致，触手微凉。

出了会儿神，她又唤："惠儿，侍候更衣。"

惠儿扶她起来，赔笑道："娘娘可是想去园子里走走？"

"咱们瞧瞧慕娘去。"

惠儿道："娘娘，王爷有吩咐，未得轻举妄动。"

逐霞道："我自有分寸。"

如霜是废妃，如此亦未复册，所以住的地方只是一间庑房，虽然收拾得干净，室中不过一榻一几。逐霞一进门便见如霜坐在窗下绣花，一张绷架横在窗下，屋子里便没有多少多余的地方，听见脚步声，她回头望了一望，见逐霞扶着惠儿进来，并未起身，转过头去又接着再绣。

逐霞见她绣的是梅花，墨梅，白缎底子黑丝线，黑白分明，仿佛水墨画一般，斜斜几枝，上方疏疏一钩冷月，那月也是淡墨色的，镂然如画。针法极为灵巧，其实京中世族女儿都有一手好绣活，慕氏的女儿自然也不会逊于旁人。

如霜自顾自垂首绣着，逐霞便在榻上坐下，微一示意，惠儿便带上门，自去守住了院门。

室中极静，几乎能听见针尖刺透缎面的声音。过了半晌，逐霞方才一笑："慕娘真是巧手，怨不得皇上喜欢。"

如霜微微一笑："昭仪是如今后宫之中名位最高之人，皇上当然更喜欢吴昭仪。"

逐霞道："罢了，这里又没有旁人，你我二人不至生分到如此地步吧？"

如霜恍若未闻，垂首又继续刺绣。

"当日确是王爷授意我陷害你与敬亲王，不过是因为敬亲王是皇上的同胞弟弟，若无这样的事情，动他不得。你心里也该有数，不能怨王爷。况且如今你不也好端端地在这里，皇上待你也并未生嫌隙。"

花蕊太细，针更细，一根丝劈成了四份，若是太过用力，便会扯得断了。如霜拈着针，微微抿着嘴，专心致意极轻极慢抽出线来。

"王爷想让我传句话，你若是没改了主意，王爷自然也会像从前一般，全心全意助你。"

如霜终于抬起头来，淡淡地道："数月未见，昭仪娘娘真叫人刮目相看。"她眸子极黑，所谓的剪水双眸倒映着逐霞一身绚丽的锦袍，那黑底波光中便似添了一抹乌金流转，双目微睐，"我并不恼恨王爷，更不会恼恨你。"

逐霞微笑："我便知道你心中明白。"

"皇上其实是最聪明的一个，为省力气，常常借刀杀人。"如霜低首绣花，神色恬静而专注，仿佛端坐于自己闺中一般自在，"王爷如今虽有兵权在手，仍须防着一步错，步步错，不可妄动。"

逐霞手中一条织金海棠春色的手绢，绞紧了在指尖："大事已经布置好了，万无一失。"

如霜端详着刚刚绣好的一瓣梅花，轻轻呵了口气，仿佛那不是绣出来，而是画出来的一般，缎面上墨色仿佛烟云渲染，她眸中微含了一点笑意："这世上哪有万无一失的事，况且，如今娘娘真的就忍心么？"

逐霞微微吸了口凉气，不及说什么，忽然听见外间惠儿的声音咳嗽了两声，知道有人来了，便不再作声。只听脚步声杂沓，渐渐走近，她叫了声"惠儿"，亦不闻人应。

她推门一看，却是内官簇拥着皇帝，已经走到了院中，仓促间未及多想，只好盈盈下拜，巧笑倩兮："皇上。"

她已经数日未曾见着皇帝，皇帝脸色倒还和蔼，示意左右扶她起身，问："你怎么到这里来了？"

"臣妾来瞧瞧慕娘，她一个人独居在这里，只怕缺了照应。"

皇帝笑了一笑："你行事倒周全。"转脸向如霜，"你竟然真的躲在屋子里绣花，朕不过一句玩笑话，这样劳神的事，天气这样冷，你身子又不好，别又弄出病来。"

如霜展颜一笑："臣妾答应了皇上，况且左右无事，绣它也是消磨时光。"

逐霞道："这绣法臣妾倒从未见过，倒不想慕娘还有这样的手艺，往后臣妾还要向慕娘多学着些才好。"

皇帝见她二人并肩而立，于窗下盈盈含笑，一般花容月貌，真仿佛双生一样，不禁微笑。

冬霆

【二十三】

待得豫亲王病愈，已经是隆冬时分。

几场大雪之后，京城里的疫病终于在天寒地冻中渐渐销声匿迹。

大疫过后，连宫中都显得萧寂，宽阔笔直的禁中天街只有一骑蹄声清脆，仿佛踏碎了无际的肃静。扫雪的小太监们早早避在了一旁，因为冷，风吹着雪霰子直打到脸上来，微微生疼。

豫亲王在定和门外下了马，内官早早迎上来，见着他像是松了一口气："王爷，皇上在东暖阁里。"

小太监打起帘子，暖流拂面，夹杂着仿佛有花香，暖阁里置着晚菊与早梅，都是香气宜人。因阁中暖和，皇帝只穿了一件夹袍，看上去仿佛清减了几分，那样子并没有生气，见他进来，还笑了一笑，说道："老六倒还真有点本事。"

折子上还有星星点点的黑斑，豫亲王接在手中，才瞧出来原来是血迹，早就干涸，紫色的凝血早就变成了黑色。字迹潦草零乱，可见具折上奏的李据最后所处情势危急——豫亲王一目十行地看完，然后又翻过来，重新仔仔细细一个字一个字读过，这才默不作声，将折子放回御案之上。

皇帝道："乱军已经过了盘州，再往南，就是忞河了，定湛……"他冷笑数声，"嘿嘿，来得倒真快。"脸色阴郁，"老七，朕终究算错了一步。朕以为他不过与屼尔戊有所勾结，大不了私放胡虏入定兰关，但没算到他竟连祖宗都不要了，竟许诺割定北六郡给屼尔戊，以此借兵借粮作乱，他也不怕万世骂名！"

"臣弟请旨，"豫亲王道，"请皇上允定滦领兵迎敌，以平叛乱。"

皇帝眉头微皱，道："京营我不放心交到别人手里，也只有你了。"

豫亲王道："臣必竭尽所能。"

皇帝道："京营只有十万，乱军数倍于此，此仗必然凶险。"他叹了口气，语气中颇有悔意，"是朕大意，此番引蛇出洞用得太过，方才被他将计就计。"

豫亲王只道："皇上没有做错，他早存了反意，既引胡虏入关，那他就是我大虞的千古罪人。皇上伐之有道，必胜无疑。"

皇帝点点头，说道："屼尔戊主帅总是戴着个面具，其中必有古怪。每回探子谍报回来，都没有一句实在话，朕觉得实实可虑，况且如今定湛与他勾结，须打起万分精神来应对。"

豫亲王道："臣弟明白。"

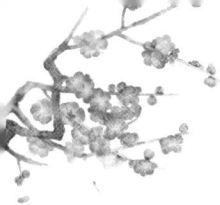

因情势危急，所以礼部选了最近的吉日，拜了帅印，皇帝亲送三军出抚胜门，十万京营浩浩荡荡地开拔而去，京畿的驻防几乎空了大半。

豫亲王恐京中有变，临行前再三婉转劝说，皇帝终于将同胞手足敬亲王召回来，命他统领御林军。敬亲王自从上次的事后，倒变得老成了许多，奉诏回京后十分谨慎，规行矩步。更兼如今战事已起，京中人心浮动，他每日便亲自率了九城提辖巡城。

这日已是腊月二十八，京里各衙门已经放了假，百姓们都忙着预备过年。

清晨便开始下雪，街头践踏的雪水泥泞。敬亲王巡城回到公署中，一双靴子早就湿透了，方脱下来换了，忽见徐长治进来，一身青色油衣，冻得呵着气行礼："王爷。"

"你怎么回来了？"敬亲王不由得问，"今日不是该你当值么？"

徐长治道："皇上传王爷进宫去。"又道，"听说前头有军报来，怕不是什么好消息。"

敬亲王冲风冒雪地进了宫城，皇帝并不在正清宫暖阁里，而是在正清门外。他远远望见蒙蒙的雪花中，辂伞飘拂，十余步内仪仗伫立，持着礼器的内官们帽子上、肩头都已经落了薄薄一层雪花，也不知皇帝站在这里有多久了。

于是他走得近些，再行了礼，皇帝脸色倒还如常，说："起来。"语气温和，眼睛却望着正清门外一望无际的落雪，又过了片刻才对敬亲王道："四十万乱军围了普兰。"

而豫亲王所率京营不过十万人。

敬亲王只觉得脸上一凉，原来是片雪花轻柔无声地落在他的脸颊。他伸手拂去那雪，说道："豫亲王素擅用兵，虽然敌众我寡，但也未见得便落下风。"

皇帝笑了一声："难得听到你夸他。"

敬亲王道："臣只是实话实说。"

皇帝忽然道："陪朕走一走吧，这样好的雪。"

敬亲王只好领命，皇帝命赵有智等人皆留在原处，自己信步沿着天街往东，敬亲王亦步亦趋地跟在他身后。

雪下得越来越大，不一会儿，远处的殿宇皆成了白茫茫一片琼楼玉宇。

皇帝足上是一双鹿皮靴子，踩着积雪吱吱微响，走了好一阵子，一直走到双泰门前，皇帝这才住了脚，说道："定泳，这些年来，你心中怨朕是不是？"

敬亲王本来兀自出神，乍闻此言，只道："臣弟不敢。"

皇帝叹了口气，说："我大虞开朝三百余载，历经大小十余次内乱，每一次都是血流漂杵。兄弟阋墙、手足相残的例子太多了，你不明白。"

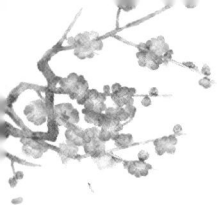

敬亲王默然不语。

皇帝道："这些年来，我待你不冷不热的，甚至还不如对老七亲密，其实是想给你，也给朕自己，留条后路。"

敬亲王这才抬起头来，有些迷惘地望着皇帝。

皇帝微微一笑，指着双泰门外那一排水缸，道："你还记不记得，你小的时候我带你到这里来捉蟋蟀？"

那时敬亲王不过五岁，皇帝亦只有十二岁，每日皆要往景泰宫给母妃请安。定淳年长些，下午偶尔没有讲学，便带了定泳出双泰门外玩耍，那几乎是兄弟最亲密的一段时光了。后来年纪渐长，两人渐渐疏远，再不复从前。

此时立在双泰门前，雪花无声飘落，放眼望去，绵延的琉璃顶尽成白色，连水缸的铜环上都落上了薄薄一层雪花。风吹得两人襟袍下摆微微鼓起，西边半边天上，却是低低厚厚的黄云，雪意更深。

"黑云压城城欲摧。"皇帝终于呼出一口气，说，"要下大雪了，咱们喝酒去。"

皇帝于腊八赐亲贵避寒酒，原是有成例的，这日敬亲王却多喝了两杯，他本来就不胜酒力，更兼连日来辛苦，出宫回府之后便倒头大睡。方睡得香甜，忽被左右亲随唤醒，言道："王爷，李将军遣人来，说有急事求见王爷。"

因为封了印，只有紧急军务才会这样处置，敬亲王心中一沉，只怕是普兰城来了什么坏消息，连忙传见。

来使是两人，一色的石青斗篷，当先那人并未掀去风帽，而是躬身行礼："请王爷屏退左右。"声音尖细，倒仿佛是内官。

敬亲王微一示意，身边的人尽皆退了出去。当先那人这才退了一步，而一言不发的另一人此时方才揭去了风帽，但见一双明眸灿然流光，几乎如同窗外的雪色一般清冷生辉，而大氅掩不住身姿，明明是妙龄女子。

敬亲王不由得倒吸口凉气，好半晌才听见自己的声音发僵，只问："你到底是何人？"

"我是何人并不要紧，"她盈盈浅笑，"我知道王爷心中一直有桩疑惑，今日我便是来替王爷解惑的。"

敬亲王默然片刻，忽然将脸一抬："不管你是谁，你快快离开这里，本王只当没见过你就是了。"

那女子嫣然一笑，便如春风乍起般动人心弦，声音更是温柔好听："王爷难道真的不想知道，孝怡皇太后到底是怎么死的？"

敬亲王身子微微一震，连脸色都变了，喝道："你好大的胆子！休得在这里妖言惑众，挑拨我们兄弟的手足之情。"

她笑道："原来王爷也多少猜到了一点，并非完全没有疑心，不然也不会知道我想说什么。"

敬亲王道："不管你要说什么，反正不会是真的。"

她微哂："王爷又何必自欺欺人。就算我全都是胡说八道，可有一样东西，是假不了的。"从袖底取出一卷黄帛，递至敬亲王面前，但见她纤指白腻，握着那帛书玉轴，手上肤色竟似与玉轴无二，"王爷，这样东西，你可以慢慢看，是真是假，你自己仔细辨认便是了。"

敬亲王脸色煞白，仿佛明明知道她手中握的是什么，只是不能伸手去接，过了好半晌，才咬一咬牙："我不看！"

她"哧"的一声终于笑出来："原来常常听人夸赞王爷，皆道王爷年少英雄，才干胆识皆不在豫亲王之下。可惜今日一见，也不过如此。"说到此处，语气已经几近讥诮，"竟然连先皇的遗诏都不敢看一眼，真真是枉为大虞皇氏的子孙。"

敬亲王脸色越发苍白："这定是矫诏，先皇暴病而崩，根本没有遗诏。"

"这不是穆宗先皇帝的遗诏，这是兴宗先皇帝的遗诏。"她的双眸盈盈如水晶般注视着他，几乎一字一句，"当今皇帝不惜逼死亲生母亲孝怡皇太后，就是为了夺取这份遗诏，难道王爷你，如今连看一眼这诏书的勇气都没有？"

敬亲王只觉得嘴角发抖，虽然想怒声相斥，却连一个字也说不出来。忽然间伸出手去，夺过诏书，定了定神，终于缓缓展开，只见熟悉的字迹一句一句出现在眼前，再熟悉不过的笔迹。因诸皇子幼时皆习书，兴宗皇帝曾亲自写过书帖，以便众皇子临摹，此时见那一笔一画骨肉匀停，字迹饱满，却是再熟悉不过。

她的声音清凉如雪："王爷仔细辨认，这可是矫诏？"

敬亲王只觉诏书上的字一个个浮动起来，扭曲起来，仿佛那不是字迹，而是一个巨大的旋涡，想要将一切都吸进去。他只觉头晕目眩，不由得问："你到底想要做什么？"

她道："如今不是妾身想要做什么，而是王爷该当如何。奉诏还是不奉诏，难道王爷连先皇的遗命都打算抗旨了？"

敬亲王咬一咬牙，过了好一会儿才说："他是我兄长。"

她嗤地一笑："六爷将这样东西交给我的时候，就曾说'我那十一弟虽然耿直，却是个最妇人心软的'，果然如此。"放缓了声音道，"王爷心软，可惜那个人派人毒死自己亲生母后的时候，可不曾心软过。"

敬亲王腮边肌肉微微跳动，双眼圆睁，那样子颇有几分骇人，最后声音却低沉冷静得有几分可怕："你胡说。"

"侍候太后的内官、宫女已经全都殉葬，这事原也该天衣无缝。只有替太后配药的小赵，出事之前就得了伤寒，早早被挪到积余堂去等死。算他命大，竟然活了下来。"她回头招了招手，那内官便上前一步，躬身领命。

"王爷如若不信，细细问过小赵便知。"

那内官诚惶诚恐，低低叫了声"十一爷"。

敬亲王只觉得胸中似涌动惊涛骇浪，烦闷难言。想起今日下午在正清门前，皇帝一言一行、一举一动，分明是别有用意。莫非他真的负疚于心？还是有意拉拢，想欺瞒自己一世？

他本来性子直率，今日当了这样的大事，只觉得思潮起伏，再难平复，而如今千钧一发，自己身不由己已经被卷入旋涡暗流，粉身碎骨亦不足惜。而这一切太突兀太可怕，手中紧紧攥着那遗诏，竟不知该如何自处。

天色渐渐暗淡下来，屋子里唯闻火盆里的银骨炭毕剥微响。她仿佛不经意，掠了掠鬓发，道："妾身也该走了，再迟宫门便该下钥了。"

敬亲王终于下了决心："有桩事情我要问你——那日在城外，车里的人可是你么？"说罢紧紧盯着她，仿佛想从她脸上瞧出什么端倪。

她但笑不答，随手从几上花瓶中抽了枝梅花，遥遥掷向他，花落怀中，刹那间寒香满怀，而她嫣然一笑，不顾而去，室中唯余幽香脉脉，似有若无。

炭火微曦的一点火光映在十二扇泥金山水人物屏风上，屏上碧金山水螺钿花样流光溢彩，而风吹过窗纸扑扑轻响，他只觉得像做梦一般。

雪却是越下越大，待得天黑透，只闻北风阵阵如吼，挟着雪打在窗纸上，沙沙作响。虽有地龙火炕，室中又生着好几个白铜火盆，所以屋子里暖洋洋的。

逐霞只披了一件百莲如意织金的锦袍，斜倚在熏笼上端详针工局新进的花样，她近来形容总是懒懒的，无事喜静静歪着，脾气又愈见古怪，每每便无理发作，前几日连最亲信的内官都因一件小事挨了杖刑，所以内官宫女们皆屏息静气，不敢扰她。

皇帝本来穿了一双鹿皮靴子，他走路又轻，一直到近前来，才说道："也不怕冻着。"

逐霞似被吓了一跳，身侧捧着茶盘的宫女早就跪下去了，她却懒得动，只说："这样大的雪，天又晚了，你到我这里来做什么？我这里人手不够，你一来，他们又手忙脚乱的，哪里还顾得上我。"

皇帝伸手捏住她的下巴，烛台上滟滟明光映着，更显得肤若凝脂。他却拧了她一把："你如今真是反了，这宫里人人都巴望着朕，只有你上赶着把我往外头撵。"

逐霞斜倚在熏笼上，似笑非笑："你不过哄我罢了，今日慕娘可以去大佛寺还愿，我就没那福分，枯守在这深宫里头，哪里也去不得。"

皇帝亦是似笑非笑："你要是想出去逛逛，等上元节的时候，咱们一块儿偷偷出宫去看灯。"

逐霞叹了一声，道："偷偷摸摸的有什么意思，人家可以正大光明地去还愿，我却要偷偷摸摸才能去瞧热闹。"

皇帝见她攥着那花样子，却是越攥越紧，越攥越紧，几乎就要生生攥破了，瞧那样子倒真有几分像是在生气，于是道："你这几日动

辄这样子，倒是真的嫌弃我了？"

逐霞嫣然一笑："我可不敢。"又说，"只是你随口哄我罢了，上元还早，就算等到了那一日，你又指不定有这样那样的事情，撇下我一个人。"

皇帝忽然兴起："倒也不必等那一日了，今天晚上我们出去逛逛就是了。"

逐霞却怔了一下，皇帝催促道："快换了大衣裳，外头冷，又在下雪，穿得暖和些才行。"

【二十四】

虽没有宵禁，但入了夜，又下着雪，街头冷冷清清，已经没有几个行人，只听到车轮辚辚，碾得积雪吱吱作响。

皇帝却甚有兴致："早就听说伴香阁的腊八粥好，咱们今天去尝尝。"

伴香阁在城东大斜巷口，转过大路，远远就见着楼前两盏大红灯笼，映得雪光里满楼的灯火通明，喧哗声说笑声，遥遥可闻。听见车声，伙计老早抢出来迎了，牵了缰头，掇了凳子来侍候下车。而皇帝下车来，转过身来伸了手，逐霞倒不妨他这样体贴，怔了一会儿才将手交到他手中，小心翼翼地下了车。

那伙计最是眼尖，老早见着这车子虽只是寻常油幕大车，而拉车的马通身毛皮漆黑发亮，唯四蹄皆白，极为神骏。更见皇帝一伸手之间，露出大氅底下锦袍袖口的大毛出锋，黑貂皮色油亮如缎，便知道这对男女非富即贵。

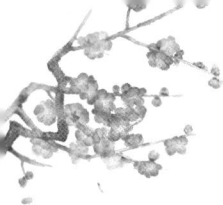

他满脸堆笑："二位，可对不住了，楼上的雅座都满了。您二位要是有订座儿，先提一提牌子号。"

皇帝倒想不着有这一着，不由得怔了一下。

那伙计瞧见他这种神色，连忙又道："二位要是先前没打发管家来订座儿，也不要紧，后头二楼上还留着一个齐楚阁儿，最是干净清静。而且对着后院的梅花，喝酒赏雪再好不过，就是价钱比寻常雅间贵一点儿，得五两银子。"

皇帝又怔了一下，道："那就是那间吧。"

伙计满脸笑意，"哎"了一声，挑了灯笼在前头引路，并不进正楼，沿着青砖路一直往后，绕过假山障子，进了月洞门，方见着一座小楼，翘角飞檐，朱漆红栏，此时被大雪掩着，廊下悬了一溜四盏水晶灯，照得整座小楼更如琼楼玉宇一般。

伙计引到这里便垂手退下，另有人迎出来，引着他们上楼。早有茶房伙计挑起了帘子，那暖气往脸上一扑，夹杂着一缕若有若无的香气，原来窗外就是数株梅花，花正怒放，可惜在夜里，清冷的一点雪光朦胧映着，看不真切。

待得二人坐下来，流水般上了热手巾、干湿果碟，又沏上茶。皇帝随意点了几个菜，伙计道："客官们稍等，菜一会儿就得。"退了出去，倒拽了门。

屋子里一下子静下来，只听到火盆里的炭烧得毕毕剥剥。

皇帝因见果碟里有风干栗子，随手拣了一个来剥。

逐霞忽然觉得胃里难受，仿佛是饿了，可是又并不觉得饿，只是胃底有一种灼痛，而屋子里太暖和，叫人透不过来气，于是站起来走到窗前去，将窗子推开一些。风顿时吹进来，吹得桌子上的纱灯摇摇欲灭，满屋子的光影摇动。

逐霞见灯光摇摇欲灭，本想关上窗子，谁知他却"噗"一声吹灭了灯，顿时满室清寒雪光，仿佛是月色，而天地间一片静谧无声，只有窗外雪声轻微。而满墙的疏影横斜却是雪色映进来梅花的影子，枝丫花蕊都历历分明，而寒香浸骨，仿佛满天满地都是梅花。

她本穿了一件月白银狐里子的大氅，满墙的梅花有几枝映在她的衣裙上，仿佛是白色底子上的暗花，她手指无意识地抚着银狐那长而软的毛皮，一点暖意在指端，但总也滑不留手，握不到。

皇帝坐在那里，亦仿佛出了神，并不作声。天地间万籁俱寂，只有风声雪声，萧萧如泣。

仿佛是过了半生之久，才听到脚步声。原来是送菜的伙计回来了："哟，灯怎么被风吹灭了？"他回身去取了火来，重新点上灯，屋中顿时光亮如昔。

菜一样样送上来，各色羹肴摆了一桌子，与宫中素日饮食大有不同。其中一味脆腌新鲜小黄瓜，粗仅指许，仅妇人簪子一般长短。

伙计道："这是本楼的招牌菜，黄金簪，别瞧这黄瓜小，每根就

值这么粗一根黄金簪子的价，大雪天的，拿火窖焙了几个月才焙出来的，九城里独一份儿，连皇上他老人家在宫里也吃不着这味菜。"

皇帝笑了一笑，对逐霞道："听见没有，连皇帝都吃不到。"

逐霞挟了一尝，酸甜脆鲜可口，不由得多吃了两块，见伙计送上乌银壶温的黄酒，便自斟了一杯来饮。一口喝进去，只觉得又辛又辣，禁不住别过脸咳嗽了几声。

皇帝道："你别喝急酒，对身子不好。"

她不知为何，只觉得气往上冲，脱口道："你这是心疼我呢，还是心疼旁的？"

这句话一出口，自己也仿佛呆住了。见皇帝只是慢慢地笑了一笑，那样子倒真的了然于胸似的，她终于心中一酸，撂下了筷子。

皇帝岔开话问那伙计："你们郭师傅不在么？这菜做得有点走味。"

那伙计赔笑道："原来客官是老熟客，知道这黄金簪是老郭师傅的拿手菜——老郭师傅病了有一年多了，如今厨房里是他侄子小郭师傅掌勺呢。"说着又替皇帝斟上一杯酒。

皇帝便不再多问，挥手命他退去，自己慢慢地将杯中的酒饮干了。

二人对着一大桌子菜，都只是默默饮酒，喝到最后，皇帝只觉得酒酣耳热，忽然道："没想到你竟然也会喝酒。"

逐霞心中难过，笑了笑："这世上没有什么事情是不会，只有什么事情是不能。"

皇帝静默片刻，说道："说得好，这世上没有什么事情是不会，只有什么事情是不能。"又喝了一杯酒，自己拿过壶来，没想到壶却空了，于是叫道，"小二，添酒！"

叫了半晌，不知为何并没有人应。他一时兴起，拿筷子击着碟子，和着那窗外的风雪之声："诗万首，酒千觞，几曾着眼看侯王？玉楼金阙慵归去，且插梅花醉洛阳！"他仰面大笑，一双眸子炯炯，灯光下似乎未央的夜，黑得深不可测，流动着碎的光，仿佛是什么东西破碎了。

逐霞的手在微微发抖，却终于微笑："皇上，你喝醉了。"

他颓然道："是醉了。"

她的手指轻而暖，轻轻地按在他的脸上。他捉住了她的手，带着颓然的醉意："有了孩子，为什么不告诉朕？"

她慢慢地说："我不敢。"

他并没有问为什么。

她心中忽然生了一种绝望："她连自己的孩子都忍心算计，我不知道她会做出什么样的事来。"

皇帝眼中光芒一闪而过。那神色她看不清楚，只道："皇上，慕娘真的留不得了——"

他忽然扬手就给了她一掌，清清脆脆，直打得她怔住。而他道："我带你到这里来，你竟然敢说出这样的话。"

她抚着自己的脸颊，半跪半坐在地毯上，仿佛不明白发生了什么事。皇帝双眼微红，怒意正盛。

忽然帘栊声响，已经听见熟悉的声音："我的爷，真叫奴婢好找。"进来的人满头满身的雪都没有掸，正是赵有智，他一张白胖的脸冻得发青，连行礼都不利索了，哆嗦着道，"万岁爷，出大事了，豫亲王中伏了。"

普兰一役极为艰难，豫亲王以少敌多，苦战了十余日，一直等到颜州的华凛、平州的乐世荣率部赶至，方才迂回合围。却不想华凛突然临阵倒戈，与圮尔戊大军反过来倒围了王师，乐世荣诸部猝不及防，立时便被歼击殆尽，而豫亲王的中军且战且退，在岷河边遭了埋伏，如今情势未明。

情形变得很坏，圮尔戊不日便可渡过岷河，而睿亲王亲率的三万轻骑已经绕道中川，直扑京城而来。

开朝三百余年来，除了承乾八年的四府之乱，京城再不曾受过这样的威胁。

皇帝还非常沉得住气，连发数道急诏，调遣抚州与晋州的驻军北上，但此二地驻军不过万余人，且计算时日已然是万万来不及了。京中诸臣力劝皇帝"西狩"，结果皇帝断然拒绝。

"就算只剩了一兵一卒，朕也不会将京城拱手让给定湛。"

首辅程溥老泪纵横，伏在地上只是磕头："主忧臣辱，主辱臣死。臣等无能，始有今日之大祸。"

"起来！"皇帝略略有些不耐，仰面望着鎏金宝顶，带着一种莫名的轻蔑与狂热，"朕还没死，你们哭什么？"冷笑一声，"他以为他赢定了么？早着呢，朕就在这里等着，等着看他有没有那个命踏进正清门半步！"

那年冬天很冷，因为军情紧急，宫中连新年都过得潦草，一连数日，大雪时下时停，正清殿檐下挂着尺许长的冰柱。

程远督着小太监拿铁钎去敲碎，忽听得身后有人道："别敲。"

程远转身一看，原来正是昭仪吴氏。

一尺来长的冰凌，在晦暗的冬日晨光里折射着奇异的光芒，映在逐霞雪白的面孔上。她穿着玄狐斗篷，墨黑的狐皮毛领围着她的脸，越发显得苍白无血色。她微微眯起眼，仿佛觉得雪光刺目。

宫中红墙碧瓦尽皆掩在白茫茫的大雪之下，素白如一座雪城，更寂静如同一座空城。而她静静地伫立在那里，仿佛雪中的一点墨玉。

"就让它们挂着好了。"

听见皇帝的声音，程远忙率着人躬下了身子。近侍们日常见驾都不必行大礼，皇帝又素来不耐这种繁文缛节，程远低着头，已经看见皇帝石青绣回纹如意的靴子从金砖地上走过去。

"过几日便要立春了，还下这样的雪。"

逐霞并没有作声。

皇帝凝视着一片素白的殿宇。

她被冷风呛在喉咙里，不禁咳嗽了两声，

皇帝道："你别站在这风口上。"

逐霞并不答话，过了好一会儿，才说："真安静。"

皇帝望着密密的雪帘，淡淡地道："安静不了几日了。"

雪仍在绵绵下着，听得见簌簌的雪声。而睿亲王的三万轻骑已逼近百里之外的畿州府，近得几乎已经可以隐约听见铁蹄铮铮。

那一日是庚申日，后世便称为"庚申之变"。

变故初起的时候是半夜，逐霞本已经睡着了，忽然隐约听见风中远远挟着几声呼喝。她自从有身孕，睡得就浅了，一下子就惊醒了，坐起来抱膝静静听着。那如吼的北风声中，不仅有短促的叫喊声，偶尔还有叮当响声，明明是兵器相交的声音。

她心一沉，立时披上外衣，外间的宫女也已经醒了，仓促进来侍候她穿上衣裳。逐霞的手指微微发抖，她知道这一天终究会到来，可是没想到来得这样快。

她住的地方离毓清宫不远，来不及传步辇，宫女挑着羊角灯，她自己打着伞。雪下得密密实实，如一道帘幕，将眼前的一切都隔在了帘外。而宫女手中一盏灯，朦胧的一团光，只照见脚下，雪积得已经深了，一脚陷下去极深，她心下一片茫然，自己亦不知道自己在想些什么，只是深一脚浅一脚往前走着。

半道上远远看见一点光，她心里想，如若乱军已经进了后宫，这样迎面遇上，终免不了一死。宫女的手已经抖得厉害，几乎连那灯都要执不住了。她接过那盏灯去，问："是谁？"

"奴婢程远。"

程远见着她，亦仿佛松了一口气："万岁爷打发奴婢正要去接娘娘呢。"

"可是乱军进了城？"

程远摇一摇头，只催她："请娘娘快些。"一面说，一面在前面引路，"娘娘仔细脚下。"

毓清殿里还很安静，皇帝已经换了轻甲，逐霞从来不曾见他着甲胄，黄金软甲底下衬出朱红锦袍，织金团花龙纹，玉螭带钩，显得越发长身玉立，因为高，逐霞又觉得离着太远，只觉得陌生得仿佛不认得。

皇帝从掌弓的内官手里接过御弓，回头望见了她，并没有放下弓，径直走到她面前，说："我叫程远带人，护送你先去上苑。"

"定泳定是想要朕的命。"皇帝的声音平静，仿佛在讲述不相干的事，"九城兵马都在他手里，他竟然按兵不动，眼下乱军入城，只怕神锐营撑不到两个时辰。"他笑了一笑，"同父同母的手足，这么

些年来，朕也曾费尽心机想过保全他，没想到还是走到这一步。"

"是敬亲王？"逐霞似吃了一惊，"怎么会？"

皇帝倒笑了一笑："这世上没有什么事情是不会，只有什么事情是不能。"

逐霞又沉默片刻，才道："我不走。"

皇帝皱着眉，转脸叫人："程远！"

"奴婢在。"忽明忽暗的灯光，照着程远的脸，仍旧是恭谨的神色。

"送她走。"皇帝指了指逐霞，"如若半道上吴昭仪有什么差池，你也不必来见朕。"

"奴婢遵旨。"程远磕了一个头。

逐霞却仰起脸来："我不走，我就要在这里。"

皇帝并不理会她，命掌弓的内官抱了箭壶就往外走，忽觉得衣袖一紧，原来被逐霞抓住了他的手臂——她一双漆黑的眸子紧紧盯着他，只不放手。

皇帝心下一软，不由得伸手握住了她的手。而忽然有温热的泪落在他的手背上，皇帝从来不曾见她哭过——他嘴角恍惚是笑着，却一分一分用力，掰开她的手指，一点一点，硬生生掰开去。

"皇上……"她泪流满面，只说不出话来。

他指尖微凉，他的手一直这样冷，拭去她的泪痕："别说了，快走吧。"

"陛下！"

皇帝已经走到了殿门外，远远只回头望了她一眼。

程远上前来连搀带扶："娘娘，奴婢这就侍候娘娘出宫，再迟只怕就来不及了。"

那一夜过得极其混乱，漫长得仿佛如同一生。

当睿亲王终于勒马立于天街中央，灰蒙蒙的雪帘从天至地，将气势恢宏的整个皇城皆笼罩在一片清寒的雪光中。

二十余年来，纵然生于斯长于斯，他却从未见过这样寂静的皇城，仿佛所有的人一夕死去，只有点点灯光勾勒出模糊的宫殿轮廓，而那光亦是冷的，在风雪中飘摇不定。

【二十五】

他忽然叹了一口气。

仿佛一支利箭射破岑寂，潮水般的呐喊声骤然涌起，瞬息便充斥占据天地之间。

风雪尖啸声、喊杀声、兵器碰撞声、弓箭脱弦声、甲胄叮当声、利刃斩入骨肉声、鲜血飞溅声……沸腾如海，将人湮没在这惊天动地的声音海洋中，将整个皇城湮灭在这场屠杀之战中。

神锐营银白色的轻甲在雪光下透出森冷的寒气，这是皇帝自将的亲兵，除了每年春秋两季与京营演练，从未尝上阵杀敌，更未尝经历过这样的血战。然而万中选一的神锐营只倚着平日操练，纵然敌人数倍于己，仍旧奋勇无比。惨淡的雪光下，兵器相交反射寒光，一堵堵银色的盔甲倒下去，一层层银色盔甲又迎上来。

睿亲王的大军耐着性子，一层层剥去那银色的方阵。两阵中间堆积着越来越多的尸首，终于迫得神锐营往后退了十来丈——便在此时，突然仿佛所有的人倒抽了一口气，旋即"万岁"声如潮水般漫卷开来——原是皇帝亲立在高高的丹墀之上，扶弓而立。

皇帝冷峻的眉目间仿佛映着微寒的雪光，而紫貂斗篷被风吹得飞扬，露出里面的明黄绫里，仿佛硕大的翼，神锐营顿时大振，勇猛万分地反扑回去。

利刃沉闷地刺破甲胄，再刺入皮肉，那声音仿佛能刺透人的耳膜。而神锐营竟然始终阵脚不乱，纵然阵势越来越薄，却终究横亘在敌军与正清门之间，阻止着睿亲王身侧那面在风雪中猎猎作响的玄色纛旗，竟不能往前移动半分。

"王爷？"身侧清亮的嗓子，探询般地唤问一声。

睿亲王微微颔首。

那人便从怀中取出一只鸣镝，只听啸声短促，在沸腾的杀声震天中仍尖厉入耳。

火光腾一声明亮，几乎所有的人在瞬间都被耀盲了双眼。万点火星似流星乱雨，又似亿万金色飞蝗。金色的弧迹划破夜空，盛开硕大无比的金色花朵，只听砰砰如闷雷震动大地，硕大的火龙已经蜿蜒燃烧起来。

神锐营顿时被四五条火龙冲散割裂开来，银甲在烈火的灼烧下变成可怕的酷刑，许多人发出惨绝人寰的惨叫，然后更多的人在火光中仍汹涌上来，沉默地向前拥进，终于从燃烧的火龙中斩出一条血路。

十余骑迅疾如电般从狭窄的阵隙间硬生生挤了过去，神锐营早已拼命将阵势合拢，重新厮杀开来。

天一直没有亮，漆黑的夜里只听得到北风的呼啸。

睿亲王想，这样大的雪，难道会下整整一夜？

正清殿门外到处都是横七竖八的尸首，殷红的血渗到积雪中，热血融化了积雪，化成红色的血浆，然后又重新冰冻成冰霜。台阶上黏腻着这种霜浆，踩上去仿佛踩在胶上，黏着靴底。

血腥气直冲人嗓子眼，令人作呕。而他一步一步拾级而上，而宏伟轩丽的皇城中最大的一座殿宇，正一步一步被他踏于足下。

一支冷箭从身后飞到，"嗖"地擦过他耳畔，斜斜地射在他面前半合的门扇上。

正殿十六扇赤檀飞金、九龙盘旋的门扇有几扇洞开着，仿佛缺齿的狰狞猛兽，依旧可以将人一口吞灭。门中金砖地上，密密麻麻落满箭镞，如同用箭羽铺成甬道，而他一步一步，就踏着那箭的甬道走进去。

皇帝只受了一处轻伤，是箭伤，伤在左臂之上，并没有包扎，反而任由那血一滴一滴地落在金砖地上，很轻微的"嗒"一响，仿佛是铜漏。

赵有智跪在一旁，那样子仿佛是要哭了。

见到睿亲王进殿来，侍卫们一拥而上，堵在了皇帝面前。而紧紧相随睿亲王的十余人，亦执了盾护在睿亲王面前。

睿亲王恍若未见，抬手拭了拭脸颊上被溅上的血污。

隔着那样多的人，皇帝嘴角微微上扬，竟似笑了。

外面成千上万的人在拼命，在厮杀，在呐喊，在缠斗，在死去，而大殿中烛火轻摇，竟似将那沸腾如海的血战隔绝在另一个世界之外。

皇帝微哂："你来得倒真快。"

睿亲王道："我已经错过一次，这次自然再不能错。"

两人都有片刻的沉默，皇帝冷冷地面对睿亲王："朕知道，你等这日已经等了很久了。"

"你等这日也已经等了很久了。"睿亲王不无讥诮，"很早以前，你就惦着想要一剑杀了我。"

皇帝突然纵声大笑，拔出佩剑："来吧！"

一泓秋水般的剑身反射着殿中点点灯烛，仿佛游龙得了火，倒映在霜天中凛然生寒。

剑锋划出半个弧圈，眉宇间隐然一种傲意，侍从诸人皆慢慢退散，睿亲王亦缓缓拔剑。

自太祖皇帝于弓马得天下，皇子们皆是幼习骑射，同在文华殿听太傅讲经筵，不一样的是，每位皇子都有自己的骑射师傅。开国三百余年来，屡有皇子领兵，中间亦有名将辈出，固然是因为外虏强悍，

历朝历代征战不息，亦是因为大虞历来重武轻文，凡是皇子，没一个不习武的。

数十招后，皇帝的呼吸渐渐沉重，毕竟臂上有伤，手中的剑势亦缓了下来。而睿亲王剑势轻灵，不焦不躁，倒显得攻少守多。

赵有智心中惶急，但见烛火下两人的身影倏忽来去，剑气吞吐，闪闪烁烁，衣裳带起疾风卷动气流，拂得烛火忽明忽暗。突然听得一声低喝，烛光被劲风所激，齐齐一暗，近处更有几支红烛瞬间熄灭。

赵有智心中骤然一紧，果然皇帝被睿亲王一剑刺伤左胸，但见鲜血缓缓从袍底绣纹间渗出，皇帝却终究站直了身子，众侍卫目不转睛地看着他，只恐他伤重。

睿亲王剑锋低垂，薄唇微抿："这一剑，是为临月。"

皇帝身子微微一震，旋即口气讥诮："你别提她——你不配提她。"

"我为什么不能提？"睿亲王冷笑，"你知道她为什么肯嫁你？"

"朕知道——朕一直都知道，是因为你。"在那一刹那，他的眸子在灯光下仿佛笼上一层什么，隔得看不清，"可是到最后，她都不曾负我，是我亏欠了她。"他语气忽然温柔，"可是我与她的一切，你永远都不会明白。"

睿亲王从不曾在他脸上见过那样的神色，不觉微微错愕。

"当年我第一次在伴香阁见到她，正是一个下着大雪的晚上……"他抬起头来，望着窗纸上反射的微曦火光，唇畔不禁有了一抹微笑，

"那夜是上元，火树银花不夜天，满城的人都涌去东坊看灯，只有她一个人坐在那里对着梅花喝酒，虽然穿着男装，但我一眼就认出她原是女子。大家闺秀，竟然会穿着男装在酒肆里喝酒，我于是有意上前去攀谈，她年纪虽幼，可是谈吐大方，与我谈天说地，言辞间大有见识，毫不输于须眉。从那一刻起，我才知道，原来这世上有一种女子，可以是知音知己。而与她在一起那短短两个时辰，更让我明白什么叫意气相投，心心相印。我所喜的，皆为她所喜，而她所喜的，正是我所喜。这世上再无一人会那样明白我，正如这世上再无一人会是她。"

他目中无喜无悲，凝视着睿亲王："后来我知道她是慕氏的女儿，慕大钧必不愿嫁爱女为我侧室。我拉下面子去求了父皇，那么多年，我第一次为了私事求了父皇，终究如意。能娶到她，是我此生莫大的福气，哪怕她起初是因为你嫁给我，但最后她终究还是将心许了我。而朕富有天下，在她弃世之后，才知道什么叫失去，再没有人可以替代她。"

睿亲王似是恍若未闻，殿中静得听得到外面呼呼的风声，窗隙本用棉纸糊得严严实实，但有一扇窗纸被乱箭射出了几个窟窿，殿中燃着几支巨烛，忽然箭窟里透进来一阵风，一支巨烛的光焰摇了摇，终于一暗，空余了一缕青烟，袅袅散开——他的脸半隐在黑暗中，似乎也是一暗，看不清了。

过得许久许久之后，他才道："是你害死了她。"他眼中透着慑

人的寒光，"你是皇帝，天下万物任你予取予求！你口口声声说什么心心相印，你却连她都不放过！"

"朕不能不为。如果不是你勾结慕氏，如果不是你逼着朕不能不先下手为强，临月不会死。"皇帝微微冷笑，"你当年双手将临月奉与我，又安的什么心思？"

白芒一闪，睿亲王一剑狠狠刺出，皇帝举剑相格，"噌"一声两剑相交。

皇帝微微喘息着："你从来没有失去过，你从不知道失去是什么滋味，可是我知道，我知道得太深刻，所以朕发过誓，绝不容自己再失去。你逼迫朕，朕绝不会让你得逞。"

"所以你篡位！"因为用力，睿亲王的手背上隐隐凸起青筋，但声音还是清朗镇定，"父皇本有遗诏，如若先帝无嗣，立我为皇储。"

皇帝腕上用力，终于将睿亲王的剑震开，他仰面大笑："遗诏？原来你就是用那件东西说服了十一弟替你大开城门。"他眉头轻挑，"费了那些周折，原来终究还是落在了你手中，这两年来，你装得倒挺严实。"

睿亲王冷笑："你不惜毒弑自己的亲生母亲，又查抄慕氏满门，就是为了这样东西。可惜人算不如天算，这样东西早被慕大钧送去了关外，慕允逃得一条性命取回了遗诏，坐实了你就是篡位的乱臣贼子！"

"乱臣贼子？"皇帝轻笑，"你是父皇的儿子，我也是，为什么你做得皇帝，朕就是篡位？朕偏要将这天下争到手里来，朕就要让你看着，让死去的父皇也看着——如今你起兵作乱，你才是谋逆的乱臣贼子！"他微微眯起眼睛，"依律当处以极刑，朕要慢慢活剐了你。"

睿亲王哈哈大笑："今日杀了你，我就是顺承天命的帝王，而你才是篡位的逆贼！"剑锋斜指，向皇帝胸口刺去。

皇帝举剑格开。睿亲王变招极快，剑锋上挑，皇帝终究有伤在身，招架稍慢，睿亲王一剑已经重重刺在皇帝右肩上。所有的人都倒吸了一口气，夹杂着女人短促的吸气声。

睿亲王回手一剑"唰"地削断了垂帘，帘后的华服女子似猝不及防，一双乌沉沉的眼睛看着他，竟不惊不骇，眸中似千尺寒潭，冷如窗外雪。

睿亲王本要一剑取了她性命，被她眸中寒气所夺，剑下缓了一缓，就这么一缓，她已经飞身扑向皇帝身前。

皇帝以为她是惊恐害怕，伸出没有受伤的那只手臂，想要拥抱她。而她双臂微张，仿佛一只蝶，长长的翟衣裙裾拖拂过光亮如镜的金砖地，如同云霞流卷过天际，翩然扑入他怀中。

"哧！"

低微几不可闻的一声轻响。

皇帝像是没有觉察到，仍用手臂环着她，过了片刻，他手里的剑才"铛"一声落在地上。她慢慢地从他怀里溜下去，最后半跪半坐在

了地上。

血汩汩地涌出来。

她仰面看着他，所有的侍卫都被这突如其来的变故吓呆了，连睿亲王与其亲卫都愣在了当地。

皇帝踉跄往前一步，用力将自己胸口的短剑拔出来。血溅在她的衣裙上、脸上、发丝上……他看着短剑柄上镂错金花纹，鲜血从指间溢出，他只看到"契阔"二字，仿佛看到了什么最可怖的东西，难以置信，却不能不信。

死生契阔，与子成说。

怎么会是她？

他用尽了最后一分力气，才能发出声音："是你？"

她伸出双臂环抱，慢慢地、小心地将脸贴到他的袍子下摆，血顺着他的袍子流下来，流到她脸颊上。滚烫的血，仿佛是泪，那样烫，她是再也没有泪了，声音里透着无法言喻的哀凉，却温柔得似乎一切从来不曾发生："是我，我一直等，却没有等到你。"

他伸出手来，仿佛想要触碰她的脸，血污了她的大半脸颊，可是她的面容仍旧清丽如斯，仿佛他记忆中的模样。

她紧紧抓着他的手，就像再也不能放开，她说："我出生的那天，月色满地如清霜，所以我的名字叫作如霜。"

他嘴角上扬，仿佛是想笑，牵动伤口，更多的血喷涌而出。他抓着她的手，那般用力，就像再也不能放开，他轻轻地唤她的名字："如霜……"他还握着那短剑，血弥漫过剑柄上的字迹"死生契阔"。

死生契阔，与子成说……原来是她，原来并不是她。

怪不得当年临月嫁入府中，却没有这柄短剑。自己也曾问起，她说刃器不祥，所以留在了娘家。却原来并不是她，原来是她……

她的眼泪终于滚滚地落下去，和着血与泪。她眼前一片模糊，再也说不出话来，到了今日，一切都成了枉然。

他仿佛还想说什么，但已经说不出话来，只是抓着她的手，紧紧攥着她的手。有一颗很大的眼泪缓缓涌出眼中，他以为自己是再不会哭了，那眼泪滚落，滴在了她的乌发上，他慢慢地松开手指。

她徒劳地想要抓住什么，却只来得及抓着他的衣角，而他缓慢而沉重地仰面，就那样仰面倒下去，倒在了血泊里。

赵有智发出一声绝望而短促的低吼，拾起地上皇帝的佩剑，狠狠向如霜背心刺去。如霜伏在那里，不闪亦不避。

眼见他这一剑便要将如霜生生钉死在当地，只听"哧"的一声，却是睿亲王身边一名近侍引弓相射，一箭穿透了他的后背。他重重地摔在了金砖地上，手脚抽搐，一时气绝。

如霜仍旧伏在那里，一动不动，殿中一片死寂，只闻外面呐喊声、厮杀声和着兵刃交加声响成一片。

睿亲王望着血泊中的如霜，她还紧紧抓着皇帝的衣角，像只小

兽，蜷缩在那里，又像是失了支持的偶人，毫无生气地任由自己浸在暗红的血中。皇帝脸上很干净，仿佛只是睡着了，而她不曾发出任何声音。在他们身后，便是重重垂幕拱围的金銮宝座。

九五之尊，辉煌御极，朱红的丹墀，而他一步一步踏上去，那金銮宝座仿佛极高极远，而他一步一步，朝着它走去。

终于站在这万人之上，九龙璧金的宝座，他慢慢地转身，面向南方。殿外的万点火光都幻化成朦胧的海，微漾着浅暖的光。

殿内诸人皆跪了下去，终于有人呼出一声："万岁！"便有纷扬的呼声："万岁！"更多的人纷纷磕下头去，几个不肯跪拜的内官、侍从瞬间便被斩杀干净。

从此后，天下臣服，御极海内，他心里膨胀着无与伦比的满足，还有难以言喻的痛快，俯瞰着遥远的那端。

再没有，再没有任何人可以忤逆，再没有任何人可以夺去，这天下的一切，皆成为他的。

【二十六】

　　殿中弥漫着血腥的气息，而殿外的鏖战仍旧激烈，偶尔有数支冷箭射入殿中，因隔得太远，疏疏就失了准头，跌落在了金砖地上。

　　睿亲王视若无睹，指了指皇帝的尸首："把这个扔到殿外去，看他们还拼什么命。"

　　立时便有人上来拖开如霜，她仍旧紧紧抓着皇帝的衣袍不放手。那人便拔出佩刀，正要一刀斩下，她却慢慢直起了身子，声音清冷如雪："六爷，你难道不趁此时逃命？"

　　睿亲王一愕，旋即大笑："我为什么要逃？"

　　她终于转过身来直视他，紫晶碎瑛的步摇，在鬓畔簌簌作响，她眸光流转，竟似有说不出的妩媚："十一爷确实不聪明，六爷迟迟不攻城，就是忌讳史笔下'弑兄'两个字。十一爷这一反，六爷只需趁乱攻进城来，谁也不会知道陛下是怎么死的，到时自有十一爷担了弑兄的恶名，六爷坐收这渔翁之利。只是六爷难道不觉得，这一切都太

顺当了么？螳螂捕蝉，黄雀在后，而皇上根本还有一招绝杀。"她一字一句慢慢道出，"豫亲王诈败而走，他压根就没中伏，而是率着京营的大队人马正将这京师慢慢围成铁桶，不管是六爷的三万精锐，还是十一爷能调遣的九城兵马，最后都是瓮中之鳖。因为两位王爷都是皇上的兄弟，如无谋逆大罪，是不能斩草除根取你们性命的。皇上忍常人所不能忍，甘冒其险，等的就是这一天。"

她淡然一笑，说道："如今豫亲王的大军只怕已经进了城，六爷若是想活命，此时逃走还来得及。"

睿亲王突然仰面大笑，笑了好一会儿，方才道："就凭你？空口白牙地让我相信豫亲王能重兵围城？皇帝如果早布置了这一手，最后怎么会让我坐在这里？"

"六爷可以不信，"如霜慢条斯理地道，"敬亲王不会杀皇上，他心肠软，纵有先皇遗诏在手，也不过想逼皇上退位。这就是皇上甘冒奇险、置之死地而后生、亲自以身作饵诱得六爷你孤军轻进的原因。六爷本来也杀不了皇上，因为不等你进宫来，豫亲王的大军本应该早已将你的三万骑围了个滴水不漏。皇上真是算无遗策，但只算漏了一点——那就是臣妾的弟弟，慕允。"

睿亲王眼中闪烁着莫测的神光，仿佛在骤然间明白了什么："原来他就是屺尔戍的主帅？难为他戴着面具装神弄鬼。"

如霜轻笑如叹息："是，所以豫亲王迟迟进不了城，因为屺尔戍人的一万轻骑缠住了他，豫亲王素擅用兵，只怕这时已经摆脱了舍弟的纠缠，马上就要进宫来了。"

仿佛是验证她的话，正清门外忽然响起潮水般的呐喊声，号角的声音响彻霜天，冰雪似乎都被这清冽的声音震动，然后是更沉闷更遥远的声音——那是豫亲王的大军在用巨木撞击正清门。

睿亲王腾地站起来，似乎想要步下丹墀，但又凝住了身形。最后，他狠狠地问："你做这一切是为了什么？"

如霜恬静地立在那里："你们呢？你们做这一切，又是为了什么？"

睿亲王呼吸粗嘎，而如霜竟然笑了："六爷，如果说今日这一切只是为了六姐，你恐怕也不会信。你为了皇位，出卖六姐，出卖慕家，六爷，这就是报应。天不作为，我来作。"

"疯子！"

"你们才是疯子，你们这些男人，"她笑着遥遥一指，"为了这个位置，什么都肯做，什么都舍得。你把六姐送给皇帝，你把最心爱的人送给敌人，只是因为想当皇帝。六姐死后，你又把我送进宫来，你费尽心思，将我们当成棋子，将我们当成玩物送人，好，那我替六姐把这位置送给你，但你没有那个命坐得一时半刻，今时今日这一切，都是报应！报应！"

她尖厉的笑声回荡在殿中，旋即被轰然的巨响湮灭。正清门终于被撞开来，潮水般的声音直涌过来，铺天盖地地涌过来。

她站在大殿正中，娉婷而立，仿佛弱不禁风，随时随地就会被那声音的狂潮吞没。

睿亲王第一次正视这个女人，而她只是静静地立在那里，仿佛激流中的一方青石，怒澜狂涛之中，仍旧岿然不动。

"你想以此来折辱我，没那么便宜！"他傲然冷笑道，"我乃兴宗爱子，焉能死于那舍鹊杂碎之手！"横剑往颈中一抹，最后一缕气息噎在了喉中，他跌坐在銮座上，沉重地垂下了头。

血顺着丹墀蜿蜒流下，将朱红的丹墀染得更加浓艳。

如霜静静地立在那里，天地间只是一片寂静，如鸿蒙未开，而雪光映在窗纸上，晨光终于越来越浅，东方透出明亮的霞光，大雪下了一整夜，天亮时分终于晴了。

豫亲王是在天亮后率军进的城，一场苦战后，敌人的血染红了他的战袍，而他忧心如焚，只是策马狂奔。永吉门、太清门、正清门……巍峨辉煌的重重宫殿逐一呈现在眼前，马蹄声疾，而整个皇城寂静如同一座空城。

雪已经停了，四处皆是白茫茫的一片，大雪似要掩盖住一切，金色的琉璃瓦顶都成了连绵的雪线。

偌大的正清殿前，空阔的天街连积雪都被染成了殷红，无数尸首被积雪半掩半埋，空气里只有令人作呕的血腥气，一夕之间，这座人间最繁华的皇城仿佛成为佛经中的修罗场，更像是屠杀场。断肢残骸冻得硬了，被奔马疾雷般的蹄足踏碎裂开来，咔嚓咔嚓作响。

豫亲王几乎是滚下了马鞍，一路向着正清殿奔去。汉白玉丹墀之上覆着红色的薄冰，隐隐透出底下的浮云龙纹，而廊下横七竖八倒着内官们的尸首，整座大殿宛如第九重地狱，一片死寂。

"皇上！四哥！"

他几乎是踉跄着扑进正清宫。殿中空无一人，金銮宝座上似乎落了一层细灰，朱漆鎏金的龙椅颜色晦暗，深深的殿宇中回荡着他的声音："四哥……四哥……"

殿中仍弥漫着那种令人作呕的血腥，殿内死的人更多，因为地炕温暖，血还没有凝固，整座殿中全是血海一般。他一眼看见赵有智微张着嘴坐在那里，胸口深深透入一支长箭，早已经死得透了，只觉得天旋地转，只是发狂一般找寻："四哥！"

重重帘幕后，似乎有人。他猝然止步站在那里，本能地扶住腰间的长剑，随着他蜂拥而至的侍卫簇拥在他身畔，拱卫着他，无数长枪弓箭，对准了那帐幔后缓缓走出的人影。

她盛装华服，裙裾迤逦，仿佛从血海中蹚出来，脸色苍白得惊人，仿佛用尽了全身的力气才能挪动步子，而一双正红鸦金的鞋子，早就被血浸得透了。

"谢天谢地……"她轻声道，"原来是王爷回来了。"

然后身子一软，就倒了下去。

她做了很长很长一个梦，梦见那年上元夜，她才满了十四岁，阖府的女眷都去东城看灯，而她因为犯了家诫，被爹爹责罚不能去看灯。关在家里那般气闷，外头烟火满天，满城都是看灯人，她一时耐不住，终于同小环一道骗过了奶娘，换了男装溜出府去。

那是她头一回私自出府，在街头与小环挤得散了，也不晓得害怕。随步而入的偌大酒楼，名叫伴香阁，本已经没有座位了，但她塞给茶房十两银子。

茶房也想到办法："后院二楼还有一间齐楚阁儿，原是一位贵人府上累月包下，今日王公大臣们都进宫陪皇上看灯去了，必是不会来了，悄悄儿地让与你吧。"

那间齐楚阁儿，真是伴香阁中最雅静的一间，正对着后院数株红梅，楼头更遥遥可望东城火树银花，无数条弧光散落漫天繁华如星，划破夜色岑寂。

"东风夜放花千树，更吹落，星如雨。宝马雕车香满路。凤箫声动，玉壶光转，一夜鱼龙舞……"

古人的词，背诵了千遍，此时此刻方才知道其意繁华旖旎至此。她初次饮酒，微醺中禁不住以筷击壶，朗声而吟。

"蛾儿雪柳黄金缕，笑语盈盈暗香去。众里寻他千百度。蓦然回首，那人却在，灯火阑珊处。"

帘外有人应声而接。她心里突地一跳。

茶房挑起帘栊，缓步踱入的却是青衣素服的俊朗公子，剑眉星目，翩然如玉，一双眸子黑深似夜色，如能溺人。

那是她生平第一回与陌生男子说话，却不知为何出奇地镇定。或许是因为穿着男装，或许是因为他言语之间甚有妙趣，或许是因为他那双漆黑明亮的眼眸。

那天他们说了许多许多的话，她将童年的趣事讲与他听，他亦听得津津有味。她与他斗酒，背不出诗词的人便要罚酒，她从未见过那般博学多才的男子，无论是何典籍，他都能随口道出。

他们说了太久的话，屋子里突然一下子暗下去，才知道原来蜡烛燃尽了。

顿时满室清寒雪光，仿佛是月色，而天地间一片静谧无声，只有窗外落雪声轻微。

"诗万首，酒千觞，几曾着眼看侯王？玉楼金阙慵归去，且插梅花醉洛阳。"

他于遥遥的那一端，就在满天满地的梅花影底，低低呢喃。

且插梅花醉洛阳……那一日她才知道，原来这世上有人，可以与自己是知音知己，原来这世上会有人，与她意气相投，喜她所喜，心心相印。

临别之前，他终于问："敢问小姐，贵姓芳名？"

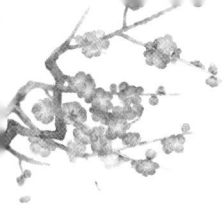

是唐突，是诧异，是胆怯，是既喜且乱，原来他早就知道，知道她是女子。

而她在瞬间明白，明白了他的意思。

他会来娶她，他问她的名字，因为他要上门来求亲。鼓曲词书里都这样唱——才子佳人，一见钟情。

她才只十四岁，一颗心中如揣了小鹿，扑扑乱跳。她没有想过会遇上这样一个人，她年纪甚幼，她没有想过，会早早遇上这样一个人。

终其一生，原来可以遇上这样一个人。

她声如蚊蚋，终究还是告诉了他："我姓慕。"慕氏百年望族，族中多人在朝为官，怕他弄错了，又补上一句，"家严名讳，上大下钧。"终究不好意思说出自己的小字，因为太羞人了，所以声音更低，低不可闻，"我出生的那天，月色满地如清霜，所以我的名字……我的名字……"

只这么婉转一句，他眼中骤然明亮，仿佛有异样的光彩："我知道了。"

旋即，他将随身所佩的短剑赠予她，那柄短剑十分精美，剑柄上镶嵌着数颗明珠，正面镂金错玉四个篆字，"死生契阔"，翻过来亦有四字，"与子成说"。

死生契阔，与子成说。执子之手，与子偕老。

她羞得满面通红，匆匆而去，走过了街头一回首，他还立在伴香阁的灯下，青衣素服，翩然如玉，望着她，满脸的微笑。她不敢再看，只匆匆往前走，满天细小的雪花，纷纷扬扬地落了下来，她走得极快，一颗心也跳得极快，脸上滚烫，心里却是暖的，因为知道他会来，他一定会来。

她终究没有等到他，他没有来，而她竟忘了问他姓氏。

就在那年春天，六姐嫁给了皇四子定淳，因是侧妃，父亲起初颇不乐意。但据说皇四子在毓清宫前跪求了整整半日，皇帝终究答应下来，父亲也不能不松了口。所以家中人皆道皇四子如此痴心，必不会亏待了六姐。

第二年也有人上门向她提亲，可她躲在屏风后偷偷张望，并不是他。

母亲也曾问过她的意思，她只是垂首向壁不语，逼得急了，才道："娘，我还小……"

母亲便知道她不中意，况且她也才十五岁，所以随便寻个因由婉转推脱了那门亲事。

而她终究没有等到他，一直到最后抄家灭族，她一夜之间家破人亡，她也没有等到他。

她一直没有问过他的名字，她不知道他的名字。

她不知道，定淳。而他也不知道她的小字。

他不知道，她叫如霜，冷月清辉，遍地如霜。他只以为月色遍

地，是临月。

她的六姐，小字临月。

她说的时候不承想过，会这样误会，会这样错过。

她一直等，原以为可以等到他，直到最后抄家灭族。在监牢中，她还曾经想过，不知道此生此世，可否有机会再见一见他。

她一直以为，他真的会来，一定会来，因为明明知道，他是真心相许，他一定会来。

而她当时并不知道原来是他，他更不知道原来是她。

【二十七】

"一切有为法，如梦幻泡影。如露亦如电，应作如是观……"一缕淡淡的轻烟散入殿宇深处，喃喃的梵唱声，偶有只言片语传出帘外。

地上烙着细长的窗棂花样，一样样的万字不到头，光亮如镜的金砖地仿佛起了花样棱角。内官们屏息静气，殿中静到极处，只闻檀香悠远，仿佛深寺一般。

"王爷这边请，"新任的司礼监秉笔司太监王丛弓着身子，显得十分殷勤，"太后在佛堂里做功课，王爷略宽坐，奴婢这就叫人去回禀太后。"

豫亲王点了点头，问："皇上呢？"

"皇上刚睡着了，哎哟哟，这位小主子真是了不得，折腾得几个奶娘都一身大汗，最后还是太后接过去，才算哄得睡了。哭得嗓门那叫个响亮，啧啧，老太傅就说过，咱们万岁爷将来一准是位神武之

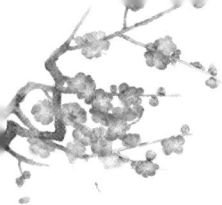

帝，啼声惊人。"

坐不过片刻，便听见帘栊声响，有衣声窸窣，旋即熟悉的香气淡淡氤氲而至。

他起身行礼："臣见过太后。"

"王爷不必多礼，请坐。"隔着帘子也听得出语气温婉。他身为摄政王，地位尊贵，年轻的太后日常也并不受他的礼，反倒十分客气。

内官们都退了出去，他将今日内阁议的几件事都一一奏明，隔着帘子，只朦胧瞧见她一身素白的孝服，不由得垂下眼帘。

因为先帝崩逝未满一年，所以阖宫仍在服丧，那一抹素白仿佛是帘底的杜鹃花，不带半分脂粉颜色，却灼灼映在眼底。

几件要紧的朝事说完了，有短暂的静默，她忽然问："你今天来得怎么这样迟？"

他迟疑了一下，道："今日和几位阁臣商议河工……"一语未了，忽见她娉婷而起，伸出素白的手，揭开了帘子。他不作声，只是站了起来，默然往后退了一步。

她款款走至他面前，忽然嫣然一笑，"棣儿哭了这半日，才刚睡着了，你也不瞧瞧他去？"

刚弥月的小皇帝在东暖阁，躺在摇篮里睡得正香。襁褓倒是百家布，是如霜亲自命内官悄悄去贫苦人家讨了来，进入宫中后三蒸三曝，然后又亲手一针一线缝纳成，只为同民间一般讨个贱意，好养活。只不过这百家布襁褓外头倒又搭了一条金线织锦团龙的小被，这是御用之物，普天之下，再无尊贵如此。大约是太暖，孩子一张小脸红扑扑的。

他不知不觉露出微笑，待要伸出手去摸一摸孩子的脸，又怕自己的手冷，惊醒了他。

如霜立在他身畔，轻声道："真是狠心——到了如今这地步，还不肯为我们娘儿俩打算打算。"

他悚然一惊，慢慢直起身子，望着她。

她"嗤"地一笑："别这样瞧着我。吴昭仪前日生了个儿子，你却派人拿个女婴去换了出来，这样的事，瞒得了旁人，难道也打算瞒我？"

他隐忍地皱起眉："那是四哥的孩子。"

"留着他，就是祸根。"

"不行！"他骤然爆发，"我不准！"

声音稍大，惊得摇篮里的婴儿身子一抖，旋即"哇"一声就大哭起来。

她抱起孩子，一边拍着哄着，一边狠狠瞪着他："就为着棣儿，也不能留那个祸胎。"

"不行！"他脸色阴沉得可怕，"慕如霜，你要是敢做那样的事，从此之后我们恩断义绝。你垂帘听政一日，我便再不踏入朝堂

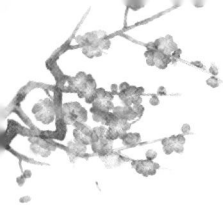

半步。"

如霜"嗤"地一笑，渐渐将孩子哄得重新睡着，方才轻嗔："瞧瞧你这样子，跟要吃人似的。动不动就掼乌纱发脾气，真狠心，你要撂了挑子，这偌大的朝廷，千头万绪，叫我一个妇道人家怎么办？棣儿才刚满月，你就真的半点也不心疼他？"俯低吻了吻孩子的脸，忽道，"咦！你瞧，棣儿在笑呢！"

是真的在笑，刚足月的婴儿，睡梦里无忧无虑的笑容，仿佛能融化这世上的一切坚冰，笑得人心底里都软了。

如霜柔声道："我知道你不忍，但那孩子真不能留，有他就没棣儿，有棣儿，就不能有他。我们受再多的苦也就罢了。"她细语如喃，"棣儿还小，怎么能不为他打算？"

豫亲王只觉得烦躁莫名："这事改日再说。"

如霜亦不再逼迫，笑着又问："午膳就在这边用好不好？我叫小厨房里做了菜，天气冷了，空着肚子骑马回去，门上准又有一大堆人等着你议事，必又顾不上吃饭，回头饿伤了胃。"

豫亲王本不愿在这慈宁宫中多做逗留："太后若没有旁的事，臣先告退。"便起身欲走。

但她一手抱着孩子，一手却扯住了他的衣袖，只道："棣儿，叫你皇叔留下来陪咱们娘儿俩吃顿饭。唉，总归是你命苦，你爹这样狠心，撇下咱们两个不管。"

豫亲王见她楚楚可怜，眼中水光盈盈，瞧那样子倒真的像要哭了，终究禁不起她这样的软语娇声，于是只得留了下来。

他从宫中出来，时辰已晚，冬日昼短，待回到府中已经是掌灯时分。府外照例是车水马龙，写着官衔的西瓜灯一盏接一盏，半条巷子塞满了官轿和车马，远远见着摄政王的顶马仪仗，巷子里不由得起了一阵轻微的骚动。

门上的虞卫早就迎出来。豫亲王下了马，门上正掌灯，持着蜡钎的内官见着他，忙垂手避在一旁。栲栳大的灯笼刚刚点燃了一盏，因是国丧，烛光映着白底灯上一行扁且细的蓝字——"敕造摄政王府"。另一盏还没点燃，在初起的夜色里，雪白的灯在风中微微摇动，仿佛怪兽的巨睛，闪烁未明。

处置完了几样要紧的公务，总管才觑见空回禀他："王爷，迟提辖回来了。"

因平乱有功，年方二十许的迟晋然已经官拜提辖，此时只是便服，进来便给豫亲王行了礼。豫亲王挥一挥手，满屋子的内官丫鬟顿时退了个干净。

"这个乳娘是从小扶掖属下兄弟长大的，所以旁的不敢说，但人一定靠得住。只是地方一时间不好找，得慢慢谋。"

豫亲王的声音里透出几分倦意："不必了，就把孩子留在府中吧。"

迟晋然吃了一惊："留在府里——"

"留在府里，"豫亲王很快下了决心，"你去告诉师爷们，替我写个正式禀文给宗人府，就说我收了名义子——让宗人府记谱。"

迟晋然没想到他会这样打算，迟疑道："就只怕宫里边……"

豫亲王道："她不敢，只要把这孩子留在我身边，她就不敢。她如今还有忌惮我的地方，一时半会儿还不敢轻举妄动。"

迟晋然想了一想，虽然微觉不妥，但目前形势迫人，除此之外确实别无良策，于是沉默了一会儿，又问："既然要入谱，王爷就得给那个孩子取个名字，禀文中好记载。"

依定制这一世皇子名字应该从木，所以小皇帝名"棣"，那是礼部精心挑选了三个月，从典籍里头选出十多个字，然后呈摄政王与太后过目，太后又亲笔圈出这个"棣"字。从此之后，普天之下，凡遇此字，皆需缺笔以敬讳，万民再不能直呼，因这是帝名。

而府中的这个孩子，虽然千辛万苦地活了下来，但即使身为摄政王世子，名字亦不能从木，否则就是僭越，而宗室子之名只能从日。

"就叫曜，"豫亲王很快拿定了主意，"日出有曜。"他抬起头来，望着窗外黑沉沉的夜色，仿佛是叹息，"长夜虽漫，也总有天亮的时候。"

【全文终】

番外

暮成雪

从喜帕缀下的密密流苏间望出去，只能看见朦胧的满室红光，想是案上高烧的红烛，滟滟流光照得满室皆春。

外面响起杂沓的脚步声，内官特有的尖细嗓音，还有衣裳拂动脂粉香气，是侍候在屋中的大丫头们行礼如仪："见过王爷。"

"起来。"陌生的声音透着淳厚，听在耳中，仿佛一震。

叮当的轻响，是身侧喜儿腕上的翠玉镯子。今日喜儿一直伴着她，扶她下轿，扶她跨过火盆，扶她跪拜行礼，扶她谢过天地君恩，扶她进这房中来，陪她端坐一直到晚间。

秤杆微凉，轻轻地探入喜帕底下，眼前豁然一亮，天地间都是一片喜洋洋的红色，而他站在众人中央，正望着她。

她很快地低下头去，不过一瞥，却已经看清了他的眼，他的眉，他饱满高洁的额，他刚毅微抿的嘴。但嘴角微弯，是笑了。

虽然深深低着头，她不禁也抿着嘴笑了。若是被娘亲知晓，一定又是一顿好教训，新妇怎么可以笑？

自从旨意下来，阖府中竟是忧过于喜，娘亲不止一次地对着父亲叹气："千挑万选，怎么就看中了我们家意儿？"而父亲脸色微沉："这是恩典，你胡说什么？"

是啊，这是莫大的恩典，由太后亲自下旨，将她指婚给摄政王，金册金宝，光粲流离，由礼部颁授，册封为豫亲王妃。摄政王行亲迎之礼，一路上仪仗迤逦，鼓吹细乐，鞭炮声震耳欲聋，九城百姓几乎倾巢而出，扶老携幼壅街堵巷，看摄政王"娶新妇"。

而她坐在轿中，听着外面嘈杂的人声、马蹄声、鼓乐声、鞭炮声，轿子走得又快又稳，刺金绣花的轿帷微微晃动，仿佛漾起金色的波纹，而这一切仿佛梦境。

在旨意下来之前，她怎么也没有想过，自己会嫁给权倾天下的摄政王。因为自己的父亲只不过是世袭的一个三等侯，领一份闲散的差事，满城的权贵豪族，太多出色的美貌贤良女子，怎么数也数不到她头上来。

赐婚的旨意下来，举家皆惊。因为太后垂帘称制，而豫亲王摄政，市坊间有着各种各样的传闻，传得最厉害的就是豫亲王骄矜跋扈，把持朝政，而朝臣们分党结派，一派"拥统"，一派则是豫亲王的心腹，自然势成水火。虽然看着仍旧是朝野平和，君臣融融，其实冰底下的旋涡暗流，已经激涌已久。

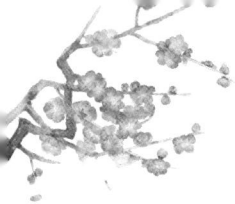

昨日晚间依着西长京中旧俗，出嫁的女儿在娘家的最后一夜要由母亲陪寝。母亲亲手替她卸了晚妆，拿着牙梳替她梳理长发，铜镜里映着母亲的眼，隐隐似有忧色，说："孩子，王府不比家中，何况摄政王身份尊贵，你别再使小性子，说话行事都要谨慎，莫失了王妃的身份。"欲语又止，最后只是长长叹了口气，"儿啊，这都是命，将来只看你自己的福分了。"

是啊，这都是命。

自打赐婚的旨意下来，喜儿便想法子打探一句半句的消息，零零碎碎地讲与她听。原来这桩婚事亦是有着前因后果。太后看中西靖王的女儿，意欲认作义妹，嫁与摄政王，而"拥王派"却相中大将军余平的女儿，亦意欲以联姻来制衡。两派僵持良久，只得互让一步，随便挑了个最不相干的人，便是她，册为豫亲王妃。

这都是命。在轿中，她也惴惴不安了许久，只不知道自己要嫁的是什么样一个人。但自己千般万般臆想，今日晚上红烛之下骤然一见，心里忽然松了一口气。

原来是这样一个人，眉目清俊，望住自己，微微带着抹笑意。

心里一暖，便觉得安逸了。

四位喜娘斟上了合卺酒，又剪亮了红烛，为首的那人躬身行礼，低低道："请王爷王妃早些安寝。"便率着下人们连同喜儿一起无声退出去。最后退出去的内官倒拽了门，很轻一响，倒令得她心底又是一震。

销金香炉中焚着越合香，从兽吞中吐出幽幽的烟缕，烛光映着绯红的帷幕，仿佛梅花得了雪意，越发殷然滟红。他眉目间略有酒意，想是在前面宴席间吃了好些酒，这样的日子，虽然是摄政王，原来也不过是个新郎官。

他身上亦有淡淡的酒香，她忽然觉得心里怦怦跳，自幼从不曾跟陌生男子独处一室，何况是这样的夜里。

过了许久，才听见他问："你叫什么名字？"

"湘意，"仓促答了方觉得失礼，于是又补上一句，"臣妾小字湘意。"

他笑了："我知道了。"

她有点窘意，立在那里不知道怎么办才好。过了一会儿，才听见他说："定滦。"

她眨了眨眼睛，才明白他是在告诉自己他的名字。

其实她已经知道的，兴宗第七子，先帝最爱重的一个同父异母胞弟，豫亲王定滦，自从当今皇帝登基，便敕封摄政，她的夫君——只怕普天之下再无人如此直呼他姓名——不禁又低头一笑。

只听他语气温和："王妃饿了吧？从早晨到现在。"

从离家到王府，一路上繁文缛节，到了这深夜，她终于想起来一整日自己确是滴水未沾。王妃……早晨离家的时候，父亲送出正门，

隔着轿帷，她听到父亲的最后一句说的是："臣恭送王妃。"

一声便将她的人生划成天堑，从此后，她是王妃，连她的亲生父亲，都成了臣子。但从他的嘴里听到这陌生的称谓，却莫名其妙觉得很安心。

他已经在桌边坐下，向她招了招手，她满心喜悦走过去，坐在了他对面。

十二干果、十二蜜饯、十二细点，一桌子的精美吃食，他捧起酒卮，刺绣着复金龙纹的衣袖滑落下去。依例只有御衣常服才能用龙纹，诸王朝服方才许用蟒纹，而前年他曾以皇帝的名义下过特旨，摄政王常服亦可用龙纹。

特旨的邸报发下来，她的父亲曾皱着眉叹道："竟然僭越至此！"所以她此时见着，不由得想起来，还没有弄清楚自己在想什么，已经看到他的手指很细，不若男人的手，但指间有薄茧，摩挲着衣服沙沙作响。

他正望着她，她于是也捧起酒卮，学着他的样子一饮而尽。酒作蜜味，入喉极香，微微有点辣，呛得她咳嗽起来。他伸出手来，轻轻拍了拍她的背，她只觉得心中发热，也不知是因为吃了酒，还是因为他的手。

不知为什么，他的手忽然停留在她的肩头，一直过了很久都没有放下。她慢慢抬起头来，却见他目光虚虚地越过了她，只望着窗外。

这日是十五，月色遍地如水银，仿佛一层轻纱，笼在天地间。

有风过，吹得烛焰摇动，她不由得轻声叫了声："王爷。"

他终于收回了目光，对着她笑了一笑。

仿佛只略合了合眼，天还没有亮，已经是卯初时分，必得要起身了。

上房里侍候的丫鬟们鱼贯而入，洗漱更衣。豫亲王换了朝服，她第一次看到他穿朝服，束发金冠，赭色的江水海牙，已经近乎御用的赤色，腰束金镶白玉版带，只显得长身玉立，英气勃发。

室中掌着明灯，四下里明亮如昼，她讶然发觉，二十七岁的摄政王，两鬓已经略染风霜之色。

刺金绣雉的翟衣比昨日的嫁衣更繁复精美，四五个丫头帮忙一层层地穿戴，罩上褙子，最后是宽三寸二分、长五尺七寸的霞帔，绕过脖颈披挂在胸前，下端垂着金玉璎珞坠子。发间更插戴沉重的九凤冠，这是正式的大妆，因为立时要进宫去谢恩。

喜儿小心翼翼捧着镜子，交错倒映在案上镜中，让她看髻后插戴的珠花。她却从大铜镜中望见他的脸，他更衣比她要快，所以只是在一旁含笑望着盛装的她。

画眉深浅入时无。她忽然想到这句诗，心底不由得一甜。

她乘轿，他骑马，方至宫门，远远已经见到内官候在一旁，高声

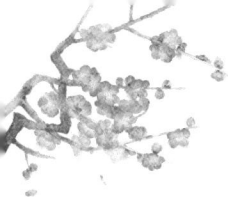

道："有旨意。"

豫亲王并不下马，就于鞍上欠了欠身，示意内官宣旨。原来是太后懿旨，赐摄政王妃宫内乘辇。

这是后宫妃嫔方才能有的殊荣。她心中惴惴不安，但豫亲王只说了句"谢太后恩典"，便示意她上了步辇。只听得抬辇的内官脚步又轻又快，而豫亲王依旧乘马，"嘚嘚"清脆的蹄声响在她辇前。

这是她第一次入宫，穿过宏伟轩丽的德抚门，举目只见金碧辉煌的层层琉璃重檐，连绵如碧海，而朝阳映照其上，耀得人几乎睁不开眼睛。一重重的垂花门，穿过笔直的天街，漫长的宫墙仿佛两尾赤色的巨龙，延伸至遥远处。她这才明白为什么要乘辇，因为步力无法可及。

最后在垂华门外降了辇，豫亲王亦下了马，有内官自门中迎出。她瞧那服色是正三品，便知此人即是被称为"内相"的慈颐殿总管太监王丛。

果然，只见那内官已经疾步下了台阶，跪下行礼："奴婢见过王爷、王妃。"

豫亲王道："有劳王公公。"

王丛笑起来眼睛都眯成了一道缝，满脸堆欢："王爷客气了，请王爷、王妃随奴婢来。"

步上汉白玉阶，又有一对女官笑吟吟迎出来，齐施一礼便转身引得二人入殿。殿中极静，金砖上另铺了釜州所贡织花厚毯，侍立的女官皆是六品以上品秩，静幽的殿中唯见女官软金冠上垂翅颤颤。

她听见自己长长的裙裾拂过，沙沙一点轻响，心里不知为何有点发慌，他却伸出手来，握住了她的手。

面南的宝座上，端坐着一位雍容的贵妇，隔得远，只能看见她赤色的翟衣，仿佛云天深处的一抹流霞。渐渐走得近了，可以看清她头上华美的九龙九凤冠，垂下细密的流苏，在深邃幽暗的殿宇深处，如水波般溢出珠宝华然的丽光。

她知悉这便是当今的皇太后慕氏，于是双双按礼制跪拜，行了见驾的大礼。

"快快请起！"皇太后的声音清越婉转，十分悦耳，"赐王爷、王妃坐。"

立时有内官端过椅子。再谢过恩方坐下，她这才大着胆子抬起眼来，看清了太后的容貌。今年二十二岁的皇太后，美艳仍如十八九岁的丽姝，雍容华贵中透出妩媚娇丽，盈盈一笑间，竟然令人觉得神动意摇。

"七妹妹生得好容貌，七爷真是有福气。"皇太后含笑道，"七妹妹不要拘束，原本就是一家人。"

内官们奉上茶，她又起立谢恩。

皇太后又是一笑："七妹妹别这样客气，何况往后还要常常进宫

来，陪我说说话才好。"她语气极是柔婉动听，说得好一会儿话，皆是些家常闲语，似乎真的如寻常妯娌一般。

湘意的一颗心终于渐渐放下，觉得这高高在上的皇太后其实十分平易近人。

"启禀太后，皇上来了。"王丛尖细的声音响起来。

豫亲王放下茶碗站了起来，她亦连忙起身，刚一转身，已经见着小小的身影在门口一晃，仿佛一支小箭射入殿中。后头跟随簇拥着大堆的宫女太监，为首的内官亦是三品服色，直急得满头大汗："哎哟！万岁爷！慢些！慢些！"

"七叔！"小皇帝一直扑进豫亲王怀中。

豫亲王蹲下来，伸手替那小人儿整理袍带，抬起头来注视着凝汗的晶莹面庞，笑着说："皇上又长高了。"

小皇帝伸手搂住他的脖子："七叔这几日都不来看朕，郭正一说你娶新婶婶去了，七叔，娶新婶婶好玩么？"

一句话令得殿中人都笑起来，连皇太后都笑了。

湘意敛衽为礼："臣妾见过皇上。"

"免礼。"嗓音清亮，乌溜溜的一双黑眼珠打量着她，仿佛是疑惑。

皇太后道："棣儿，放开你七叔，像什么样子？莫叫你七婶婶笑话。"

小皇帝越发像扭股糖似的："七叔教朕开弓吧，七叔答应了教朕的。"

豫亲王道："等过几日闲了，臣再教皇上。"

小皇帝噘着嘴道："你几日得闲？朕打发人去找你，你不是在内阁就是在枢密院，总没工夫来陪朕玩。"

皇太后款款步下御座："别缠着你七叔胡闹，棣儿，你瞧新婶婶长得好不好看？"

小皇帝这才又打量了湘意一眼，说："好看。"内官宫女们皆忍俊不禁，谁知小皇帝又补上一句，"没有母后好看。"

到底只是四岁的孩子，天真烂漫口无遮拦。豫亲王仿佛怔了一下，湘意倒忍不住笑了，皇太后亦笑了："这孩子，就会胡说八道。"

小皇帝一来，殿中便热闹许多。他缠着豫亲王问东问西，极是亲热，皇太后只是在一旁笑吟吟看着，听着小皇帝脆生生的声音告诉豫亲王，这几日自己新认得了什么字，又有了什么新玩意儿，哪个内官逮到了好大一只蟋蟀给他……皆是稚声稚气没要紧的闲话，而豫亲王听他讲得津津有味。

他们在宫中耽到午时，又领了皇太后的赐宴，方才向皇太后告退。皇太后唤了声："如意。"

只见一名婉侍应声捧出一只金盘，皇太后笑道："七妹妹别嫌弃，当是见面礼吧。"

这是赏赐，谢恩之后方接了过去，原来是一双白玉钏，雕琢成缠枝莲花，触手生温。皇太后亲自替她笼到腕上，执着她的手道："以后就是一家人，七妹妹要常来。哀家一个在宫里头也闷得慌，总想着妯娌能来走动走动。"语气甚是诚恳。

回府的轿中，她想，其实瞧起来王爷与皇太后并非剑拔弩张，一触即发。尤其对小皇帝，王爷倒是真心疼爱，不若外间传说。

回到府中先换衣裳，豫亲王便遣人来请："王爷请王妃到后堂。"

于是她忙带着喜儿去了后堂，只见豫亲王坐在那里，见着她道："也没什么事，你先坐下来，见见家里人。"

从昨日进府到今日，果然还没有见过王府中诸人。首先见礼的便是豫亲王的义子，单名一个曜，由乳母引着粉妆玉琢的小人儿。未过门之前，她也听过几句闲言碎语，有人说这是豫亲王亲生之子，因为生母是一名歌伎，身份卑下，所以才认作义子。亦有人道这是豫亲王挚友之子，父母双亡，所以收为螟蛉。

三四岁的孩子，虽然犹带稚气，可是行动有礼，跪在锦垫上规规矩矩地磕了头："见过母亲大人。"

她只觉得心底一软，忙忙扶起来，牵着他的小手，只觉得这小小人儿十分惹人怜爱，一双乌溜溜的大眼睛，秀气得像女孩子，倒仿佛在哪里见过一般。

然后便是豫亲王房中的大丫头："奴婢碧珠见过王妃。"

这亦是她未过门就听过的名字，连忙也伸出手搀住了，说道："不必多礼。"只觉得这碧珠是个眉目清秀、落落大方的人。豫亲王并不好色，虽然一直未娶，房中也只有这个大丫头，听闻府中皆是她在管事。

　　果然见过了诸人，碧珠又独独留下来，先施了一礼，然后双手奉上一双对牌，道："如今王妃来了，奴婢们也有了主心骨，这是府里的对牌，日后听凭王妃差遣。"

　　她道："你是侍候王爷的人，日后诸事我也要倚仗你。"

　　她话说得十分客气，碧珠忙道："王妃言重了，奴婢不过在府里多待了几年，这府里的人和事，比王妃多知道些罢了，日后王妃有什么事，尽管吩咐便是。"然后便转脸问，"他们都来了么？"

　　一个丫鬟答："都来了。"

　　原来是二门内管家的婆子们，一一进来见礼。偌大的王府，各处的差事亦多，每日大事小事亦有数百件。

　　朝中王妃、公主、诰命们往来，生辰做寿，婚丧嫁娶，几乎日日都有。何处该送礼，何处送礼该轻，何处送礼该重，何处既要送礼亦要赴宴……中间皆要拿捏妥当，而府中诸事亦多，她忙了足足两三个月，幸得碧珠如左膀右臂，喜儿亦十分得力，方才将府里的诸人诸事都理顺了十之八九。

这一阵忙，已经入了秋，天气一日比一日凉了。豫亲王要预备上苑秋狩之事，所以晚间特意进上房来。

湘意正与喜儿吃饭，忽然听到外头一阵脚步声，接着是内官尖细的声音："王妃，王爷来了。"底下人都留在了门外，只有多顺侍候豫亲王进来。

她不妨今日他这么早进来，忙笑着站起来："王爷今日回来得倒早，用过晚膳没有？"

豫亲王公事多，十日里头，倒有九日不在府中用膳。偶尔回府中来，多半又是在外头书房里跟属官幕僚应酬。此时他只见小几上放着几碟清爽小菜，另有一海碗紫粳米细粥，说："今天我就在这儿吃吧。"

她忙叫喜儿："叫厨房加几个菜来。"

豫亲王道："不用了，看这几样就很清爽，我就喝碗粥。"

她于是拿了牙箸，亲自拨了一碗粥双手捧给他，豫亲王接过了粥，也不过拨了两口就又搁下了。

她见他眉头微皱，倒仿佛有心事，不由得叫了声："王爷。"

"嗯？"豫亲王倒似骤然回过神来，对着她笑了一笑，说道，"过几日就要秋狩了，皇上年幼，照旧年的例子都是我代皇上去，这一走就得一个多月。"说到这里，忽又停了一停。

她道："王爷放心，这府里的事我虽还不大熟，但有碧珠帮着我，王爷只管忙正事就是了。"

豫亲王忽又一笑，说："我也没什么不放心的。不过曜儿还小，我想着从明日起叫他进来跟你住，你也好照应些。"

湘意倒是真心喜欢那孩子，听见豫亲王这样说，很是高兴，立时就命人去收拾屋子。

豫亲王吃了半碗粥，脸上倒微有倦色，接了喜儿绞的热毛巾，擦了一把脸，却将那毛巾握在手里，束成一把，有一下没一下打着掌心。过了好一会儿，似乎下了什么决心，将毛巾往几案上一撂，起身就往外走。

她倒不妨他此时还要出去，于是叫了声："王爷。"

豫亲王回过头来，有几分歉然地说："我还有事要去外头，你早些睡。"

湘意听他这样说，知道他有正事要忙，所以让喜儿剪了灯，又挑了两支线来绣，一直到倦了方睡下。

刚睡下没有多大会儿，忽然听见有人轻轻地拍门，低低地叫了两声"王妃"。

豫亲王不在的时候，喜儿就睡在外间，听见声响忙披衣起来，问："是谁？"

是后头暄日堂的乳母打发来的人，说是曜公子突然急惊风，瞧那病势凶险，所以一刻也不敢耽搁，立时来回禀王妃。

湘意听见说，立时也穿衣起来了，一边穿大衣裳一边吩咐："快叫人去请大夫，日常给小公子瞧病的是谁？快打发人去请！"急急地打发了人去，又跟喜儿去暄日堂。

一走进屋子，只见乳母抱着孩子，急得直掉眼泪。那孩子裹在被中，只见小脸通红，牙关紧咬，两目上视，呼吸却是急一阵缓一阵。

她从来不曾经过这样的事，不由得心里发慌，连催了几遍大夫，又打发人出去禀报豫亲王。幸得不过片刻张太医就赶来了，立时诊脉开方子。

因为太医要诊脉，所以她暂且回避了，那西厢屋子里只点着一盏灯，她心中着急，坐在那里默默无语。忽然见着人影在外头一晃，喜儿眼尖瞧见了，问："那不是徐炳？"

果然是打发去回禀豫亲王的小内官徐炳，他进来趴在地上磕了个头，哭丧着脸说："回王妃，奴婢没找见王爷。"

湘意虽然着急，可是并不糊涂，不由得一怔，问："王爷不在外头书房里？"

"各处都找遍了，都没见着王爷。"

她不由得又是一怔，问："那去问问门上，王爷是不是出去了？"说了这句话，忽然见喜儿给她递眼色，便说，"罢了，不必问了，你先下去吧。"

徐炳磕了一个头，退了出去。

丫鬟已经拿了太医开的方子进来给她看，她不懂药理，匆匆看了一眼，说："拿到外头去给赵先生看了，再煎药。"

那赵先生是豫亲王的心腹，与旁的清客不同，独自住在府外胡同拐角一处跨院里。此时内官来拍门，小厮叫醒了他，将方子拿给他看，他听说是曜公子得了急病，不敢怠慢，立时在灯下细细地看了方子，又问："王妃怎么打发你上我这儿来了？"

那内官原是上房当差的，比徐炳要机灵许多，悄悄地道："王妃找不着王爷，一时着了急，叫我先把方子拿来请先生过目。"

赵先生哦了一声，问："那王爷那里呢？得了信没有？"

"多公公遣人进宫去了，只怕王爷这时已经知道了。"

赵先生听他这样说，便不再言语，将方子交给他，说道："就照这个方子煎药吧。"

那药十分灵验有效，吃了药不久，孩子就昏沉沉地睡了过去。湘意这才松了口气。

喜儿劝她："王妃还是回屋里躺一躺吧，天都快亮了。"

她摇了摇头，说："我再坐一会儿。"又守得片刻，见窗棂上渐渐泛白，而孩子睡得安稳，发热也退了，不由得吁了口气，带着喜儿回上房去。

本来从暄日堂回去，一路笔直的青砖路，但她偏偏从回廊上拐了弯，这一下就绕得远了。

天刚刚透出几分光亮，日头还没有出来，天是极薄的青灰色，倒像是薄胎的坻窑花瓶，隐隐透着云意。沿着曲径两侧，皆是搭的花架子，牵藤走蔓，风吹过有露水滴下来。

喜儿怕她受凉，低声道："小姐，还是回去歇歇吧，差不多熬了一整夜了。"

她被风一吹，倒觉得神气爽快了不少，抬起头来看了看天色，说："不睡了，天都要亮了。"

回到上房里洗漱，喜儿又侍候她换了衣裳，正梳头，忽然内官来禀报："王爷回来了，到后头去看小公子，只怕过会儿就要到王妃这里来了。"

果然过不一会儿，豫亲王便进来了，跟她说了几句小公子的病情，又看了太医拟的方子，因为已经到了时辰，所以换了朝服要上朝去。

湘意看三四个丫鬟跪在那里替他换衣裳，忽然道："王爷什么时候走？"

豫亲王怔了一下，才明白她是问自己什么时候动身去上苑，于是答："钦天监挑了吉时，明日离京。"

她低头思忖了一会儿，又问："王爷若是无事，今日能不能早些回来？"

豫亲王迟疑了一下，但旋即答应了她。

成亲几个月来，她从未曾特意央求过他什么事，所以他也就搁在了心里。恰恰这日事情也少，下了朝，内阁议了几件要紧的事便散了。他虽有几件不相干的应酬，亦被他随口推掉了，径直打道回府。

谁知刚传了轿，还没有走出宫门，一名内官追上来，一迭声只叫"王爷"。豫亲王在轿中听这声音，便知道是慈懿殿的内官秦松，当下并不理会。

秦松追上来，喘吁吁地扶着轿杆，一路走，一路隔着轿窗道："王爷……王爷只当可怜奴婢……王爷这样一走，奴婢们的脑袋可真难保了……王爷……"因为轿夫走得快，他越发只是喘着大气哀求，"王爷……求王爷好歹说句话……王爷便不看僧面也看佛面……"自顾自咬了咬牙，说，"难道王爷真的一辈子不理睬了？"

豫亲王在轿中听得他最后一句话，心里沉了沉，终于将足一顿。

轿子缓缓地降下来，秦松眉开眼笑，亲自上前来打起了轿帘，说道："就知道王爷最体恤奴婢们。"

慈懿殿素日里焚着上好的沉水香，幽幽淡淡。秦松引豫亲王入了暖阁，悄无声息就退了下去。

暖阁之中静悄悄的，唯有崔婉侍在帘前，见着他，默默屈膝行礼，替他拢开帘子，待他进去，亦悄悄地退出去了。

重帘后是十八扇的紫檀泥金屏风，镂金错玉，花鸟人物，色彩缤纷，无一不美。他绕过屏风，帐幔层层，影影绰绰可以瞧见帐幔深处的八宝牙床。室中虽未见焚香，却有幽香脉脉细细，如能蚀骨。

他在梨花案前坐了，随手拿过茶壶给自己斟了一杯茶，默默啜着。

那茶水已经温吞了，喝在口中又苦又涩，正兀自出神，忽然觉得暗香袭人。果然，一双素手伸过来，含笑道："这茶凉了，王爷仔细伤胃。"

他随手将杯子往桌上一撂，淡淡地道："我现在也来了，有什么话直说便是。"

如霜"哧"地一笑，因刚歇了午觉起来，所以只穿了一件夹纱素衣，亦没有梳鬓，长发如墨玉般泻在银白纱衣上，衬得脂粉不施的一张清水脸越发显得明眸皓齿，依稀仍有少女的风华。

她眼波欲流："原来你还在生气？早知道我就不打发人请你进来，等你不生气了再说。"见他并不理睬自己，便幽幽叹了口气，说道："我原以为没什么要紧事，所以才没叫醒你，你若是为这个怪我，那可冤死我了。"见他仍不作声，又道："其实也是有正经事与你商量，明儿你就要走了，你既然不放心，不如把她也带去上苑，省得你疑心我。"

豫亲王这才看了她一眼："她是个老实人，你别打旁的主意。"

"哟，"如霜又不禁笑了，"我不过算计了你一遭儿，你就拿我当坏人防着。她是老实人，她要是真老实，怎么会三更半夜打发人四处寻你？"

豫亲王怫然而起。

如霜忽然伸出双臂，搂住了他的脖子，轻纱烟袖直褪下去，露出象牙似的一双玉臂，仿佛凝脂一般交缠于他颈中。

豫亲王怒道："快放手，若让人瞧见，成什么样子？"

她执拗起来："我不放，她一日不见了你，就能寻你，你还只管回护她。我在这宫里苦挨着，你什么时候替我想过？两三个月了，好容易昨夜来一趟，早上起来为一点小事还发那样一场脾气。"说着就掉下眼泪来。

豫亲王待要将她的手拉开，刚捏住了她手腕，却听见她"哎哟"了一声，秀眉微颦，仿佛吃痛。他低头一看，只见那如玉皓腕之上一圈乌青，看着煞是吓人。却是今日早晨与她起了争执，拂袖而去的时候硬掰开她的手，终究是自己使力太过，到底伤着她——这么缓得一缓，满腔怒火不由得熄了大半。

如霜将脸埋在他胸口，如小孩子般啜泣起来。豫亲王只觉得襟口微凉，想必是她的眼泪浸湿了自己的衣裳，叹了口气，终于没有推开她。

因为入秋日子短了，不一会儿天已经黑下来，王府里传了灯。

喜儿侍候湘意吃了饭，见她独自坐在桌边，托腮对着灯怔怔地出神，不由得问："小姐今儿晚上还做不做针黹？"

湘意形容懒懒的："罢了，早些睡吧。"

于是喜儿带人铺了床，又放了帐子。湘意原是有心事的人，辗转良久，方才蒙眬睡去。

这一觉睡得并不踏实，蒙蒙眬眬仿佛天已经亮了，自己独自在园子里，四面花树婆娑，却连一个人也不见，喜儿亦不在身边。她心中想，这丫头又往哪里淘气去了。一路这样想，一路沿着碎石小径往前走，走着走着，假山障子那头突然绕出个人来，唬了她一跳，定睛细看，却是豫亲王。一颗心才落了下来，迎上去叫了声"王爷"，谁知豫亲王一语不发，竟然拔剑就朝她胸口刺来。她又惊又骇，只不明白他为何如此，长剑已经透胸而过。

她痛得惊叫："王爷！"

"王妃！王妃！"

喜儿唤了好几声，她才渐渐醒过来，原来是南柯一梦，枕头已经哭湿了冰凉的一片，胸口仍在隐隐作痛，竟一时不知是梦是真。喜儿倒了盏茶来，她慢慢地吃了，方觉得定下神来。

喜儿道："王妃这是怎么了？倒像是魇着了似的。"

她叹了口气，喜儿又道："王爷昨日不是刚打发张海山送了家信回来？王妃也别太记挂，再过些日子，王爷就回来了。"

是啊，再过些日子，他就该回来了。

这么一想，一颗心也渐渐安定了。

第二日一早，宫里却遣了人来，言道奉了皇太后的口谕，请豫亲王妃进宫去说话。

湘意第一次独自奉召，不免有点惴惴不安，换了翟衣凤冠，乘轿进宫。一进慈懿殿，才知道好几位王妃、诰命都在，还有几位穆宗皇帝的太妃，皆是些年纪并不甚长的贵妇，围着皇太后，如众星捧月般，你一言我一语，莺莺呖呖正说得好不热闹。

她行过见驾的大礼，皇太后忙命人搀起来，步下御座，亲携了她的手，让她与自己同坐。她再三推辞不敢，皇太后笑着向众人道："我这七妹妹就是这样见外呢，像七爷一样，断不肯失了礼数。其实关起门来都是一家人，成日跪呀拜呀，弄得我跟菩萨似的，只差要把我供起来。"

众人皆笑道："日子久了，豫亲王妃自然跟我们一样，在太后面前再不拘束了。"

自此后，皇太后隔几日总要召湘意进宫去，于诸王妃中视她最为亲厚。

喜儿道："一半固然是因为王爷的缘故，一半也是因为小姐你性子好，谁不喜欢？"

湘意不由得叹了口气，心下明白，皇太后如此笼络自己，泰半还是因为豫亲王的缘故。

这日皇太后又传了她进宫去，先说了些家常话，恰巧行宫里遣人回来，皇太后便叫了进来，细细问了豫亲王的起居饮食，转脸对她笑

道："亏得有七爷，这朝里朝外的事情，都是七爷撑着。旁的不说，就每年这秋狩，不仅是祖宗立下来的规矩，更还要召见外藩、抚慰边臣，若不是七爷，我们孤儿寡母该有多为难。"

湘意忙谦逊了几句，皇太后又颁赐了许多东西，命送去上苑给豫亲王。湘意每次入宫，皆蒙赏赐，不外食物玩器、衣料首饰。

这日皇太后笑道："赏他不赏你，可不公平，哀家留了好东西给你。"

原来是南荑新贡来的脂粉，打开来香气馥郁，满殿皆闻。

一旁的楚王妃笑道："真香，竟不逊于太后平日用的'百花髓'，可见真是好东西。"

皇太后日常熏衣所用香料甚是独特，名为"百花髓"，配方甚秘，外间皆无。

皇太后笑道："我那个香你们都不便用，只因里头有麝香，你们都是要养儿养女的人，受不得这个，倒不是我小气，不肯把方子给你们。"

这样一说，话题自然转到鲁王府新出的一桩事上。原来鲁王新纳了一名爱妾，入府不久就怀了身孕，鲁王年过四旬却无子，自然欢喜得几乎将那小妾要捧到天上去。谁知没几日，那小妾无缘无故却小产了，追查下来，原来是鲁王妃暗中命人使了调包计，把那小妾屋里的焚香全换成了麝香，鲁王气得上奏折要休妻，一时成了笑话。

楚王妃道："鲁王妃平日瞧着不言不语的，没想到这样狠心，总归是一条人命。"

皇太后笑道："女人嫉妒起来，那可说不准，再狠心的事情也做得出来。"

湘意因为经常入宫去，诸王妃间又颇多应酬，所以日子倒过得极快，一晃便到了豫亲王回京的日子了。阖府上下都极是欢喜，湘意早早命人备了家宴。

待到了晌午，豫亲王却只遣了多顺回来："王爷进宫去了，太后照例要赐宴，韩大人、周大人他们又等着替王爷洗尘，王妃还是别等了。"

等豫亲王回府来，已经差不多三更时分，踉跄进上房来，见她还没有睡，倒觉得有几分歉意："不是叫你别等了。"

湘意见他样子倒像醉酒，于是亲自绞了热毛巾给他擦脸。豫亲王像是真的喝多了，歪在榻上跟她说了几句话，酒意上涌，便蒙眬欲睡。丫鬟见状忙要上前来，湘意摆手止住了，自己轻轻地替他脱了靴子，听他鼻息匀停，原来已经睡着了。

丫鬟们都退了出去，她轻手轻脚替他解开袍子，忽然见着他颈窝里有一道伤，仔细一瞧，竟然是两排整齐的小小牙印，细微如月，分明是女子的齿痕。只觉得头顶上仿佛炸开一个霹雳，呆呆地看着，竟不知该如何是好。

那齿痕微紫，有几点细如针尖的殷红凝血，是今日方才有的新伤。

而他回京后即刻进宫，领宴，出宫后又至首辅府中，再无闲暇往别处去，亦无可能往别处去。

她浑身发抖，不知道自己在想些什么，她不敢想，亦不能想，指甲深深地嵌进了掌心，也不知道疼。

不知过了多久，灯花爆了一爆，她才回过神来，替他脱了袍子，拉过被子替他搭上。

豫亲王翻了个身，却重新沉沉睡去了。她也慢慢地躺下了，两眼望着帐顶，密密匝匝的绣花，百子百福，那些黑沉沉的花纹压下来，一直压下来，压得她透不过气，几乎要窒息。

但天却一分一分地亮起来，窗纸渐渐地透了白，秋虫唧唧的声音低下去，外头丫鬟蹑着脚轻轻走动的声音，院子里有人进来，还有内官压低了嗓门说话的声音，她都听得清清楚楚。连窗后檐下秋叶坠地，"嚓"的一声轻响，都清晰得如同震天动地。

喜儿在外头轻轻叩门："王妃，该起了。"

她挣扎着坐起来，只觉得天旋地转，四周的一切都在旋转。天地颠倒过来，她想一头栽下去不再起来，但闭了闭眼，终于站稳了。

豫亲王也醒了，在乍然苏醒的那一刹那，仿佛有丝茫然地看了她一眼。她心里想，他到底是在看谁？

他到底是在看谁？

心底似有万虫啮噬，再无宁日。她迅速地憔悴下去。

皇太后依旧时常召她进宫去，每每拉了她的手感叹："七妹妹怎么又瘦了？总叫太医瞧瞧，拟个方子才好。"

她只是笑笑："多谢太后垂爱，不过是胃口不好，哪里用得着兴师动众。"

皇太后拍了拍她的手："身子不好就要调养，我明儿叫胡太医瞧瞧你去，给你配些养生的丸药吃。"

第二日倒真的打发了胡太医来，细细地诊了脉，然后出去开方。她原以为左不过又是山参、当归之类的温补之药，谁知不过一会儿，喜儿竟然欢天喜地地进来："王妃！是喜脉！太医说是喜脉！"

喜脉？

她怔怔良久，才听明白这个词。

已经涌进来一屋子的丫鬟内官，磕头的磕头，道喜的道喜，她心里竟然没有一丝欢喜，反倒只觉得茫然。

晚间豫亲王回来了，自然已经知道了，他的样子倒似十分高兴，嘱咐她将家事暂交给碧珠。终于觉察她身子在微微发颤，他伸手握住她的手，问："怎么了？是不是冷？"

湘意忽然抱住他的腰，将脸贴在他的袍子上："王爷。"

他倒有点啼笑皆非的样子，因为从来不曾见过她这样子，只问："到底怎么了？"

她说不出话来，心里一阵阵发寒，仰起脸来，说道："王爷，我近来精神不济，只怕太后召我进宫，若有什么失仪的地方，那就不好了。"

　　豫亲王想了想，说道："如今你身子不好，太后想必不会再宣召，如果宫里来人，我叫多顺替你回了便是。"

　　她放下一半心，但仍旧是惴惴不安。幸得太后知道她遇喜，除了赏下不少东西，又特旨不必谢恩。日常常往来的楚王妃、徐王妃都来探视，又带来太后的许多赏赐。

　　因到了年底，各衙门腊月里封印，所有的事都要赶着办完。而祭天、祀庙诸事皆得豫亲王代皇帝而为，所以他忙得昏天暗地，又入斋宫，一直不得回府。

　　一直到了腊八节，百官皆要入宫赴避寒宴，各诰命亦要入宫领粥。因天气冷了，豫亲王并未骑马，而是与湘意一同乘车入宫。湘意听着车轮辘辘，便如碾在自己心上一般，手心里微微沁出了汗意，大毛出锋的紫貂领子茸茸地拂在脸上，越发觉得焦躁。

　　豫亲王伸手握住她的手，她勉强笑了一笑，说道："王爷今日可要少吃些酒，回家还要吃粥。"

　　豫亲王答应了，只觉得她手心冰冷湿腻，不由得问："怎么了？手怎么这样冷？"

　　她微微摇了摇头。

在暨华门前两人下了车，他入乾元殿，她往后宫，领受太后的赐宴。

这样的日子极是热闹，除了酒宴，太后还传了戏班杂耍。铙钹大乐响过了，又是细乐鼓吹，更有杂耍走索，原来是十来岁两个小姑娘，持彩练舞在半空一条细索上，两人还做出跟斗、翻腾、下腰、叠立等惊险之举，只见彩练飞舞，天花乱坠，矫然若有仙姿，看得女眷们屏息静气，目不转睛。

只有湘意留意着正殿当中那花团锦簇的御座，过不一会儿，太后果然起身更衣去了。

她慢慢地靠在椅背上，对喜儿说："我身上有点不大舒服，你悄悄去找多顺，看王爷在哪里。"

喜儿答应着去了，过了许久方才回来，低低叫了声"王妃"，说道："王爷不在前头，连多顺也不知往哪里去了，奴婢不敢乱走，也不敢多问，就先回来了。"她见湘意脸色煞白，只以为她身上不舒服得厉害，忙道："要不王妃向太后告退一声，奴婢侍候王妃先回去。"

过了好一会儿，才见她轻轻点了点头。

于是喜儿扶了她站起来，绕过屏风障子，径直往殿后去。进了垂花门，远远就见太后跟前的四品内官秦松坐在台阶上，一见了她们两个，忙起身相迎，笑嘻嘻地行了礼："见过王妃。"

"烦公公通传一声。"

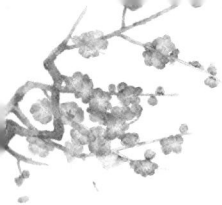

"太后有些头痛，所以换了衣服歪着呢，大过节的，不叫奴婢们惊扰人，所以没教前头知道。"秦松笑道，"王妃有什么事，只管吩咐奴婢就是了。"

她道："我身上乏起来，所以来向太后请辞，既然如此，烦公公跟太后回禀一声就是了。"

秦松道："奴婢遵命，王妃只管自便。"

她便扶了喜儿往外走。

偏生喜儿眼尖，瞧见夹道里一名青衣内官探头探脑正往外头张望，瞧那身形再眼熟不过，正是像亲王跟前的张海山。

只不明白他为何会在这里？喜儿脱口要叫，湘意却狠狠地掐了她手腕一把。她猛然抬头，这才发现湘意脸白如纸，唇上半分血色也没有，而她身上系着的那件紫貂斗篷竟然在瑟瑟抖动。

一直走出了垂花门，走过了长长的宫墙夹道，湘意才骤然收步。

她本来走得又疾又快，喜儿几乎都跟不上，见她猛然停下来，不由自主叫了声："王妃。"

湘意仿佛喘了一口气，天渐渐发灰，变黑，眼前的一切都看不清了，只有那宫墙，像两垣红色的血痕，一直逼到眼底来……

暖阁里有地龙，又置了火盆，窗纸本就固封严实，重帘层帐四合低垂，更密不透风。屋子里静极了，只看到地上镂云销金鼎里，碧青的一缕轻烟，笔直笔直的细细烟柱，直散入半空中去。

如霜微微有了汗意，觉得热，将锦被褪开些去，一手支颐，探过去轻轻地吹了口气。

那口气吹在后颈间，想是有些微痒，他不由得微微一动。

"定滦。"她的声音又滑又腻，仿佛蜜一般。不知为什么，他低低地笑了一声。

她伸出手来扳他的肩："你笑什么？"

他终于翻过身来面对她，太近，四目相对，他移开目光去，她乌黑的长发铺在枕上，迤逦如青云。

他随手拈了一缕，丝丝缠入指间："我笑你每次算计我之前，就会这样亲昵待我。上次是因为户部的事，上上次呢，则是因为贺州出缺……所以我在想，今天你会算计我什么？"他撒了手，缕缕发丝自指尖滑下，又纷扬落在了枕上。

她一双黑曜石般的眸子定定地瞧着他，而他仿佛有点疲倦，合上了眼睛。

过得片刻，如霜才仿佛叹了口气，慢慢地起身下榻，打开妆奁，小小的菱花镜子，只映着半张脸。她随手取了犀梳，幽幽地道："原来你心里总归是防着我，我哪怕算计，也没有替旁人算计——"说到这里，忽然顿住了，因为看到镜中满头的青丝中竟然夹着一丝银光。

她怔怔地伸出手捏住，果然是一根白发，白得并不厉害，如同初

秋衰草叶尖上濡染的霜意，夹杂在墨玉样浓密的发间，仿佛是她自己看错了。

她怔了好一会儿，才又叫了声"定澡"，他没有答应，像是睡着了。

她立在那里，暖阁里本来极暖和，但她只穿了一件素绸中衣，渐渐觉得冷，四面的寒意仿佛潮水，一点点浸上来。她慢慢地抿起嘴角，忽然指尖用力，头皮微微一痛，如被蚁噬，那根白发已经被生生扯掉了。

崔婉侍在帘外叫了声："太后。"

她问："什么事？"

"豫亲王妃出事了。"因隔着帘子，崔婉侍的声音听上去仿佛有点遥远，"王妃在暨华门外摔倒了，只怕不大好了。"

她回过头去看他，他已经翻身坐起，目光亦正扫向她。

她只来得及说了句："不是我——"

而他那一刹那的眼神令她心寒，她一动不动地立在那里，看着他匆匆离去。

放开手，暖阁朝南有一列明窗，冬日微薄的阳光映在掌心，什么都没有。指间只缠着自己那根白发，在日光下仿佛轻触就融。

她才二十二岁，已经熬出了第一根白发，在这寂寂深宫里。

她笑出声来，过了好一会儿，才抬手拭掉腮边的冷泪。

图书在版编目（CIP）数据

冷月如霜 / 匪我思存著. —北京：九州出版社，
2023.5
ISBN 978-7-5225-1390-4

Ⅰ. ①冷… Ⅱ. ①匪… Ⅲ. ①长篇小说－中国－当代
Ⅳ. ①I247.5

中国版本图书馆CIP数据核字（2022）第216155号

冷月如霜

作　　者	匪我思存　著
责任编辑	陈丹青　周　春
出版发行	九州出版社
地　　址	北京市西城区阜外大街甲35号（100037）
发行电话	（010）68992190/3/5/6
网　　址	www.jiuzhoupress.com
印　　刷	三河市中晟雅豪印务有限公司
开　　本	880毫米×1230毫米　32开
印　　张	10.5
字　　数	205千字
版　　次	2023年5月第1版
印　　次	2024年1月第1次印刷
书　　号	ISBN 978-7-5225-1390-4
定　　价	42.00元